총 목차 색인

최남선 한국학 총서 24

총 목차 색인

景仁文化社

• 목 차 •

총 목차 ──────────────────────────

최남선 한국학 총서 01 _ 심춘순례 | 9

최남선 한국학 총서 02 _ 백두산근참기 | 11

최남선 한국학 총서 03 _ 풍악기유 | 13

최남선 한국학 총서 04 _ 금강예찬 | 15

최남선 한국학 총서 05 _ 송막연운록 | 18

최남선 한국학 총서 06 _ 고적답사기 | 22

최남선 한국학 총서 07 _ 단군론 | 24

최남선 한국학 총서 08 _ 불함문화론·살만교차기 | 26

최남선 한국학 총서 09 _ 만몽문화 | 28

최남선 한국학 총서 10 _ 민속문화론 | 29

최남선 한국학 총서 11 _ 시문독본 | 33

최남선 한국학 총서 12 _ 시가문학 | 38

최남선 한국학 총서 13 _ 문학론 | 41

최남선 한국학 총서 14 _ 근대문명문화론 | 43

최남선 한국학 총서 15 _ 사론·종교론 | 45

최남선 한국학 총서 16 _ 조선역사강화 | 48

최남선 한국학 총서 17 _ 고사통 | 51

최남선 한국학 총서 18 _ 국민조선역사 | 55

최남선 한국학 총서 19 _ 조선독립운동사 | 60

최남선 한국학 총서 20 _ 한국영토사론 | 62

최남선 한국학 총서 21 _ 신정 삼국유사 | 65

최남선 한국학 총서 22 _ 조선상식문답 | 67

최남선 한국학 총서 23 _ 조선상식문답속편 | 75

색인

1. 이 책은 최남선 한국학 총서 전체를 한눈에 파악할 수 있게 하기 위한 것이다. 이 총서의 특성상 목차를 통하여 개괄적인 내용을 파악할 수 있으므로 총서 목차를 앞에 싣고, 보다 세세한 내용 파악을 돕기 위해 뒤이어 색인을 수록하였다.

2. 총서의 각 권 번호는 □안에 숫자로 표기하였다.

3. 색인은 고유명사를 위주로 하여 특히 인명·서명·지명을 중심으로 구성하였다. 고유명사가 아니더라도 중요한 개념어 및 역사적 의미가 있는 용어들도 대상으로 삼았다.

4. 인명의 경우, 본문에 없더라도 다른 인명과의 구분을 위하여 한자를 병기하였다. 서양 인명의 경우, 본문 표기에 의거하되 다른 인명과 구분할 수 있게끔 가능한 한 알파벳을 병기하였다.

5. 「 」는 서명, 편명, 그림[圖], 지도, 산문, 시詩 등 작품명을 뜻한다.

6. 동일한 한글·한자 항목이라도 대상이 다를 경우 별도의 항목으로 처리하였다.
   예) 태조太祖(고려), 태조太祖(조선)
      「악지樂志」(「삼국사기」), 「악지樂志」(「고려사」)

7. 옛 표기인 아래아(.)가 들어간 단어는 'ㅏ'항목 다음에 배치하였다.

8. 숫자가 들어가는 항목은 한글음을 기준으로 배열하였다.
   예) 31본산 → 삼십일본산(31本山)

총 목차

• 최남선 한국학 총서 01 – **심춘순례**

■ 책 머리에 | 1

백제의 기상이 서린 모악산

1. 백제의 옛 영토로 | 7
2. 모악산의 안계眼界 | 19
3. 삼층 법당의 금산사 | 24
4. 최치원의 태산 유적 | 42
5. 노아의 노령을 빠져 | 48

호남의 금강산, 백양 · 내장

6. 황매黃梅의 백양산 | 55
7. 물외物外로, 약사藥師로 | 67
8. 경담의 운문암 | 75
9. 200년 선불장이던 구암사 | 79
10. 유군치 넘어 내장산 | 84

민족 설화의 무대 변산으로

11. 삼신산을 끼고 | 95
12. 변산의 사대사 | 102
13. 낙조의 월명암 | 113
14. 한 척의 작은 배로 고부만 횡단 | 120
15. 도솔산, 천왕봉, 용문굴 | 125

시인 · 호걸을 부르는 무등산

16. 호암을 지나 진서화표를 지나 | 149
17. 대석장 찾아서 담양으로 | 157

18. 김덕령 장군의 고향 | 164

19. 성석림 순례 | 175

20. 무등산 위의 무등등관無等等觀 | 189

21. 40리 서석국의 재횡단 | 194

22. 조화의 절창인 적벽가 | 205

조선 불교의 완성지, 조계산

23. 모악산 안의 유마사 | 223

24. 조선 불교의 완성지인 송광사 | 231

25. 의천 속장 잔본의 신발견 | 252

26. 대상대하臺上臺下의 방장 삼천 칸 | 264

27. 보조로, 원감으로, 진각으로 | 273

28. 장군봉 넘어 조계수 건너 | 289

29. 교학의 연총淵叢인 선암사 | 301

30. 비로봉에서 대각암까지 | 321

31. 황량한 대각 국사의 성적聖蹟 | 329

지리산 가는 길에

32. 해동 선풍의 선양지인 태안사 | 339

33. 섬진을 끼고 지리산으로 | 355

■ 해제 | 377

■ 최남선 한국학 총서를 내기까지 | 388

■ 책 머리에 | 3

평생의 꿈, 백두산 가는 길 ───────────

　1. 광명은 동방으로부터 | 13

　2. 백겁이 지나도 남아 있을 흙인 합란 평야 | 16

　3. 산은 웅장하고 바다는 고운 함경 연선 | 19

　4. 동북 15고을의 요충지 | 23

　5. 여러 번 꺾인 50리의 후치 대령 | 27

　6. 조선에서 가장 높은 고을인 풍산 | 34

　7. 하늘까지 닿은 응덕령 | 41

　8. 허천강 건너 갑산 지나 | 50

　9. 쾌궁정 아래로 혜산진 출발 | 56

　10. 압록강 밖의 이국 정취 | 60

　11. 보천보에서 보태리까지 | 68

　12. 백두산 아래의 최초 인간 세계 | 77

고난을 주시는 길 ─────────────

　13. 평지라고 할 40리 허항령 | 89

　14. 어허! 국사대천왕지위 | 96

　15. 비 맞으면서 야영한 첫날 밤 | 104

　16. 세계적으로 위대한 광경인 삼지의 아름다움 | 109

　17. 아름다운 나무가 빽빽한 숲의 천리에 달하는 천평 | 118

　18. 조선국 태생지 | 124

　19. 소수미小須彌의 일곱 겹 향수해 | 140

　20. 신무치의 동광미 공양 | 148

　21. 못 안의 물건이 된 한변외 왕국 | 159

　22. 가고 가고 또 가는 곳이 신화 세계 | 174

금강산 가는 길 ─────────────

1. 출발 | 3
2. 태봉국 궁예 설화 | 7
3. 철원을 지나며 | 10
4. 조선 남북을 잇는 관문 삼방 | 17
5. 기이한 봉우리 아래의 찬 서리 | 21
6. 태고의 기상으로 쏟아지는 140척 삼방폭포 | 25
7. 봉비협 입구의 기이한 경관 | 29
8. 김화 | 31

금강산에 들어서다 ─────────────

9. 귀로 보는 금강산 | 37
10. 장안사 운주문 | 43
11. 업경 | 47
12. 마의태자 경순왕 | 50
13. 단풍 바다로서의 우주 | 57
14. 영원암 연기 설화 | 62
15. 명부 영원동 | 65
16. 옥초대 | 69
17. 시왕 | 72
18. 지장봉 | 77

금강산과 '붉' 사상 ─────────────

19. 조선 고대의 '붉' 사상 | 85
20. 조선의 『신곡』 금강산 | 89
21. 영원동의 참모습 | 92
22. 단풍의 제국 궁전 | 100
23. 고대 조선의 '붉' 사상 | 106

아, 금강산!

• 최남선 한국학 총서 04 – **금강예찬**

■ 예찬의 권두卷頭에 | 3
■ 서사序詞 – 금강산은 세계의 산왕 | 5

금강산 가는 길 ─────────────────

1. 조선 정신의 표치標幟 | 15
2. 천제의 석가산 | 18
3. 예 이래의 영험한 터 | 20
4. 삼면, 삼중, 삼태 | 22
5. 탐승의 이상로 | 24
6. 장연사 고탑 | 26
7. 신비한 초입 정취 | 29

내금강 ──────────────────────

8. 장안사 | 33
9. 업경대 | 36
10. 태자성 | 39
11. 영원동 | 42
12. 옥초대 | 45
13. 시왕백천동 | 47
14. 수렴동 | 49
15. 백탑동 | 52
16. 다보탑 | 55
17. 도솔암 | 58
18. 망군대 | 60
19. 명연 | 63
20. 백화암 | 66
21. 표훈사 | 69

외금강

• 최남선 한국학 총서 05 – 송막연운록

간도와 조선인 ─────────────────

1. 함경선 | 3

2. 회령 | 7

3. 용정촌 | 12

4. 간도 | 16

5. 연길 | 20

6. 육진 | 25

7. 혼춘 | 30

8. 도가선 | 35

해동성국 발해를 찾아서 ─────────────

9. 노송령 | 41

10. 단애 선생 | 46

11. 발해국 | 50

12. 만주족 | 54

13. 동경성 | 58

14. 흥룡사 석등 | 64

15. 삼령둔 고묘 | 69

16. 적수 폭포 | 75

17. 만주인의 토속 | 80

18. 경박호 | 85

19. 목단강 | 90

20. 와집 | 95

21. 하동 농촌 | 100

22. 하늘의 뜻, 조상의 음덕 | 104

23. 금나라 상경 터 | 108

국제도시 하얼빈

24. 하얼빈 | 115

25. 러시아 묘지 | 120

26. 문묘와 극락사 | 125

27. 전가전 | 130

28. 북만 평야 | 134

29. 수화 농촌 | 139

30. 유태인 교회 | 144

31. 하얼빈 박물관 | 148

만주의 중심 도시 장춘

32. 부여의 옛 영토 | 155

33. 신경 | 159

34. 장춘 성안 | 163

35. 길림 | 168

36. 송화강 | 173

37. 길림 문묘 | 177

38. 길림산업조합 | 182

39. 왕도 | 186

청나라가 열린 땅 심양

40. 개원 평야 | 195

41. 철령 농촌 | 199

42. 봉천 | 203

43. 천주산 | 208

44. 동릉 | 212

45. 북릉 | 218

46. 지나사변중일전쟁에 대해 | 223

47. 동선당 | 227

48. 국립 박물관 | 232

49. 통구 고분 벽화 | 237

50. 봉천 도서관 | 243

51. 성경 고궁 | 248

52. 청조 실록 | 254

53. 문소각 | 258

54. 환희불 | 265

55. 태청관 | 271

56. 청진사 | 277

57. 대남문 | 283

아! 요동 벌판

58. 요동 벌판 | 293

59. 태자하 | 302

60. 요양 | 308

61. 요동성 | 313

62. 백탑 | 319

63. 천산 | 328

64. 요택 | 334

65. 영구 | 340

66. 까마귀 떼 | 345

67. 요하 | 352

68. 구려하 | 357

69. 요하 평원 | 364

70. 영구 농촌 | 371

71. 영구 조선 | 375

시와 역사를 품은 요동

72. 요동을 거쳐 북경 가는 길 | 383

73. 요동 벌판의 시적 경지 | 390

74. 요동 벌판의 역사적 감상 | 398

75. 요하의 변장邊墻 | 406

76. 요해 | 413

• 최남선 한국학 총서 06 − 고적답사기

고적 보존의 요체 ─────────────────────────
　1. 망각되어 버린 중대한 측면 | 1
　2. 민족적 고적에 대한 유의점 | 4
　3. 무엇보다도 단군의 성지 유적을 | 7

'되무덤이'에서 -낙랑 고분의 출토품- ─────────────
　1. 대동강 연안의 무덤들 | 13
　2. 중국 고문화의 비밀 창고 '되무덤이' | 16
　3. 이방인들에게 몸을 내맡긴 새색시 | 19
　4. 낙랑 칠기와 중국 문자학 | 21
　5. 세공 기술의 금자탑, 낙랑의 순금 띠장식 | 24
　6. 목곽과 전곽의 구조 | 27
　7. 도굴의 해악 | 30
　8. 고분 발굴의 시급성 | 33
　9. 왕우 묘 발굴의 배경 | 35
　10. 목곽의 지붕에 다다르다 | 38
　11. 목곽의 현상 | 40
　12. 목곽의 유물 배치 | 43
　13. 여인의 채취를 간직한 경대함 | 44

조선의 고적 ───────────────────────────
　1. 작은 머리말 | 47
　2. 삼도三都 고적 순례 | 49
　3. 조선의 고적 | 98
　4. 퉁거우通溝의 고구려 유적 | 132
　5. 고적 애호에 대하여 | 146

고구려 유적 ————————————————————

   1. 강서 대묘 | 163

   2. 쌍영총 | 166

신라 진흥왕의 기존 3비와 새롭게 출현한 마운령비 ————————

   1. 진흥왕의 3비 | 169

   2. 고문헌 속의 황초령비 | 170

   3. 황초령비를 둘러싼 의문점 | 176

   4. 북한산 비봉 비문에 대한 속설 | 178

   5. 김정희의 진흥왕 북한산비 확인 | 182

   6. 창녕비의 발견 | 184

   7. 진흥왕의 기존 3비문 소개 | 185

   8. 황초령비에 대한 불신론과 긍정론 | 196

   9. 황초령비 이동설 | 198

  10. 황초령비 논쟁의 열쇠 | 200

  11. 마운령비를 발견하다 | 200

  12. 마운령의 역사 지리 고증과 비문 소개 | 205

  13. 마운령비의 황초령비 모각설模刻說 비판 | 213

  14. 마운령비가 말하는 진흥왕의 북방 경략 | 215

  15. 신라의 옥저 영유와 동해 항로 | 217

  16. 마운령비 출현의 의미 | 220

  17. 남은 과제 | 222

■ 해제 | 225

■ 최남선 한국학 총서를 내기까지 | 235

단군론壇君論 ─────────────
-조선을 중심으로 한 동방 문화 연원 연구-

1. 개제開題 | 3

2. 단군의 고전古傳 | 6

3. 준근본 징빙徵憑 | 10

4. 신괴직 실상說相 | 14

5. 승도 망담설 | 17

6. 왕험성 신설神說 | 24

7. 성립 연대관 | 28

8. 민족적 감정설 | 31

9. 민족적 신앙설 | 33

10. 그 관학적 단안 | 36

11. 일본인 제설의 개관 | 45

12. 승도 망담설의 검핵 | 55

13. 승주론자僧做論者의 착론 범주 | 67

14. 왕험성 신설의 검핵 | 70

단군급기연구壇君及其研究 ─────────────

1. 개제開題 | 239

2. 회의론의 양파 | 240

3. 단군학을 세우자! | 241

4. 단군의 최고最古 전승 | 243

5. 신화적 고찰 | 244

6. 종교적 고찰 | 246

7. 역사적 고찰 | 248

8. 사회학적 고찰 | 251

9. 경제사적 고찰 | 255

10. 언어학적 고찰 | 257

불함문화론

-조선을 통해 본 동방 문화의 연원과 단군을 계기로 하는 인류 문화의 일부면—部面-

1. 동방 문화의 연원 | 3
2. 백산과 천자 | 8
3. 일본의 붉산 | 14
4. 백산의 음운직 변전 | 19
5. 금강산은 작가라산 | 25
6. 태산부군과 대인 | 30
7. 신선도의 태반 | 34
8. 딕ᄀ리와 텡그리와 덴구 | 39
9. 히코와 다카 | 43
10. 조선 신도의 대계 | 48
11. 건국 설화상의 하늘과 단군 | 53
12. 불함 문화 계통 | 57
13. 세계적 투영 | 62
14. 지나 문화의 동이소와 불함소 | 68
15. 복희씨와 제帝 요순 | 74
16. 몽고의 오보와 만주의 신간 | 83
17. 조선과 일본과의 제사상 일치 | 89
18. 불함 문화권과 그 설자楔子 | 97

살만교차기

1. 살만교란 무엇인가 | 103
2. 샤먼의 교화권 | 108
3. 샤먼이란 무엇인가 | 112
4. 샤먼의 세 직능 | 114
5. 샤먼의 두 종류 | 116
6. 샤먼의 사자師資 관계 | 118

제1부 신화 · 전설

조선의 신화 ─────────────

1. 신화는 가장 오래된 역사 | 3
2. 내용 단순 분량 빈약 | 5
3. 『삼국사기』와 『삼국유사』 | 7
4. 신념으로 전승된 역사 | 9
5. 조선의 두 가지 특색 | 11
6. 동명왕 건국 신화 | 14
7. 동방 고대의 우주관 | 25
8. 고대 신화와 형제국 | 27
9. 신라 시조의 출세出世 설화 | 29
10. 신라 고대의 천자天子 설화 | 33
11. 가락국의 나라 배포 | 36
12. 동명 신화와 가락 신화 | 39
13. 신화 전설집 『수이전』 | 42
14. 신라 때의 정승 호공 | 45
15. 해신과의 혼인 관계 | 47
16. 천자계天子系와 해신계海神系 | 52

조선의 신화와 일본의 신화 ─────────────

1. 조선과 일본의 신화적 교섭 | 53
2. 천강天降 설화의 구조적 일치 | 55
3. 나라 양도 형식의 일치 | 58
4. 나라 양도의 구성 요소 일치 | 63
5. 동방 동경이라는 공통점 | 66
6. 동방 동경의 이유 | 75
7. 조선과 일본 신화의 유사성과 유의점 | 78

신화 · 전설 상의 우牛 ─────────

　1. 인간 생활에서 소의 중요성 | 80

　2. 농업신으로서의 소 | 82

　3. 곡물신 · 초목신으로서의 소 이야기 | 84

　4. 수신 · 강하신으로서의 소 이야기 | 87

　5. 견우 직녀 이야기 속의 소 | 89

　6. 신성시된 암소 이야기 | 92

　7. 재신으로서의 소 이야기 | 94

　8. 소가 생겨난 이야기 | 98

　9. 소의 형체와 거동과 관련된 이야기 | 101

　10. 종교적 전설 속의 소 | 103

　11. 신으로 숭배되는 소 이야기 | 109

　12. 인간 생활과의 교섭에서 생겨난 소 이야기 | 111

　13. 소 관련 이야기의 풍부함 | 116

제2부　민담

조선의 민담 · 동화 ─────────

　1. 유리성遊離性의 설화 | 121

　2. 박타령의 동원同源 | 125

　3. 몽고의 박타령 | 128

　4. 범의 천벌 | 131

　5. 승냥이와 염소 | 133

　6. 조선 민담의 두 대장격인 범과 도깨비 | 136

　7. 게르만의 이야기 | 138

　8. 동화 강복 미복 - 일본의 콩쥐 팥쥐 이야기 | 146

　9. 조선과 서양의 설화상의 교섭 | 149

　10. 라브라 왕의 사적 | 152

　11. 남양 군도의 설화 | 156

　12. 선녀 우의 전설 | 158

13. 조선 민담의 세계적 배경 | 161

외국으로서 귀화한 조선 고담
- 조선역사통속강화별록朝鮮歷史通俗講話別錄

1. 이야기의 떠도는 자취 | 166
2. 몽고의 흥부 놀부 | 168
3. 인도의 토생원 별주부 | 170
4. 인도의 별주부 토생전 | 176
5. 은진 서낭자鼠娘子도 인도로부터 | 181
6. 안식국과 연락 있는 『지봉유설』의 한 선비 | 186

제3부   민속 신앙

조선의 고유 신앙

1. 심전 개발의 제기 | 193
2. 심전 개발의 중심 | 195
3. 신라 시대까지의 고유 신앙 | 200
4. 신라 시대 이후의 고유 신앙 | 208
5. 심전 개발을 위한 고유 신앙의 진로 | 223

동방 고민족의 신성 관념에 대하여

1. 도언 | 226
2. 고대 민족과 장백산 | 228
3. 신성 관념의 표상 | 231
4. 군주의 칭호에서 방증을 본다 | 236
5. 태양 숭배와 광명 신관神觀 | 238
6. 불함에서의 백白의 전통 | 240
7. 신산神山의 문화 계열적 고찰 | 244
8. 천·신·군주의 명의적 일체 | 248
9. 결어 | 251

매음의 종교적 기원

- 신녀神女가 창기, 성전聖殿이 만화곡
- 무당 · 화랑이 · 사당 · 간나위의 교섭

1. 남녀 교구交媾1의 신성시 | 252

2. 바빌론과 그리스의 성창聖娼 | 253

3. 구약에 전하는 성창 | 256

4. 정조로써 치성 드림 | 257

5. 인도에 있는 사창寺娼 | 257

6. 조선에 있는 성창 흔적 | 259

7. 간나위와 사당 | 260

8. 신라 화랑의 암시 | 261

제4부 세시 풍속

상달과 개천절의 종교적 의의

1. 10월은 신에게 바치는 달 | 265

2. 우리의 신이란 누구신가 | 266

3. 조선인의 하느님은 태양 | 267

4. 동방에 고유한 아주 큰 교문 | 269

5. 국조 대향이 곧 제천 대회 | 272

6. 10월 숭상은 상고 시대에서부터 | 273

7. 국조가 하늘을 여신 인연이 있는 달 | 274

추석 | 276

■ 해제 | 319

■ 최남선 한국학 총서를 내기까지 | 335

• 최남선 한국학 총서 11 − 시문독본

■ 서문 | 1
■ 예언 | 2

권 1

1. 입지 | 5
2. 공부의 바다 | 6
3. 천리 춘색 1 | 7
4. 천리 춘색 2 | 9
5. 천리 춘색 3 | 12
6. 상용하는 격언 | 14
7. 제비 | 15
8. 시조 2수 | 18
9. 염결廉潔 | 18
10. 구름이 가나 달이 가나 | 20
11. 생활 | 21
12. 사회의 조직 | 23
13. 서고청 | 25
14. 귀성 | 28
15. 방패의 반면 | 29
16. 만물초 | 30
17. 수욕水浴 | 32
18. 속담 | 34
19. 용기 | 35
20. 콜럼버스 | 37
21. 구습을 혁거하라 | 40
22. 참마항斬馬巷 | 41

권 2

최
남
선

한
국
학

총
서

20. 가을 메 | 98

21. 화계에서 해 떠오름을 봄 | 98

22. 김단원金檀園 | 100

23. 오대산 등척 1 | 102

24. 오대산 등척 2 | 105

25. 때를 아낌 | 108

26. 딱정벌레의 힘을 입음 | 110

27. 마르코니 | 111

28. 우어寓語 5칙五則 | 113

29. 물의 가는 바 | 114

30. 강남덕의 모 | 116

권 3

1. 문명과 노력 | 121

2. 살아지다 | 125

3. 심양까지 1 | 126

4. 심양까지 2 | 130

5. 허생 1 | 134

6. 허생 2 | 138

7. 견딜성 내기 | 141

8. 독서 | 144

9. 골계 | 147

10. 견인론 1 | 148

11. 견인론 2 | 152

12. 서구 철인의 명언 | 155

13. 알프스 산 넘이 1 | 157

14. 알프스 산 넘이 2 | 159

15. 알프스 산 넘이 3 | 161

16. 삼림의 공용功用 | 163

17. 조선의 비행기 1 | 164

18. 조선의 비행기 2 | 169

19. 조선의 비행기 3 | 173

20. 모내기 | 176

21. 칭기즈 칸 | 177

22. 물이 바위를 만듦 | 181

23. 확립적 청년 | 183

24. 급인전急人錢 | 186

25. 정경情景 | 189

26. 운명 1 | 191

27. 운명 2 | 193

28. 이상 | 196

29. 지기난知己難 | 198

30. 하세 또 하세 | 203

권 4

1. 님 | 207

2. 아등我等의 재산 1 | 207

3. 아등我等의 재산 2 | 211

4. 아등我等의 재산 3 | 214

5. 이동무 | 220

6. 격언 | 224

7. 대서양상의 비극 1 | 226

8. 대서양상의 비극 2 | 229

9. 곡예 비행 1 | 233

10. 곡예 비행 2 | 236

11. 영동의 산수 1 | 240

12. 영동의 산수 2 | 243

13. 고문설苦蚊說 | 245

부록

백팔번뇌

서序 | 3 ──────────────

제1부 동청나무 그늘 | 6 ──────────────
  궁거워 | 안겨서 | 떠나서 | 어쩔까

제2부 구름 지난 자리 | 25 ──────────────
  단군굴에서묘향산 | 강서 삼묘에서 | 석굴암에서 | 만월대에서송도 |
  천왕봉에서지리산 | 비로봉에서금강산 | 압록강에서 | 대동강에서 |
  한강을 흘리저어 | 웅진에서공주 금강 | 금강에 떠서공주에서 부여로 |
  백마강에서부여 | 낙동강에서

제3부 날아드는 잘새 | 53
  동산에서 | 일람각에서 | 새봄 | 새잔디 | 봄길 | 시중을 굽어보고 | 혼자 앉
  아서 | 혼자 자다가 | 동무에게 | 새해에 어린 동무에게 | 세 돌 | 하느님
  | 님께만 | 창난 마음 | 웃으래 | 어느 마음 | 턱없는 원통 | 어느날 | 한강의
  밤배 | 깨진 벼루의 명銘

  제백팔번뇌 | 82
  발문 | 84
  육당과 시조 | 88
  발문 | 92

경부철도노래

경부철도노래 | 100 ──────────────

세계일주가

서序 | 126 ────────────────

세계일주가 | 128 ────────────────

조선유람가

서序 | 190 ────────────────

조선유람가 | 192 ────────────────

조선유람별곡

서序 | 230 ────────────────

조선유람별곡 | 231 ────────────────

신시

창작시 | 243 ────────────────

모르네 나는 | 자유의 신에게 | 막은물 | 생각한대로 | 그의 손 | 백성의 소리 | 나는 가오 | 해에게서 소년에게 | 성진★星辰★ | 우리의 운동 장 | 벌 | 밥벌레 | 구작 삼 편 | 꽃두고 | 우리님 | 아느냐 네가 | 삼면 환해국 | 태백산부 | 태백산의 사시 | 뜨거운 피 | 나라를 떠나는 슬픔 | 태백의 님을 이별함 | 화신을 찬송하노라고 | 꺾인 소나무평양에서 본 것 | 여름 구름 | 천주당의 층층대

번역시 | 302 ────────────────

아메리카아메리카합중국국가 | 청년의 소원 | 디 강변의 방아꾼 | 노작 |

해적가 | 정말 건설자 | 제석 | 쫓긴 이의 노래 | 한시 선역

창가

제1부 조선 문학의 기원과 전통

조선 국민 문학으로의 시조 | 3

시조 태반으로서의 조선 민성과 민속 | 15

조선 민요의 개관 | 25

조선의 가정 문학

1. 서언 | 37
2. 여사서女四書 | 40
3. 윤리적 독서물 | 44
4. 종교적 독서물 | 48
5. 불교적 요소 | 51
6. 도교적 색채 | 55
7. 인정 독서물 | 59
8. 각종 소설류 | 63
9. 가요편 | 67
10. 결론 | 74

조선 문학 개설

1. '글'에서 '글월'로 | 75
2. 제사 문학으로서의 '놀애'의 기원 | 81
3. 신라 가악의 효시 도솔가 | 97
4. 도솔가의 두 분야 - 차사·사뇌의 두 격格 | 118
5. 삼국의 사史·사事에 남아 있는 노래 이야기 | 131

제2부 조선 문학과 일본

• 최남선 한국학 총서 14 - 근대문명문화론

제1부 근대문명론

애씀 | 3

지성至誠 | 7

사람의 정의 | 10

이른바 지식을 빌어 알겠다 한 벗에게 | 15

고상한 쾌락 1~8 | 18

재물론 | 29

노력론 | 46

문명의 발달은 우연이 아님 | 75

용기론 | 84

귀천론 | 113

동정 받을 필요 있는 자 되지 마라 | 122

제2부 근대문화론

우리는 세계의 갑부 | 129

풍기혁신론風氣革新論 - 양반의 풍風과 틀을 벗어나라 | 141

조선민시론朝鮮民是論 | 158

얼른 정력의 낭비로부터 벗어납시다 | 196

자기 망각증 - 시대 흐름의 병적인 하나의 경향 | 199

단군께의 표성表誠 - 조선심을 구현하라 | 203

반드시 조선심이 생길 줄 아오 | 217

조선의 구원상久遠相 | 224

인人 급及 조선인朝鮮人에게 소리친다 | 228

자열서自列書 | 231

진실 정신 | 239

제1부 사론史論

아사인수我史人修**의 애**哀 | 3 ─────────────
- 최후의 정신적 파산

조선역사통속강화개제朝鮮歷史通俗講話開題 | 10 ───────

　1. 선사 시대 - 석기 | 18

　2. 선사 시대 - 패총 | 24

　3. 고분 | 26

　4. 무형적 유물 | 32

　5. 종교 | 37

　6. 신화 | 41

　7. 전설 | 45

　8. 설화 | 49

　9. 언어 | 54

　10. 조선어 | 58

　11. 불함 문화 | 61

　12. 언어와 문화 | 64

해방 8년과 한국의 장래 | 69 ───────────────

한국 부흥의 열쇠 | 73 ───────────────

한국과 세계 | 77 ───────────────

　1. 사실史實의 기록 | 78

　2. 그리스 신화의 모험담 | 79

　3. 신라의 경문왕 | 80

　4. 별주부 이야기 | 81

　　5. 춘추 시대의 『사기』 | 82

　　6. 여러 민족 사이의 밀접성 | 83

　　7. 양잠의 기록 | 83

　　8. 유사한 어휘 | 84

　　9. 한국과 세계의 고찰 | 85

한국의 역사와 문화 | 87 ─────────────────

정당무용지변 | 93 ─────────────────

경험을 살리는 민족 | 98 ─────────────────

대한민국 | 130 ─────────────────

제2부 종교론

참지 못할 일가一呵 | 139 ─────────────────

- 거익비위去益非違의 불교

대각심大覺心으로 돌아갑시다 | 157 ─────────────────

- 병인1926년 새해 초에 새로이 감성感省할 일

묘음관세음妙音觀世音 | 170 ─────────────────

조선 불교 | 178 ─────────────────
- 동방 문화사상에 있는 그 지위

　　1. 조선, 그 문화사상의 지위 | 178

　　2. 불교 동전東傳의 대세와 조선 | 180

　　3. 불교 교리의 발전과 조선 | 186

4. 원효, 통불교의 건설자 | 194

5. 불교 예술사 측면에서의 조선 | 203

6. 불교 성전聖典과 조선 | 208

7. 불교 유통과 조선 | 223

8. 일본 불교와 조선 | 231

9. 동방 문화와 조선 불교 | 236

인생과 신앙 | 251 ──────────────

인생과 종교 | 278 ──────────────
- 나는 왜 가톨릭으로 개종하였는가

역사적 입장에서의 대종교 개관 | 287 ──────
1. 명칭 | 287

2. 연원 | 288

3. 범위 | 289

4. 연혁 | 290

5. 부흥 | 291

6. 교의敎義 | 292

7. 개천절 | 293

8. 고적 | 294

■ 해제 | 297

■ 최남선 한국학 총서를 내기까지 | 301

• 최남선 한국학 총서 16 - **조선역사강화**

■ 조선역사통속강화는 어떻게 쓴 것인가? | 1
■『조선역사』신판 서문 | 5
■ 작은 서문 | 6

상고 ────────────────────────

제1장 조선국의 시초 | 11

제2장 중국인의 북새질 | 13

제3장 민족의 자각 | 15

제4장 삼국이 패권을 다툼 | 17

제5장 수와 당이 쳐들어옴 | 19

제6장 신라의 통일 | 21

제7장 발해의 따로남 | 23

제8장 신라의 전성 시대 | 24

제9장 후삼국의 벌어짐 | 26

제10장 상고의 문화 | 28

중고 ────────────────────────

제11장 고려와 거란 | 33

제12장 여진과의 관계 | 35

제13장 고려의 병폐 | 37

제14장 최씨의 집권 | 39

제15장 몽고의 화禍 | 41

제16장 원과의 관계 | 43

제17장 홍두적과 왜구 | 45

제18장 고려의 쇠망 | 47

제19장 고려의 사회와 문화 | 50

근세

제20장 이씨 조선의 창업 | 57

제21장 세종의 창작 | 59

제22장 세조와 성종의 계승 | 61

제23장 사화 | 64

제24장 교육과 학문의 융성 | 66

제25장 당론 | 68

제26장 임진왜란 | 69

제27장 정유재란 | 74

제28장 인조의 반정 | 78

제29장 병자호란 | 80

제30장 노론과 소론의 다툼 | 84

제31장 새로운 경제 정책 | 87

제32장 탕평의 기운 | 88

제33장 문화의 진흥 | 91

제34장 외척 정치 | 94

제35장 천주교의 유행 | 97

제36장 민중의 각성 | 103

최근

제37장 대원군의 집권 | 109

제38장 일본과의 관계 | 115

제39장 일본과 청국의 갈등 | 119

제40장 갑신 10월의 변란 | 121

제41장 세계 정국의 파동 | 126

제42장 갑오경장 | 129

제43장 러시아가 가까워짐 | 134

제44장 독립협회의 개혁 운동 | 138

제45장 일본과 러시아의 대항 | 143

제46장 일본과의 관계 | 147

제47장 민간의 신운동 | 155

최
남
선

한
국
학

총
서

■ 서문 | 1

상고 ─────────────────────────

제1장 조선의 여명 | 5

제2장 상고의 문화 | 7

제3장 백민의 남방 분포 | 10

제4장 중국인의 북새질 | 12

제5장 삼국의 정립 | 14

제6장 동해와의 교통 | 15

제7장 고구려의 융성 | 17

제8장 고구려와 북족北族 여러 나라 | 20

제9장 서역 문물의 전래 | 23

제10장 수와 당의 침입 | 28

제11장 동북 문화의 홍통弘通 | 30

제12장 고대의 남방 교섭 | 31

제13장 신라의 무사 정신 | 34

제14장 신라의 통일 | 37

제15장 발해의 따로남 | 39

제16장 삼국 시대의 문화 | 40

제17장 역외의 진인 | 42

제18장 신라의 융성 | 46

제19장 신라의 명절 | 49

제20장 후삼국 | 52

중고 ─────────────────────────

제21장 고려의 입국 | 57

제22장 거란과의 관계 | 59

제23장 여진과의 관계 | 61

제24장 해상 여러 섬들 | 63

제25장 번인의 귀화 | 64

제26장 협동 생활 단체 | 67

제27장 사회 시설 | 69

제28장 불교 문화의 착종 | 71

제29장 해외 무역 | 73

제30장 고려와 송의 문화 교류 | 76

제31장 진역의 공예품 | 80

제32장 고려의 병폐 | 81

제33장 최씨의 집권 | 83

제34장 몽고의 화 | 84

제35장 고려 문화의 자랑 | 86

제36장 고려의 명절 | 89

제37장 원과의 관계 | 91

제38장 고려와 몽고의 문화 교류 | 94

제39장 고려와 몽고 사이의 인물 출입 | 96

제40장 원 궁중에 있는 고려인 | 100

제41장 이슬람과 교섭 | 104

제42장 유학의 흥기 | 106

제43장 홍두족과 해구 | 108

제44장 고려의 쇠망 | 110

제45장 남해의 교통 | 112

제46장 고려 말의 외래 물건 | 116

제47장 고려의 사회 | 119

제48장 고려의 학예 | 121

근세

제49장 조선의 창업 | 129

제50장 도시 시설 | 131

제51장 세종의 제작 | 134

제52장 세조와 성종의 계승 | 135

제53장 관측의 학술 | 138

제54장 편찬 사업 | 141

제55장 후생 정책의 애씀 | 144

제56장 후생 기관 | 147

제57장 남만의 내항 | 149

제58장 사화 | 151

제59장 교학의 융성 | 154

제60장 당론 | 156

제61장 임진·정유의 전란 | 157

제62장 신무기 | 160

제63장 예업藝業의 유통 | 162

제64장 활자의 전파 | 165

제65장 인구의 유출 | 169

제66장 남만의 물품 | 171

제67장 인조의 대립 | 174

제68장 병자호란 | 176

제69장 러시아 격퇴 | 178

제70장 청조의 조선인 | 182

제71장 노론·소론의 다툼 | 185

제72장 경제의 새로운 정책 | 188

제73장 외국 무역 | 190

제74장 탕평의 기운 | 193

제75장 문화의 진흥 | 197

제76장 세도 정치 | 199

제77장 서학의 유행 | 202

제78장 민중의 기동起動 | 207

제79장 구사회의 계급 | 209

제80장 부녀 생활 | 215

제81장 감자와 아편 | 219

제82장 조선의 명절 | 222

• 최남선 한국학 총서 18 - **국민조선역사**

■ 서문 | 1

상고

제1장 신시 | 9

제2장 단군 왕검 | 10

제3장 부여 | 12

제4장 위만 조선 | 14

제5장 삼한 | 15

제6장 옥저와 예 | 17

제7장 낙랑 | 18

제8장 민족의 자각 | 19

제9장 고구려의 강대함 | 21

제10장 백제와 신라 | 22

제11장 부루의 가르침 | 24

제12장 유학과 불교 | 26

제13장 고대의 음악 | 27

제14장 왜 | 29

제15장 신라의 장성 | 31

제16장 수나라를 꺾다 | 32

제17장 당나라를 누르다 | 34

제18장 신라의 삼국 통일 | 37

제19장 자장과 원효 | 38

제20장 선덕 여왕·진덕 여왕 | 40

제21장 발해 | 42

제22장 백제·고구려의 유민 | 44

제23장 9주와 5경 | 45

제24장 신라의 전성기 | 47

중고

근세

최근

조선독립운동소사朝鮮獨立運動小史 ─────────────

서언 | 3

제1장 병합 과정 | 5

제2장 3·1운동

　1. 3·1운동의 발발 배경 | 21

　2. 「독립선언서」와 일본·미국에 보낸 서한 | 27

　3. 국내의 만세 운동 | 38

　4. 국외의 만세 운동 | 44

　5. 대한민국 임시정부 수립과 독립 운동 | 47

제3장 임시정부

　1. 일제의 무단 통치와 국내외 의열 투쟁 | 53

　2. 1920년대 일제의 독립군 탄압과 국내외 독립 운동 | 56

　3. 1930년대 만주 사변과 국내외 독립 운동 | 64

　4. 1940년대 태평양 전쟁과 임시정부의 대일 항전 | 75

부록 1. 통감 및 총독 재임표 | 81

부록 2. 조선독립운동 연표 | 82

부록 3. 주요 참고 문헌 | 109

3·1운동의 사적 고찰 ─────────────

　1. 한반도의 환경 조건 | 113

　2. 북포동완北暴東頑의 역사적 약속 | 114

　3. 침략자 일본과의 상대 관계 | 115

　4. 한일 관계를 표상하는 설화 | 117

　5. 항구적·점진적인 침략 형태 | 119

　6. 한민족의 전통적 반발 작용 | 120

　7. 민족적 완성과 세계적 진출 | 122

제1부 해양

해상대한사

미리 통기 | 3

1. 수편총론首編總論(도틀어 이야기) | 4
2. 삼면이 바다로 둘러싸인 우리 대한의 세계적 지위 | 8
3. 반도와 인문 | 26
4. 반도의 문화 | 30
5. 동양에 있는 우리 반도의 이전 공적 | 41

1100년 전의 동방 해상왕 신라 청해진 대사 장보고 | 50

한국해양사 서문

1. 바다를 잊어버린 국민 | 65
2. 세계 각국의 바다 쟁탈전 | 69
3. 바다와 조선 근세사 | 76
4. 조선의 수군 약사略史 | 86

제2부 영토 분쟁

울릉도와 독도
- 한일 교섭사의 한 측면

1. 울릉도의 개관 | 107
2. 문헌에 보인 시초 | 109
3. 고려 시대의 울릉도 | 111
4. 이조 초기의 울릉도 | 114
5. 세종·성종조의 쇄환 | 117

제3부 지리

조선의 산수 ─────────────

부록

• 최남선 한국학 총서 21 - 신정 삼국유사

新訂 三國遺事

卷一 ——————————————————————————————
　　王曆 第一 | 15
　　紀異 第二 | 47

卷二 | 85 ———————————————————————————

卷三 ——————————————————————————————
　　興法 第三 | 135
　　塔像 第四 | 146

卷四 ——————————————————————————————
　　義解 第五 | 193

卷五 ——————————————————————————————
　　神呪 第六 | 225
　　感通 第七 | 230
　　避隱 第八 | 243
　　孝善 第九 | 251

최남선 한국학 총서

• 최남선 한국학 총서 22 - 조선상식문답

■ 서문 | 1

1. 국호

조선이란 이름은 언제 생겼습니까 | 5

조선이란 말뜻은 무엇입니까 | 5

조선이 몇 번이나 나라 이름으로 쓰였습니까 | 5

대한이란 말에는 어떤 내력이 있습니까 | 6

서양 각국에서 코리아 또는 그 비슷하게 부르게 된
내력은 무엇입니까 | 8

중국 말고 다른 이웃 나라 사람들은 우리를 무엇이라고 불렀을까요 | 9

무궁화 나라라고 하는 것은 어떤 까닭입니까 | 9

진이란 말은 무슨 뜻입니까 | 11

청구라는 말은 무슨 의미입니까 | 11

동국 · 해동 · 대동은 무슨 뜻입니까 | 11

2. 지리

조선의 지도상의 위치는 어떠합니까 | 15

우리나라 동서남북 극단은 어디입니까 | 15

조선 땅은 얼마나 됩니까 | 16

삼천리강산에서 삼천리는 무엇입니까 | 17

조선의 폭은 얼마나 될까요 | 17

해안선을 자세하게 알려주십시오 | 18

조선에 섬은 몇 개나 있습니까 | 18

조선 반도를 지리상으로 구분하는 이름은 무엇입니까 | 18

3. 물산

조선의 종이는 어떠합니까 | 42

조선 종이 중 명품을 약간 들려주십시오 | 42

압록강 목재란 것은 어떤 것입니까 | 43

조선의 축우는 어떻습니까 | 44

조선의 10대 어업이란 무엇무엇입니까 | 45

조선의 금을 말씀하여 주십시오 | 45

조선의 철은 어디 어디서 납니까 | 47

조선의 석탄 사정은 어떻습니까 | 47

흑연이란 무엇입니까 | 48

고릉토란 무엇입니까 | 49

시멘트의 원료는 어떻습니까 | 49

회유원소 광물이란 무엇입니까 | 50

석유는 조선에서 나지 않습니까 | 50

4. 풍속

흰옷 입는 버릇은 언제 어떻게 생긴 것입니까 | 55

흰옷은 계속 입는 것이 좋을까요 | 55

두루마기란 웃옷의 내력은 어떠합니까 | 56

망건의 내력은 어떻습니까 | 56

탕건의 내력은 어떠합니까 | 57

신발 이야기를 해 주십시오 | 58

나막신 내력도 들려주십시오 | 58

조선의 음식 만드는 법에 무엇이 가장 유명합니까 | 59

신선로의 내력은 어떻습니까 | 60

약식이니 약반이니 하는 것은 과연 조선 것입니까 | 61

약과란 어떤 것입니까 | 61

약주라는 말은 무슨 뜻입니까 | 62

조선 술로는 무엇이 유명합니까 | 62

떡 이야기를 해 주십시오 | 63

남주북병이란 말은 어째서 생겼습니까 | 64

시식이란 무엇입니까 | 64

지방에서 유명한 음식은 무엇입니까 | 64

갓난아이의 백일을 축하하는 것은 무슨 까닭입니까 | 65

돌잡히는 의미는 무엇입니까 | 65

관례란 무엇입니까 | 66

장가든다는 말은 무슨 의미입니까 | 67

옛날에 같은 성과 같은 집안이 서로 혼인하였다는데 정말입니까 | 67

삼년상은 언제부터 행하였습니까 | 68

윷은 어떤 놀이입니까 | 69

편쌈 이야기를 듣고 싶습니다 | 69

널뛰기는 무슨 의미의 놀이입니까 | 70

5. 명절

정월 초를 '설'이라고 하는 것은 무슨 까닭입니까 | 75

대보름은 무슨 뜻입니까 | 75

제웅이라는 것은 무엇입니까 | 76

부럼 먹는 뜻은 무엇입니까 | 77

답교는 무슨 의미로 합니까 | 77

2월 초하루는 어떤 명절입니까 | 78

한식이란 무슨 명절입니까 | 79

삼질이란 무슨 명절입니까 | 80

파일은 무슨 날입니까 | 80

단오는 어떤 명절입니까 | 82

유두라는 명절은 무엇입니까 | 83

백중은 무엇입니까 | 84

가위는 어떠한 명절입니까 | 84

9일은 어떠한 명절입니까 | 86

시월은 왜 상달이라고 합니까 | 86

개천절을 말씀하여 주십시오 | 87

동지는 어떤 절기입니까 | 88

납향은 무슨 뜻입니까 | 88

6. 역사

조선 역사는 어떤 것입니까 | 93

조선 역사의 큰 줄기를 간단하고 알기 쉽게 말씀하여 주십시오 | 93

조선 역사에 나타난 민족 문화의 대강을 듣고 싶습니다 | 97

조선 역사의 특징이 무엇이겠습니까 | 100

일본 사람도 기업基業이 장구하다고 자랑하는데,
비교해 말하면 어떻게 됩니까 | 102

조선 역사의 그 다음 특징은 무엇입니까 | 104

조선 역사의 그 다음 특징도 말씀하여 주십시오 | 106

조선 역사는 어떠한 때에 영광을 가졌습니까 | 108

조선 역사에서 치욕스런 책장은 어떤 때이었습니까 | 110

조선의 민족성을 말씀하여 주십시오 | 111

조선인은 파쟁성·사대성이 있다는데 과연 그렇습니까 | 112

역사를 거울로 하여 우리가 급히 고쳐야 할 병통은 무엇입니까 | 112

조선 역사를 읽을 때에 가장 슬픈 일은 무엇이겠습니까 | 113

민족이 외적의 밑에 들어 있을 때에,
가장 한심스러운 일은 무엇입니까 | 114

조선 역대의 대수·연수를 알고 싶습니다 | 115

이씨 조선의 여러 임금을 대강 일러 주십시오 | 116

7. 신앙

조선에는 어떠한 고유 신앙이 있었습니까 | 121

조선 민족교의 내력을 들려주십시오 | 122

고유 신앙이 가장 융성하던 시기는 언제입니까 | 124

'부루' 교단에서 정신 단련에 쓰던 방법은 무엇이었습니까 | 125

옛날 '부루'교가 끼친 자취에 지금 눈으로 보고 마음으로
느끼는 것이 무엇입니까 | 128

단군교는 근래에 어떻게 되었습니까 | 130

대종교란 무슨 뜻입니까 | 131

『정감록』은 어떤 것입니까 | 132

남조선이란 무엇입니까 | 135

동학 · 천도교는 어떻게 생겼습니까 | 137

유사 종교는 무슨 의미입니까 | 140

8. 유학

유교는 언제 들어와 어떻게 행하였습니까 | 145

조선에도 정주 이외의 학파가 있었습니까 | 147

승무유현은 무엇입니까 | 147

서원이란 무엇입니까 | 150

성균관은 무엇입니까 | 154

4학은 무엇입니까 | 156

향교는 무엇입니까 | 156

석전은 무엇입니까 | 157

거재란 무엇입니까 | 158

유교가 조선에 어떤 영향을 주었습니까 | 158

9. 종교

불교는 언제 어떻게 들어왔습니까 | 163

이차돈이 순교한 이야기를 듣고 싶습니다 | 164

불교의 전통은 우리에게 어떤 영향을 주었습니까 | 165

우리나라의 대표적 승려는 누구누구입니까 | 167

이씨 조선에서는 과연 억불만 하였습니까 | 171

31본산은 무엇입니까 | 172

조선 불교에는 어떠어떠한 종파가 있었습니까 | 175

도교는 조선에 어떻게 행하였습니까 | 177

기독교는 언제 어떻게 들어왔습니까 | 179

천주교란 말은 무슨 뜻입니까 | 185

조선에서 장렬하게 순교한 기독교인들에 관해 이야기해주십시오 | 186

그리스교회는 무엇입니까 | 188

성분도회는 무엇입니까 | 189

기독신교는 언제 들어왔습니까 | 190

영국성공회는 무엇입니까 | 194

구세군은 무엇입니까 | 195

기독교가 우리에게 어떤 영향을 주었습니까 | 196

회회교도 조선에 들어왔습니까 | 198

10. 어문

조선어는 언어학상 어디에 속합니까 | 201

우랄 알타이 어족은 무엇입니까 | 202

조선말은 연원이 얼마나 오래되었습니까 | 203

조선어의 구성 내용은 어떻습니까 | 204

외래어란 무엇입니까 | 205

조선에 있는 외래어의 실제를 폭넓게 말씀하여 주십시오 | 206

조선의 국문은 언제 어떻게 성립하였습니까 | 208

훈민정음은 무엇에 의거하여 만든 것일까요 | 210

당초부터 "글자는 고전古篆를 본떴다."란 말이 있는데
그것은 어떻게 해석할 것입니까 | 212

훈민정음의 문자학적 특색을 듣고 싶습니다 | 213

우리 글의 바른 이름은 무엇입니까 | 215

• 최남선 한국학 총서 23 - **조선상식문답속편**

■ 서문 | 1

1. 과학

조선 과학사의 주축을 듣고 싶습니다 | 5

조선 고대 천문학의 실마리를 찾아볼 것은 없을까요 | 6

조선의 천문학은 어떻게 변천하여 나왔습니까 | 8

관측학상에 자랑할 만한 업적은 무엇이 있습니까 | 16

조선의 원시 의학은 어떠한 것이 있습니까 | 18

삼국 시대 의술의 개략을 듣고 싶습니다 | 19

통일 신라 시대의 의학은 어떠하였습니까 | 21

고려 시대의 의학은 어떠하였습니까 | 22

이씨 조선의 의학은 어떠하였습니까 | 29

서양 의학 전래 사실을 들려주십시오 | 39

우두 전래 경로를 들려주시오 | 45

조선에 수의도 있었습니까 | 52

법의학에는 어떠한 방법과 서책이 있었습니까 | 53

농학은 어떻게 발달해 왔습니까 | 55

2. 문학

조선 문학의 싹은 어떻게 있습니까 | 65

노래는 어떻게 분화하고 발달하였습니까 | 66

가무 음악을 신비하게 생각한 사실을 들려주십시오 | 68

향가란 무엇입니까 | 70

향가 말고 따로 전하는 신라의 가요에는 무엇이 있습니까 | 71

고구려의 가요로 남아 있는 것은 무엇입니까 | 71

백제 계통의 가요는 무엇이 있었습니까 | 73

고려의 시가에는 어떤 것이 있습니까 | 74

이씨 조선의 가요의 주조를 개괄적으로 말씀해주십시오 | 76

시조의 신경향을 몇 가지 말씀하여 주십시오 | 80

이씨 조선에서 시조 이외의 시가는 어떠한 모양입니까 | 82

가사란 무엇입니까 | 86

잡가란 무엇입니까 | 87

판소리광대 소리란 어떤 것입니까 | 88

조선의 소설은 어떻게 발달하였습니까 | 90

한문학은 언제 어떻게 조선에 들어왔습니까 | 96

기자 때에 한문이 들어왔다는 말은 근거가 없습니까 | 98

한문 폐지 문제는 어떻게 생각할 것입니까 | 98

서양 문학은 어떻게 조선으로 들어왔습니까 | 99

3. 도서

진역에 있는 가장 오래된 저술은 무엇입니까 | 103

현존한 조선 사적 중 가장 오랜 것은 무엇입니까 | 104

진역의 최대 저술은 무엇입니까 | 107

진역 최대의 각판은 무엇입니까 | 109

사서를 통감이라 하는 것은 어떤 내력입니까 | 111

자서를 옥편이라고 이름은 무슨 내력입니까 | 112

조선 도서의 목록에는 어떤 것이 있습니까 | 113

조선 관계 외국 문헌 목록에는 무엇이 있습니까 | 115

4. 금석

조선의 금석학은 어떻게 발달하여 왔습니까 | 119

조선 금석 목록은 무엇입니까 | 121

조선 안에 있는 가장 오랜 석문은 무엇입니까 | 122

조선인이 세운 가장 오랜 비문은 무엇입니까 | 123

광개토왕비는 언제 다시 세상에 알려졌습니까 | 125

고구려의 각문으로 지금 국내에 남아 있는 것은 무엇입니까 | 127

진흥왕비의 금석학적 지위를 들려주십시오 | 128

평제비란 것은 무엇입니까 | 131

사산비명이란 무엇을 가리키는 것입니까 | 132

백월비는 어디 있고 또 어째서 유명합니까 | 133

탑골공원의 비는 언제 세운 것입니까 | 134

특수 문자의 금석에는 어떤 것이 있습니까 | 136

옛 금문에서 진기한 것은 무엇이 있습니까 | 137

5. 음악

조선 음악의 발달 과정을 개괄적으로 들려주십시오 | 141

조선의 원시 음악을 따로 말씀하여 주십시오 | 144

조선 고대의 음악 문화는 어떠한 지위에 있었습니까 | 146

고대 조선에 외국 음악이 유입한 대세를 들려 주십시오 | 147

고구려의 음악은 어떠하였습니까 | 148

백제 음악은 어떠하였습니까 | 151

신라 음악은 어떠하였습니까 | 152

현금의 유래를 듣고 싶습니다 | 154

가야금의 내력은 어떻습니까 | 156

공후란 무엇입니까 | 157

고려의 음악은 어떠하였습니까 | 159

일본에 전하는 고려악이란 어떤 것입니까 | 163

이씨 조선의 음악은 어떠하였습니까 | 165

삼현육각이란 무엇입니까 | 173

취타니 군악이니 하는 것은 무엇입니까 | 174

음률이니 풍류니 하는 것은 무엇입니까 | 175

농악은 어떻게 구성된 것입니까 | 176

양악은 언제부터 알려지고 또 전래하였습니까 | 177

6. 연극

연극을 나타내는 국어는 무엇입니까 | 183

고대 연극의 특색은 무엇입니까 | 184

조선 연극의 기원은 어디서 찾겠습니까 | 184

조선 고대극의 내용을 전하는 재료는 무엇이 있습니까 | 185

『삼국유사』에 전해 있는 고대극은 무엇입니까 | 187

고구려 시대에는 무슨 극이 있었습니까 | 188

백제의 극곡은 무엇이 알려져 있습니까 | 189

신라의 극곡을 말씀하여 주시오 | 190

사선악부란 무엇입니까 | 192

신라에서 향악을 얼마나 숭상하였습니까 | 193

처용무란 어떤 것입니까 | 193

향악 5종이란 무엇입니까 | 195

고려 시대에는 희극이 어떻게 얼마나 발달하였습니까 | 198

이씨 조선에서 희극은 어떻게 존재하였습니까 | 205

나례도감에 매인 재인이 하던 노릇이 무엇이었습니까 | 212

덧보기란 무엇입니까 | 213

꼭둑각시란 어떤 것입니까 | 214

사지춤은 어떠한 것입니까 | 216

나례 이외의 희극에는 어떤 것이 있었습니까 | 218

창극이란 무엇입니까 | 221

이른바 희대는 어떻게 생겨서 어떻게 없어졌습니까 | 223

화산대란 무엇입니까 | 225

최
남
선
한
국
학
총
서

7. 서학

글씨의 예술적 지위를 알고 싶습니다 | 229

중국 서학자체 · 서법이 변천해 온 요령을 들려주십시오 | 232

삼국 시대의 글씨는 어떠하였습니까 | 237

고구려의 글씨에는 어떤 것이 있습니까 | 238

백제의 글씨에는 어떠한 것이 있습니까 | 239

신라의 서체는 어떻게 변천하여 왔습니까 | 240

조선 서학상에서 김생의 지위를 말씀하여 주십시오 | 244

고려 시대의 서학은 어떠하였습니까 | 246

진체니 촉체니 하는 것은 무슨 출처에 따른 말입니까 | 250

이씨 조선의 서학은 어떠하였습니까 | 251

진역에서 생긴 서체에는 무엇무엇이 있습니까 | 255

이조 이후에 김생체를 잇는 원류를 듣고 싶습니다 | 256

액체니 설암체니 하는 것은 무엇입니까 | 256

여류 서예가에는 누가 있습니까 | 257

서울 안에 있는 유명한 현판 글씨의 임자를 들려주십시오 | 258

8. 회화

미술이란 말은 언제 생겼고 무슨 뜻입니까 | 263

진역에서 가장 오랜 회화는 무엇입니까 | 263

고구려의 회화는 어떠하였습니까 | 264

고구려 화가로 이름을 전한 이는 누가 있습니까 | 267

백제의 회화는 어떠하였습니까 | 270

신라의 회화는 어떠하였습니까 | 272

고려 시대의 회화를 말씀하여 주십시오 | 273

이씨 조선의 회화 연혁은 어떠하였습니까 | 280

진역의 불화는 어떻게 성립하고 또 전승되었습니까 | 291

낙화란 무엇입니까 | 292

색 인

색 인

ㄱ

가가미カガミ ⑬103

가가야미カガヤキ ⑬103

「가곡선歌曲選」 ⑪18

「가곡원류歌曲源流」 ㉓88

가구산香具山 ⑬88

가귀비嘉貴妃 ⑰183

가나자와 쇼자부로金澤圧三郞 ⑦37

가니색가왕迦膩色迦王 ⑮181, 183

가도椵島 ⑰174

가독부可毒夫 ⑰41

가라伽羅 ⑦68, 119 ⑬98

가라국加羅國 ⑬106, 169

가라물伽倻津(가라믈) ⑰95 ⑱16

가라후토樺太 ⑧130

가락駕洛 ⑦74, 119 ⑩39

「가락국기駕洛國記」 ⑦59, 97 ⑩
36, 38 ㉑24, 53 ㉓187, 188

「가락기駕洛記」 ㉑24

가락설화 ②288 ⑧54 ⑩249 ⑩
40 ⑩39

가래산신加來山神 ③18

「가래총록佳來總錄」 ⑤391

「가레바라」 ⑬125

가련산可蓮山 ①14

가례嘉禮 ⑬99

가릉빈가迦陵頻迦 ③95 ⑬53 ⑬18

가리내 ①8

가리니코프 ⑨251

가리발디 ⑪151 ⑫143

가림성加林城 ③24 ⑳246

가림천佳林川 ②65

가마쿠라鎌倉 ⑬180 ⑮215, 235,
239

가모 마부치賀茂眞淵 ⑬88

가목사佳木斯 ⑤37

가묘비家廟碑 ①17

가무이미사키神威嶽 ⑩235

가무호기加牟菩岐 ⑬94

가미カミ ⑬103

가미무스히노카미神産巢日神 ⑬
193

가배 ⑩293, 294, 297, 304, 311
⑱58 ㉒85

가부키歌舞伎 ⑬84

가비嘉妃 ⑰182, 183

가비라국伽毘羅國 ⑰24, ⑪271

가사歌詞 ⑬29, 33, 34 ㉓87, 88,
89

가사누이무라笠縫邑 ⑩207

가사사笠佐 ⑩72, 74

가사사노미야키笠狹崎(笠沙之御崎)
⑩207

가상대사嘉祥大師 ⑮231

가생賈生 ⑪202

가서일加西溢 ⑮243 ㉓270

가섭迦葉 ③222 ⑦121

가섭굴迦葉窟 ④114

가섭동迦葉洞 ④114

가섭마등迦葉摩騰 ⑮184

가섭암迦葉菴 ④114

가섭원迦葉原 ⑤19 ⑦23, 68 ⑨
152 ⑩16, 67, 68, 74, 207

가송歌頌 ⑬118

「가송잡저歌頌雜著」 ㉑10

가습미라迦濕彌羅 ⑮181, 183 ⑰46

가승당 ⑦92

「가시리」 ㉓75

가시하라橿原 ⑩74~77, 217 ⑬
188

가실왕 ⑱28

가쓰라 고고로桂小五郎(木戸孝允)
⑳152

가쓰라기산葛城山 ⑧40

가야伽倻 ⑦68, 119 ⑩245 ⑬98
⑱28

가야고 ⑬23

가야금 ㉓156, 170, 300

가야산 ⑦97 ⑳193, 329

가얏고 ⑱28, 30 ㉓175

가요歌謠 ⑬92

가요체 ⑬151

가원계賈元桂 ⑯173 ⑱243

가위[嘉俳] ⑩293, 302, 303, 314
⑰51 ⑱58

가자시노히메기미カザシの姫君 ⑬
180

가잠성椵岑城 ⑰34, 35

가장Agu-usa ⑧131

가장주의家長主義 ⑧131

가지可支 ⑳164, 169, 255

가지도可支島 ⑳161, 165, 167~
169, 175, 327

가지어可支魚 ⑳165, 167

「가탐군국지賈耽郡國志」 ㉑22

가토 기요마사加藤淸正 ④166,
167 ⑰157~159, 163, 164

각가覺哥 ⑮229

각근慤勤 ⑰183

각력희角力戲 ⑩313

각사법刻絲法 ⑤241

「각세진경覺世眞經」 ⑬59, 60

각엄존자角儼尊者 ①59

각왕覺王 ⑮185

각운선사覺雲禪師 ⑯193

각유覺猷 ㉑24

각재角材 ⑥38, 42, 43

각저총角抵塚 ⑤240 ㉓266

각훈覺訓 ⑰124 ㉑37, 38, 74

간가干家 ⑦106

간경도감刊經都監 ⑮219 ⑰136 ⑱
125

간나위 ⑩261

간다라 ④85 ⑨190 ⑮182, 207
⑰26, 46

간도間島 ②61, 119, 221, 225,
227 ⑤11, 14, 16, 18, 19, 22,
23, 25, 35~37, 42, 53, 101
⑫196 ⑭44, 56, 57, 98 ⑳10,
184~187

간도관리사 ⑤23

간도미間島米 ⑤19

간도성間島省 ⑤17, 27

간도자작농제정5개년계획 ⑤101

간도호間島號 ⑤26

간독簡牘 ⑬79

간메이觀智 ⑮233

간무천황桓武天皇 ⑬191

간백산間白山 ②118, 120, 122 ⑳
193

간에이寬永 ⑬179

간에이사寬永寺 ⑮211

간의대簡儀臺 ⑥155 ⑰138, 139

「간이수로지」 ⑳179

간죠觀常 ⑮233

간홍簡仏 ㉓202

갈羯 ⑨44

갈관자鶡冠子 ⑬115

갈라티아Galatia ②277

갈릴레이 ⑭79, 104 ⑳39

갈마羯磨 ⑮248

갈마반도葛麻半島 ④271

「갈마단경羯摩壇經」 ⑮222

갈맛구미 ④193

갈문왕 ⑱41

갈반지葛蟠地 ㉑52

갈역葛驛 ⑳208

갈치葛峙 ①51

갈치천葛稚川 ③202

감귤 ⑰32

감로甘露 ②121 ⑮180

감로수甘露水 ②260 ④224

감리궁坎離宮 ⑤178

감문국 ⑫213

감사굴監司窟 ④206, 208

감산법斂散法 ⑰70

감숙甘肅 ⑨69

감시昆始 ③143

감신총龕神塚 ⑥62 ㉓265

감악산紺岳山 ⑦78

감응편感應編 ⑬58, 60

감의군사感義軍使 ⑳51

감자 ⑰219, 221

감저甘藷 ⑰219

「감저보甘藷譜」 ⑰220

「감저신보甘藷新譜」 ⑰220 ㉓62

감지 ⑰221

감진鑑眞 ⑮233

감진궤甘眞几 ⑪147

감호鑑湖 ④263, 264 ⑪241

갑산甲山 ②36, 38, 50, 51, 118,
339

갑신정변 ⑬167 ⑯138, 142 ⑲
24, ⑲120 ⑳155 ㉓43

갑오경장 ⑱218, 231 ⑲123 ⑳
159 ㉒56

「갑을경甲乙經」 ㉓21, 23

갑인자甲寅字 ⑰165

갑자사화 ⑯64 ⑰152 ⑱139

갑천甲川 ③13

강羌 ⑨180, 241 ⑰30

강감찬姜邯贊 ⑯34, 83 ⑰60, 178
⑱69 ⑳11

강경江景 ②17 ⑳245

강계江界 ②34 ⑥132, 135, 137

「강계지疆界志」 ⑦63, 191 ⑯92 ⑰197

강계현姜啓賢 ⑰220

강구康衢 ⑬30

강국康國 ⑨211 ⑰46

강남덕江南德 ⑪116, 117

강남춘江南春 ⑥65

강동군 ⑥17

「강릉매화전」 ㉓91

강명길康命吉 ⑯185 ⑱239 ㉓39

강문교江門橋 ⑪241

강복미복糠福米福 ⑩146

「강산무진도江山無盡圖」 ㉓287

강서삼묘江西三墓 ⑤73 ⑥163 ⑫28

강선대降仙臺 ④80, 85, 121~124, 127

강선루 ⑫199, 233 ⑬68

강세황姜世晃 ㉓286

「강쇠타령」 ㉓91

강수强首 ⑱57

강순康純 ⑯61 ⑰136 ⑱128, 130

강신당講信堂 ⑪27

「강역지疆域志」 ⑥176

강영태康永太 ⑪128

강왕康王 ⑥27

강우규姜宇奎 ⑲54, 91

강위姜瑋 ⑯121, 180 ⑰241 ⑱242

강율계姜栗溪 ⑥201

강이오姜彝五 ㉓288

강자羌煮 ⑨241, 242 ⑰30

강절江浙 ⑤260 ⑰112

강절3각江浙三閣 ⑤260

강정일당姜靜一堂 ⑬38 ⑯180

강조康兆 ⑱67, 68

강천康闡 ⑦233

「강천만색도江天晩色圖」 ㉓280

「강촌별곡江村別曲」 ㉓86, 88

강치 ⑳176

강치잡이 ⑳327

강필동姜必東 ⑥201~205, 213

강필리姜必履 ⑰220 ㉓61

강하신江河神 ⑩87

강항姜沆 ⑭97 ⑰164 ㉓283

강헌규姜獻奎 ④261

「강호사시가江湖四詩歌」 ㉓79

강호신구랑江戶新九郎 ⑱158

강화도 ⑮22 ⑯41, 42, 81, 82, 112, 115, 116 ⑰233 ⑱101

강화도조약 ⑯117, 122 ⑲7, 141

강화성 ⑰233

강화해협 ⑰233

강효문康孝文 ⑱128

강희맹姜希孟 ⑯187 ⑰146 ㉓59, 94

강희안姜希顔 ⑭97, 98 ⑯187 ⑰166 ⑱165 ㉓257, 281, 302

강희제康熙帝 ②220, 222 ⑤214, 220, 259, 341, 406 ⑨10

개介 ⑬99

개간이 ⑤17

개고개 ④174

개골皆骨 ③191, 192 ⑧28, 38

개골산皆骨山 ③53

개구介丘 ③192 ⑧38

개로왕 ⑱22

개마蓋馬 ⑭176 ⑳215

개마고대 ⑳215, 237

개마고원 ②53 ⑥132

개마국 ⑳215

개마총鎧馬塚 ⑥128 ㉓265, 266

개모蓋牟 ⑤432, 434

개모성蓋牟城 ⑤419

개사盖斯 ⑩74

개사수蓋斯水 ⑩207

개산둔開山屯 ⑤13

개성 ⑥33, 99, 154 ⑯28

개소문 ⑤434

개심대開心臺 ④149

개심사開心寺 ⑳201

개심암開心庵 ④153

개아지 ⑱11, 12, 15 ㉒94, 100, 101

개아지 조선 ㉒6

개원開原 ⑤198

개원로開元路 ⑤18

「개원석교록開元釋敎錄」 ⑮208, 209

개원성開原城 ⑤411, 412, 419

「개원정원이석교록開元貞元二釋敎錄」 ㉑22

「개원천보유사開元天寶遺事」 ㉑2, 3

개원현開原縣 ⑤360

개자추介子推 ㉒79

개재開哉 ③192 ⑧38

개주蓋州 ⑤432, 434

개천굉성제開天宏聖帝 ⑩230

개천도감開川都監 ⑰132

개천절開天節 ⑩275

개천홍성제開天弘聖帝 ⑮294

개태사開泰寺 ⑦90

개평蓋平 ⑤432~434

개평하蓋平河 ⑤431

개평현성蓋平縣城 ⑤431

개풍영빈관開楓迎賓舘 ④70

개화당開化黨 ⑯116, 123, 131 ⑰ 237, 241, 243

객차客次 ④63

거관巨關 ⑱158

거국莒國 ⑰11

거대월居待月 ⑩277

거란 ⑨212 ⑭53, 131, 179, 274 ⑯33, 35, 37 ⑰57~59, 61, 65 ⑱56, 63, 66, 74, 77, 86, 251

「거란국지契丹國志」 ②322 ⑤361 ⑨14, 15 ⑩231

거란장契丹場 ⑰65

거량수巨梁水 ⑨224

거류하巨流河 ⑤353, 354, 360, 361

거문고 ⑥59, 73, 125 ⑬23 ⑱27 ㉓155, 170, 175, 300

거북선 ⑫219 ⑭101 ⑯72, 77 ⑰160 ⑱156 ⑳100, 101

「거사연居士戀」 ⑬32 ㉓74, 75

거서간居西干 ⑥88 ⑦58 ⑧50 ⑬

103, 126 ⑰40 ⑱23

거석巨石 ②208 ⑨176 ⑮87

거석기념물 ⑦211

거석문화巨石文化 ⑥118, 119 ⑨
68, 176

거슬감居瑟邯 ⑩32 ⑰40

거슬한居瑟邯 ⑦107

거제대책車制對策 ⑰161

거울 ③208, 209, 210 ⑥20 ⑧
157 ⑨91

거지거gezige ⑨202

「거창가居昌歌」 ⑬68

거칠봉 ②135

거칠부居柒夫 ⑩292 ⑰122

거타지居陀知 ㉑51 ⑱50, 51

「거협편胠篋篇」 ⑫293

「건곤체의乾坤體義」 ⑱161

건국대학 ⑭237, 257

건국설화 ②286, 289 ⑦105 ⑨
136, 163 ⑩15, 66, 72 ⑬136,
188

건국신화 ⑦65, 246, 269, 276
⑨155 ⑩7, 25, 69, 75, 234,
247

건금촌乾金村 ⑪102

건길지鞬吉支 ⑰40

건륭분채기乾隆粉彩器 ⑤235

건륭어제지보乾隆御製之寶 ⑤263

건륭어필지보乾隆御筆之寶 ⑤258

건륭제乾隆帝 ⑤9, 234, 236, 259

건모라健牟羅 ⑦73, 136

건봉사乾鳳寺 ㉒174

건상襄裳 ⑬123

건양建陽 ⑯137~139, 158 ⑱221

「건염이래조야잡기建炎以來朝野雜
記」 ⑨14

건위장군建威將軍 ⑰22

건주여진建州女眞 ②215 ⑤293

건주부建州部 ⑰174

건주위建州衛 ⑤9 ⑨11 ⑳185

건지산 ①8, 10

건책巾幘 ⑨217

건태라建馱羅 ⑨191

「걸리버유람기」 ⑯160

걸복씨乞伏氏 ⑨43

검단선사黔丹禪師 ⑦90, 172

검단선인儉丹仙人 ⑦197

검모잠 ①23

검불랑劍拂浪 ②15

검불랑역劍拂浪驛 ③14

겁구아怯仇兒, Kekul ⑨217, 218

겁련구怯憐口 ⑨233 ⑰94, 98

「겁준도화劫俊桃花」 ⑤191

겨순이 쌀순이 ⑩146

게르만민족 ⑨109 ⑩134, 143

게세르 ⑩27, 247

「게송잡저偈頌雜著」 ㉑9, 102

게실복도Gesil Bogdo설화 ⑨162

게어偈語 ⑮238

게이신慧心 ⑮235

게이젠慧善 ⑮233

게일James S. Gale ⑯160 ㉒193

게티즈버그 ⑪150

게현憩峴 ③13

겐닌사建仁寺 [15]212

겐쇼제元正帝 [15]233

겐코사元興寺 [15]228, 232

겔러트 [11]156

겔트민족 [10]143

격格 [13]99

격구擊毬 [17]86 [18]93, 94

격무覡巫 [7]235

격치학格致學 [20]35

견곤堅昆 [9]44

견당사遣唐使 [15]234 [20]57~59, 63

견랑見郎 [21]52

견명見明 [21]7 [23]106

견산甄山 [2]119

견선遣船의 노래 [13]36

견성犬城 [21]52

견수사遣隋使 [20]57

견우牽牛 [10]89~91

견지繭紙 [17]76

견훤甄萱 [1]36~39 [6]92, 93 [7]
296 [10]163, 165, [16]27, 28 [17]
52, 53 [18]55

겸익謙益 [11]289, 291 [22]167

경강京江 [11]116

경교비景敎碑 [3]44

「경국대전」 [16]62 [17]137, 138,
144 [18]131, 132, 183 [20]102
[23]37

경단원慶團圓 [10]283

경당經幢 [23]136

경대승慶大升 [15]124

경덕왕 [18]45, 46, 47, 57

경덕진요景德鎭窯 [5]234

경도선京圖線 [5]27, 175

「경도잡지京都雜志」 [16]92 [23]209,
251

경려輕呂 [9]178

경로도徑路刀 [9]178

경로사신徑路祠神 [9]97, 98

경론소석經論疏釋 [14]130

경률론經律論 [15]201

「경률이상經律異相」 [3]214

경무총감부 [19]82

경문왕 [10]149 155 [15]80, 81, 92
[18]52, 57

「경민警民」 [13]46

경박호鏡泊湖 [5]75, 77, 85, 87,
150

경백선京白線 [5]163

경복궁景福宮 [13]34, 35, 168 [16]
57, 110, 114, 137 [17]232, 235
[18]115, 165, 199, 202

경봉선京奉線 [9]224

경부선京釜線 [2]13

경빈선京濱線 [5]118, 163

「경서당잡지經鉏堂雜志」 [10]286

경석輕石 [2]183

경선慶船 [16]183

경성 [1]19 [3]31 [5]4, 51, 243,
429 [6]99, 106, 155 [13]34, 35

경성부 [5]211

경성역 [3]4 [5]3

「경성일보京城日報」 [6]160 [16]159

「경세가警世歌」 [13]47

「경세유표經世遺表」 ⑭105 ⑯92 ⑰198

「경수당집警修堂集」 ㉓289

경수옥액瓊羞玉液 ②94

경순왕敬順王 ③51 ④39, 61 ⑥202

경순왕자敬順王子 ③235, 236, 237

경순왕비敬順王妃 ④63, 73

경승警乘 ⑤13

경신대출척庚申大黜陟 ⑰186, 187 ⑱178

「경신외사庚申外史」 ⑰96

경신일庚申日 ⑬56, 58

경아전京衙前 ⑰211

경애왕景哀王 ⑥93

경연經筵 ⑰134

경연애장慶筵哀場 ⑬119

경운궁 ⑱221~233, 235

경원개시慶源開市 ⑰193

경원慶源 ②225 ⑤32, 35

경원선京元線 ③22 ④24

경자자庚子字 ⑰165

경장판慶長板 ⑰167

경제景帝 ⑥27

경종 ⑮111, 112 ⑯85, 86, 88

경주 ⑥66~68, 82~87, 93, 94, 96, 97, 99, 114, 154, 158 ⑪67, 174 ⑭130, 135, 213, 214

「경중편輕重篇」 ⑨165

「경직도耕織圖」 ㉓295

경천사擎天寺 ⑪104 ⑱166

경태람景泰藍 ⑤233 ⑨237

경편철도 ⑤30

경포 ②22 ⑪103, 241

경포대鏡浦臺 ④252 ⑪240

「경험방經驗方」 ㉓35

경호군警護軍 ⑤13

계契 ⑰67, 68

계감부計勘簿 ②4

계고階古 ㉓156

계단戒壇 ⑦112

「계륵편雞肋編」 ⑤241

계림鷄林 ⑥90 ⑬31, 154 ⑱23 ㉑52

「계림구문록鷄林舊聞錄」 ⑤349

계림국鷄林國 ⑩33

계림부鷄林府 ⑬152, 153

「계림유사鷄林類事」 ⑦79

「계림잡전鷄林雜傳」 ⑩8

계마석繫馬石 ③51 ④40, 41

「계명啓明」 ㉑117, 118

계명구락부 ㉑114, 117

계명석誡命石 ②260

계백季伯 ②308 ⑯183

계불식禊祓式 ⑧142

계빈罽賓 ⑰46

계산溪山 ④84

계생桂生 ⑬38 ⑰218

「계서야담溪西野談」 ㉓97

계수대桂樹臺 ③159 ④185, 186

「계신록稽神錄」 ⑩88

계약궤契約櫃 ②260

계원桂元 ㉑44

「계원필경桂苑筆耕」 16 27 17 122

계조굴繼祖窟 4 149

계중契仲 13 93

계찰季札 13 123

계초戒初 23 292

계축자癸丑字 17 166

계향桂香 17 218

고아시아 8 103 15 288

고간사高間寺 13 139

고개지顧愷之 6 44 13 43 15 242 17 185 23 266

고겐천황孝謙天皇 13 139

고경서高慶緒 9 195

고고학 15 18, 19

「고공답주인가雇工答主人歌」 23 86

고구려 고분 6 14 14 269

「고구려본기」 9 149 23 189

「고구려전」 6 139 9 110, 123

「고구려 악부樂府」 23 150

고구마 17 219, 220, 221

고국원왕 6 139, 217 17 18, 21, 59

고궁박물관 5 248

고궐리古闕里 3 10

고금도 20 95

「고금도서집성古今圖書集成」 5 246, 325, 360 17 168 23 111

「고금상정예문古今詳定禮文」 16 42

「고금석림古今釋林」 23 173

「고금열녀전古今烈女傳」 13 43

「고금저문집古今著聞集」 13 180

「고금주古今注」 13 140, 13 141

「고금집古今集」 13 104

고기古記 7 8~10, 12, 22, 23, 25, 48, 61, 68, 70, 106, 270 9 50 10 8 13 151, 152 15 53 19 117 21 22, 59, 60, 122

고기패高基佩 5 237

고납합古納哈(구나개) 18 130

고니시 유키나가小西行長 17 157~159

고다마 히데오兒玉秀雄 19 98, 99

고대성古大城 5 65

고대자高臺子 5 161

고덕산 1 11

고데라 키요유키小寺清之 13 178

고도관高濤寬 23 222

고동주평古東州坪 3 10

고득상高得相 21 25, 75

고든Gordon부인 3 44 4 33

고란사高欄寺 6 78 12 207

고란사종高欄寺鍾 6 78

고려 3 8 4 21, 29, 34 5 234 6 84, 139, 178 9 121 13 183 14 133, 183, 190, 193, 194, 213, 214 18 56, 64~79, 81~83, 86~90, 92, 93, 95~97, 100~102, 104, 106~110, 115, 116, 119, 121, 131, 134, 157, 163

고려가高麗街(카레이스카야) 5 118

고려고기高麗肉 9 254

고려고기高麗古記 21 22, 30

고려공산청년회 19 60, 95

고려국양高麗國樣 18 97

고려기高麗伎 ㉓149

고려대장경 ⑭131, 132 ⑮158, 161~163, 167, 168, 212, 213 ⑯42, 61 ⑰88 ⑱91

「고려도경高麗圖經」 ⑦27 ⑰215 ㉑61, 66 ㉓27, 163

고려동高麗銅 ⑰75 ⑱70

고려동인高麗銅印 ⑰167

고려둔高麗屯 ⑰169

고려보高麗堡 ⑰169

고려문석高麗文席 ⑰76

「고려사高麗史」 ②322 ⑥206, 219, 222 ⑦10~13, 22, 27, 44, 109, 183, 200, 223, 303 ⑨218, 233 ⑩209, 211, 273, 307, 315 ⑪328 ⑫34 ⑬23, 32, 33 ⑯60 ⑰73, 102, 141, 142, ⑱131 ⑳111~113 ㉑42, 45, 61, 66, 78, 83, 115 ㉓ 71~73, 75, 108, 112, 161, 162, 189, 190, 199, 200, 215

「고려사절요高麗史節要」 ⑦39 ⑪ 20 ⑰142 ㉑57

고려성高麗城 ⑤184 ⑰169

고려성高麗姓 ⑰183

고려성자高麗城子 ⑤172

「고려소헌황제침경高麗所獻黃帝鍼經」 ㉓26

고려아청高麗鴉靑 ⑨254 ⑰96

고려악高麗樂 ⑬116

고려양高麗樣 ⑰96

고려영高麗營 ⑰169

고려자기 ⑥33 ⑮28

고려장高麗葬 ⑥117

고려장高麗庄 ⑰169

「고려전高麗傳」(「구당서」) ⑨225

고려촌高麗村 ⑰169 ⑳184, 328

고려총高麗叢 ⑪131

「고려편년통록高麗編年通錄」 ㉑74

「고려풍속기」 ㉑64

고려혁명당 ⑲94

고령진 ⑤11

고리高里 ⑧38

고리국藁離國 ⑨120, 121

고리실나무 ③57

고립어 ⑮59 ㉒201

고마固麻 ⑦73

고메이護明 ⑮232

고모담姑姆潭 ⑪45

고무라 주타로小村壽太郎 ⑯136 ⑱220

고무산古茂山 ⑤5, 6

「고문진보古文眞寶」 ⑭142

「고문효경古文孝經」 ⑰167

고반산성高盤山城 ⑤64

고방 ②25

고병高騈 ⑳261

고봉高峯 ⑰112

고부구高埠區 ⑤131

고북경인古北京人 ⑨55

고분 ⑥2, 32, 33, 37, 129, 158, 163 ⑤150 ⑮27, 31

고분벽화 ⑥129

고사告祀 ③200 ⑩273

최남선 한국학 총서

「고사기古事記」 ⑧10 ⑨102 ⑩48,
　55, 59~61, 72~74, 164, 246
　⑬92~94, 131~33, 135, 143~
　152, 158, 179, 188, 193, 195,
　197, 199 ⑰17
「고사기전古事記傳」 ⑧10, 45 ⑬
　91
고사설화古史說話 ⑩9
고사신화古史神話 ⑦275
고사신화학古史神話學 ⑦245
「고사유원古事類苑」 ⑳63
「고사촬요攷事撮要」 ⑤383, 386
　㉓54
「고사통故事通」 ⑮297 ⑯221 ⑱
　253, 256, 257
「고산구곡가高山九曲歌」 ㉓79
「고산구곡담가高山九曲潭歌」 ⑪
　311
고산역高山驛 ③17
「고상한 쾌락」 ⑭282
고선지高仙芝 ⑰44 ⑱44
고성高城 ④19, 20, 225, 226,
　249, 251, 252, 254, 256 ⑥
　114
고성군高城郡 ④20, 264
고성읍高城邑 ④247, 255, 256
「고성읍지高城邑誌」 ④257, 262
고성포高城浦 ④257
고수석姑嫂石 ⑥115
「고승전高僧傳」 ⑮189 ⑱57 ㉑
　22, 25, 30, 36, 37, 59 ㉓186
고시베리아족 ⑧110

고신도古神道 ②154 ④73 ⑨95
　⑩222, 259, 260, 271 ⑬199
고신전古神典 ②289~291
고암鼓岩 ②50
고양군高陽郡 ⑤211
고양육烤羊肉 ⑨244
「고열녀전古烈女傳」 ⑬43
고염무顧炎武 ⑨225
고영근高永根 ⑯142
고영희高永喜 ⑯155, 170
고왕高王 ⑤50, 51
고요소高要沼 ⑳223, 224
고우행古雨行 ③183
고운高雲 ⑫116 ⑰21, 22 ⑱22
　㉓282
「고운당필기古芸堂筆記」 ㉓62
고운사孤雲寺 ㉒174
고이소 구니아키小磯國昭 ⑲78,
　106, 107
고인돌 ②66 ⑥54, 103, 105~
　108, 110~112, 114~120 ⑰7
　⑳221
고임돌 ⑥150
고저만庫底灣 ④270
고저항庫底港 ④269
고적 ⑥47, 149, 152, 156, 159
　⑲118
고적보물천연기념물보존위원 ⑭
　232
고적보존회 ㉑125
고적애호운동 ⑥160
고적조사사업 ⑮29, 30, 31

「고적조사특별보고」 ⑥198

고조선 ⑤398, 432 ⑥14 ⑦8 ⑧22, 24 ⑨135 ⑬19, 20 ⑭50, 53 ⑮22 ⑱15

고조선어 ⑬103

고종高宗(고려) ⑭131, 133⑮157, 161 ⑯41, 42, 43, 52, ⑱85~92, 95, 101

고종高宗(조선) ⑬35 ⑯109~117, 122~130, 135~140, 149, 151, 156, 160, 163, 172, 173, 183, 186, 208 ⑱199, 202~224

고주몽 ⑩56

「고주시전古註詩傳」 ⑰165

고즈덴노牛頭天王 ⑩111

고증학 ⑳35

고지대박물강습회원高地帶博物講習會員 ②39

고지마 다카노리兒島高德 ⑮7

고지손蠱之巽 ⑬115

고진승高鎭升 ㉓288

고차高車 ⑨44, 209

「고차열전高車列傳」 ⑨140

고참古站 ⑤4

고창高昌 ⑨211

고창국高昌國 ⑨210

고청봉孤靑峯 ⑪27

고체Gottsche, C ㉒45

고추古雛 ⑰41, 173

고추가古鄒加 ⑬103 ⑰40

고켄제孝謙帝 ⑮233

「고헌지전顧憲之傳」 ⑩112

고환高歡 ㉑60

고흥高興 ⑰122 ㉑30

고희천자古希天子 ⑤236

곡미어曲尾語 ⑮59

곡수연曲水宴 ⑥92

곡식의 신 ⑧86

곡신穀神 ⑩92, 97

곤도 모토스케近藤眞鋤 ⑳156

곤륜산崑崙山 ④5 ⑥102 ⑧59 ⑫249

곤륜설昆侖說 ②252

곤륜팔선崑崙八仙 ㉓189

곤막왕昆莫王설화 ⑨120

「곤여만국전도坤輿萬國全圖」 ⑱161

곤장덕昆長德 ②79, 80, 343

곤지산 ①11

「골계전滑稽傳」 ⑱164 ㉓94

골드족Gold ⑨160

골디인Goldi(魚皮韃子) ⑦290 ⑧110

골북骨北 ⑮106

골천인鶻川人 ⑬133

「공과격功過格」 ⑬59

공관空觀 ⑮187

공덕리孔德里 ⑪7

공명지조共命之鳥 ⑬53

공민왕 ⑤316 ⑥135 ⑯46, 47, 48, 52, 53 ⑰108, 109 ⑱98~104, 106, 107 ㉓277, 279, 302

공북루拱北樓 ⑳246
공산사公山寺 ③184
공수자반公輸子般 ⑪167
공암孔岩 ⑳161
공암동孔巖洞 ⑪27
공양왕 ⑭133 ⑯49 ⑱109, 110
공자 ③140 ⑤181, 187~189 ⑪
　272, 273, 276, 277 ⑫299 ⑬
　122 ⑭21, 250 ⑱26, 97, 98
　㉒145, 157, 158 ㉓272
공자묘 ⑤125 ⑨197, 198
공작행孔雀行 ⑥59 ⑬69, 138
공장덕 ②79
공주公州 ⑥69, 73 ⑰19
공주령公主嶺 ⑤196~198
공주릉公主陵 ⑤196
공험진公嶮鎭 ⑥222
공험진비公嶮鎭碑 ⑥199
공후箜篌 ⑮88 ⑱28, 30 ㉓152,
　157~159, 161, 177, 300
공후인箜篌引 ⑭269 ㉓158, 159
「과농소초課農小抄」 ㉓60
「과부가寡婦歌」 ⑬68
과부쌈질 ⑮37
과선戈船 ⑳99
과줄 ⑨253
과하마果下馬 ⑱17
곽槨 ⑥57, 111
곽광霍光 ⑨189
곽금문郭金門 ③127
곽리자고霍里子高 ㉓158, 159
「곽무왕충장록郭武王忠壯錄」 ⑬64

곽박郭璞 ⑭222
곽사봉郭沙峰 ②71
곽상선郭尙先 ⑤237
곽송령郭松齡 ②169
곽수경郭守敬 ⑰138 ㉓9, 10
곽암廓庵 ③221
곽약허郭若虛 ㉓274
곽여郭輿 ⑪308 ㉓78
곽예郭預 ㉓249
곽원郭元 ㉓27
곽이라사郭爾羅斯 ⑤162
곽종석郭鍾錫 ⑲39 ㉒147
곽충郭充 ⑰21
곽충서郭忠恕 ㉓280
곽희郭熙 ④195 ㉓280
관계사觀鷄寺 ⑨223
관계산觀鷄山 ⑨223, 224
관계수觀鷄水 ⑨223, 224
관공關公 ⑬57
관구검毋丘儉 ⑤240 ⑥114
관극觀劇 ㉓213
관나부인貫那夫人 ⑬142
관남대원문關南大轅門 ②24, 26
관대冠帶 ⑬73
관덕정觀德亭 ⑪8
관동關東 ⑨12
관동국특무기관 ⑤31
관동군 ⑭233
「관동별곡關東別曲」 ⑯177 ㉓79
　86, 88
관동삼성關東三省 ⑨12
「관동와주關東瓦注」 ④269

「관동외곡關同外曲」 13 68

관동주關東州 5 431, 458, 464 9 12

관동팔경關東八景 4 248, 249, 268 12 211 13 68 20 256

「관동풍악발연수석기關東楓岳鉢淵蔽石記」 4 181 21 23

관령자管領者 4 75

관륵觀勒 15 230 17 43 22 167 23 8

관모봉 20 109

관모산 2 118

관문성關門城 6 90

관미關彌 7 73

관백關白 20 127

관병대觀兵臺 5 60

관북關北 3 31, 33 5 17

「관불삼매해경觀佛三昧海經」 7 60

관상감 11 216 12 204 14 136

관서關西 3 21

「관서록關西錄」 5 437

관선생關先生 18 100

관성자寬城子 5 162, 163, 166

관성제군關聖帝君 13 57, 59

「관성제군보고關聖帝君寶誥」 13 61

「관성제군성독도지關聖帝君聖讀圖誌」 13 61

「관성제군오륜경關聖帝君五倫經」 13 61

관세음보살 15 175, 176

관습도감慣習都鑑 14 102

관악산 20 193

관어대 20 256

「관어동북사상일위괴걸적신사료 關於東北史一位怪傑的新史料」 9 12

관왕묘 12 101

관음觀音 3 227 4 96

「관음경」 15 174

관음굴 4 94, 96, 98, 99

관음님봉 3 67

관음대사觀音大師 15 271

「관음도」 20 161

관음봉 3 66, 67 4 27, 35, 38, 45, 109, 126, 143, 175, 192, 198, 201, 223, 226, 227

관음암 4 35

관장동 4 178

관장무關壯繆 13 57, 59, 61

관장협冠章峽 3 158

관저關雎 13 121, 122

관전마려官田麻呂 20 56

관제묘關帝廟 11 131

관조觀照 15 55

관중管仲 9 203

관창官昌 17 37

관평리館平里 2 50

관화원觀花院 5 62

「관휴지灌畦志」 23 61

「괄지지括地志」 2 322 10 85

광壙 6 111

광개토경영락호태왕廣開土境永樂好太王 6 142

광개토왕 5 314 6 61, 128, 139, 142, 144, 154, 215 7 59 16

18 ⑰18, 19, 59 ⑱21, 22, 26, 31

광개토왕비 ⑤239 ⑥143~145, 154, 169 ⑦144, 145 ㉓124, 125, 237, 238, 300, 301

광녕廣寧 ⑤422

광녕전둔廣寧前屯 ⑤387

광대 ⑧90

광대놀이 ⑬32

광덕廣德 ㉒169

「광동통지廣東通志」 ⑩96, 110

광명사廣明寺 ㉑8

광무光武 ⑯140~147, 153~164 ⑱ 222~244

광무제光武帝 ③102

광문고廣文庫 ⑬140

광복군 ⑲77

광복진선청년공작대光復陣線靑年 工作隊 ⑲71, 104

광서光緖 ⑤228

광성자廣成子 ⑪167

광성진廣城鎭 ⑰234

광우사廣祐寺 ⑤308, 319, 325, 326, 384

「광제비급廣濟秘笈」 ㉓39

광조사비廣照寺碑 ⑰124

광종 ⑯38, 51 ⑱65, 81

광주廣州 ⑥69, 106 ⑱22

「광주기廣州記」 ⑩110

광통교廣通橋 ⑰132, 223 ㉒78

광학회廣學會 ⑮173

광한루 ⑫220

광해군 ⑬56 ⑯78, 79, 87, 98, 179 ⑰174 ⑱169~171, 241

「광해군일기」 ⑳122

광혜원廣惠院 ⑱210 ㉒192 ㉓43

괘궁정掛弓亭 ②58, 344 ③40 ④ 27

괘도掛島 ②22

괘서掛書 ⑮111, 112

괘서전掛書戰 ⑮113

괘종암掛鍾巖 ④264

「괴기怪奇」 ⑳322

괴력난신怪力亂神 ⑦49 ⑩4, 9, 218 ⑮46

괴테 ⑬53 ⑭60, 207

괸돌 ⑥103

교거지僑居地 ⑭171

교니자膠泥字 ⑰168

교동 ⑱101

교묘郊廟 ⑬101

「교사가郊祀歌」 ⑬115

「교사지郊祀志」 ⑬115

「교식추보법가령交食推步法假令」 ㉓10

「교식통궤交食通軌」 ⑯184

교엔사鏡圓寺 ⑰170

「교우론交友論」 ⑱161

교원랑邀元郎 ㉑44

교장도감敎藏都監 ⑮162

교장사敎藏司 ⑮217

교젠行善 ⑮233

교지交趾 ⑨7

교착어 ⑮59, 131 ㉒201

최남선 한국학 총서 색인

교키行基 ⑮235

교토대학본 ㉑117

교학敎學 ⑮41

교항리橋項里 ②52

「교훈초敎訓抄」 ⑬117

구가謳歌 ⑬102

구가진 ②79

「구겁문救劫文」 ⑬60

「구경灸經」 ㉓23

구구대九九臺 ⑤168

구구타예설라炬炬吒翳設羅 ⑰45

「구급간이방救急簡易方」 ㉓33

구급도감救急都監 ⑰70

「구급방救急方」 ㉓38

「구급이해방救急易解方」 ㉓33

구다라 가와나리百濟河成 ㉓271

구다라 고토Kudara goto ⑮88

구담龜潭 ⑪44 ⑳244

구담실달다瞿曇悉達多 ⑰24

「구당서舊唐書」 ⑩297 ㉑22, 63
    ㉓217, 229

구들식 ⑨225

구란勾欄 ⑮241

「구래공정충직절기寇萊公貞忠直節
    記」 ⑬64

구레왕 ③18, 23, 26

구려句麗 ⑰14

구려하句驪河 ⑤360, 361

구련성九連城 ⑤391 ⑪13, 126,
    127

구로久老 ⑬93

구로다 기요타카黑田淸隆 ⑯115

⑰236 ⑱203

구로다 나가마사黑田長政 ⑰157,
    158

구로회九老會 ②75

구룡九龍 ④219

구룡계 ⑳246

구룡대九龍臺 ④217~220 ⑪13

구룡동九龍洞 ④199, 201, 205,
    217

구룡소九龍沼 ④156, 164, 179,
    216

구룡연九龍淵 ③165 ④82, 88,
    164, 196, 199, 204, 214~218,
    223, 224 ⑫210

구룡폭九龍瀑 ④214

구루溝婁 ⑮66

구류백가九流百家 ④239

구류하拘柳河 ⑤361

구르네유인 ⑨60

구마고리사熊凝寺 ⑮225

구마나리다케熊成峰 ⑩57

구마노熊野신사 ⑧40

구마라炬摩羅 ⑮247

구마라집, 구마라습鳩摩羅什 ⑨
    190 ⑮187, 188, 195, 199

구만물초舊萬物草 ④234, 235,
    242

구미위원부 ⑲57, 129

「구법고승전求法高僧傳」 ⑪289 ㉑
    22

구변九邊 ⑨37

구변국9變局 ②250

구병보救病寶 17|69

구본求本 17|45

구사종俱舍宗 15|232

구산사龜山寺 18|82

「구삼국사舊三國史」 7|14, 59

「구삼국사기舊三國史記」 9|132

구생문救生門 5|230

구석기 5|150 6|110 9|59, 60, 61 10|80

구선봉九仙峯 4|263, 264

구성9城 2|17 17|62

구성대九成臺 4|212

구성동九成洞 4|201, 244

구스타프Gustâf 9|54

구슨벌 2|135

구시仇時 2|103

구시베리아 계통 9|80 9|84

구시베리아 종족 8|108, 110, 117, 123, 125, 130, 132, 138, 146, 174

구식九識 13|7

구암사龜岩寺 1|68

구야空也 15|235

구야마 도세이九山道淸 17|164

「구양공집歐陽公集」 17|166

구양수歐陽修 6|23

구양순歐陽詢 17|124 23|235, 239, 243, 246

구오具鏊 23|285

구와바라 지쓰조桑原隲藏 9|193

구완희具完喜 16|149 18|225

구요謳謠 13|118, 124

구우瞿佑 23|94

「구운몽九雲夢」 13|55 16|178 18|241 23|96

구월九月 10|245

구월산九月山 2|323 6|6, 11, 54, 104, 105, 112 7|43 11|66 14|211 15|294 20|193, 218, 220~224, 226, 227, 329, 330

구월산맥 20|330

구윤명具允明 23|55

구을파仇乙破 3|33

구이九夷 14|50

구인蚯蚓 11|43

구인암 4|258

구자악龜玆樂 9|191 17|27, 28

구장춘邱長春 9|14

구점狗帖 4|174

구정봉九井峰 4|151~153, 194, 204, 214, 217, 218

「구제궁시九梯宮詩」 7|220

구조句調 13|9, 88

구족달具足達 17|124 23|246

구주9州 18|45, 46

구지龜旨 2|102, 103 21|52

구지봉龜旨峰 10|37

구천동 20|246

구칠仇柒 20|78, 259, 262

구텐베르크 11|211 14|100, 132 17|87 18|93

「구필적시求筆迹詩」 23|230

구환九還 3|193

「구황본초救荒本草」 17|148

구황청救荒廳 [17]148

구희邱熺 [23]49

국가신권설國家神權說 [10]239

「국기國紀」 [15]230

국내망國內望설화 [13]149

국내성國內城 [5]239 [6]139, 144 [12]196 [14]214 [16]16 [17]15, 20 [18]32

국농소國農所 [18]117

국립봉천도서관 [5]243

국립북평도서관 [5]260

국망봉國望峰 [4]61, 111

국민고사신화國民古史神話 [7]270

국민공회 [15]103

국민당 [5]206 [19]73, 93, 94, 98

국민부國民府 [19]59

「국민신보國民新報」 [16]159

「국민조선역사」 [18]25~259 [19]139, 140 [23]298

국민회 [19]49

국분사國分寺 [15]232

국사國師 [2]30, 101~103 [6]215 [7]74 [11]282 [17]122 [21]30

국사당國師堂 [2]30, 102 [11]282

국사대대왕지위國師大大王之位 [2]81, 96, 97

국사대천왕國師大天王 [2]98, 101, 102, 104

국사동國師洞 [2]38, 105 [3]15, 16

국사봉國師峰 [1]22 [2]102

국선國仙 [1]46 [2]131 [3]9, 74, 227 [4]21, 43, 250, 251 [7]92, 217, 225 [8]93 [10]260 [13]127, 128 [16]25 [17]47 [18]25

국선도國仙道 [1]46 [4]250

국선화랑國仙花郞 [8]93

「국어해國語解」 [9]101

국자가局子街 [5]22, 23

국자감國子監 [16]38 [18]97 [22]155, 156

국조國祖 [2]74, 100, 184, 295 [7]49, 77, 82, 270 [8]53 [9]122, 144 [10]244 [13]145 [14]208, 209

국조설화 [6]4 [7]113

「국조명신언행록國朝名臣言行錄」 [11]27, 74, 79

「국조보감國朝寶鑑」 [16]93 [17]142, 198 [18]183 [20]151

「국조사장國朝詞章」 [10]315 [13]34

「국조악장國朝樂章」 [16]178

「국조오례의國朝五禮儀」 [17]143, 144 [18]131 [23]168, 173

국조천강설國祖天降說 [2]163 [7]57

국중대회國中大會 [10]300 [13]21 [17]9

국채보상운동國債報償運動 [16]162 [18]230

국태영원國泰影院 [5]191

국풍國風 [13]123, 127, 138

국학國學 [5]66 [22]156

국화일사菊花逸士 [2]43

군교軍校 [17]211, 212

군국기무처 [16]132, 133 [18]218

「군밤타령」 [23]89

군선협群仙峽 ④190, 191, 201

군옥대群玉臺 ④262, 263

군옥동群玉洞 ④86

군적軍籍 ⑰209

군포軍布 ⑰232

굴룬 ④216

굴석掘石 ㉑52

굴원屈原 ⑪202 ⑰50

굴절어屈折語 ㉒201

굿 ③134, 194 ⑧94 ⑩273 ⑬86

굿거리 ⑬103

굿것 ③191

「궁거워」 ⑫7

궁리학窮理學 ⑳35

궁복弓福 ⑳50~52, 322, 323

궁예弓裔 ①36, 37 ③7~10, 13,
 18, 23, 25 ⑥92 ⑯27 ⑰52,
 57 ⑱56, 63

궁정시 ⑬129

궁정호宮亭湖 ③217

궁호宮壺 ⑬136

권근權近 ⑤455, 458, 462 ⑦12,
 220 ⑱163 ㉒157 ㉓84

「권농문勸農文」 ⑰146

권돈인權敦仁 ⑥174, 176

권람權擥 ⑦306

권리마權利魔 ⑮155

권문해權文海 ㉑78

권보權溥 ⑤395 ⑯51 ⑰108, 120

권부權溥 ㉑66

권분權昐 ㉓284

권삼득權三得 ㉓221

권상연權尙然 ⑯101 ⑰205

「권선징악가」 ⑯178

권성징權聖徵 ㉓38

권애류權崖溜 ③4

권영균權永均 ⑤386

권용정權用正 ④172

권용직權用直 ⑤449

권율權慄 ⑯73, 74, 78 ⑱149,
 152

권이卷耳 ⑬123

권주權鑄 ㉓249

「권주가」 ㉓88

권중현權重顯 ⑮146 ⑯152, 154
 ⑱228

권중화權仲和 ㉓31

권찬權攢 ㉓34

권채權採 ⑬44

권철신權哲身 ㉒181

권필權韠 ⑯179

권학보勸學寶 ⑰69

권한공權漢功 ㉑66

권행權倖 ⑳101

권형진權瀅鎭 ⑯136, 137

권회소權懷素 ⑥76

귀갑문龜甲文 ⑥23 ㉓232

궤석机石 ⑨69

귀갑수골각문龜甲獸骨刻文

귀교鬼橋 ㉑52

귀금선생貴金先生 ㉓155

귀담龜潭 ④102, 103, 107

귀덕歸德 ⑰66

귀동사위 ④222

귀리국수 ②343

귀리밥 ②72

귀면암鬼面岩 ④231, 235

귀선龜船 ⑳100

귀신지부鬼神之府 ③192

귀암龜岩 ④120, 172, 255

귀울 ③191

「귀鬼의 성성聲」 ⑯160

「귀이집貴耳集」 ㉑65

귀인歸人 ③191

귀일歸一 ⑰125 ㉓276

귀주龜州 ⑲121

귀주사歸州寺 ㉒175

귀축도鬼畜道 ⑮150

귀틀집 ②46

귀龜폭포 ④88

귀후서歸厚署 ⑰149

귀후소歸厚所 ⑱117

귓것 ⑰9

규기窺基 ⑮190, 191

규슈九州 ⑧14 ⑰64, 93

규영신부奎瀛新府 ⑰169

「규장전운奎章全韻」 ⑯93 ⑰198
　⑱183 ㉓112

「규중가閨中歌」 ⑬68

「규중칠우쟁공론閨中七友爭功論」
　⑬73 ⑯178

규창叫唱 ⑬16, 19

규형窺衡 ⑥131 ⑰141 ⑱126

「균여전均如傳」 ⑬28 ㉓71

균역법均役法 ⑰194 ⑯90

균전법均田法 ⑨191

굴 ⑰31

그래프턴 스미스Grafton Elliot
　Smith ⑨71

그랜트Ulysses Simpson Grant ⑪
　141~144, 150 ⑫168

그레고리오 드 세스페데스 ⑰
　203 ⑱161 ㉒180

그리말디인Grimaldi man ⑨56

그리스 ⑨116 ⑩150, 151, 154,
　238 ⑫321, 358, 361 ⑭269,
　279 ⑮89 ⑳27, 31, 33, 34,
　37, 39, 40, 70

그리스신화 ⑨109 ⑩6, 47, 87,
　88, 161 ⑭226, 270

「그림동화집」 ⑩134, 137, 140,
　143, 149

그림문자 ⑭134

극락사 ⑤125, 126, 129, 131

극락재 ④223

극상克相 ㉓155

극성棘城 ②17

극종克宗 ㉓155

극특隙特 ⑪178

「근대지나사」 ⑨13

근두筋斗 ⑭85

근모국根牟國 ⑰11

근세사 ⑭55, 57

「근세실록전집」 ⑬169

근우회槿友會 ⑲60, 97

근초고왕 ⑰107, 122

글래드스턴William Ewart Glasdstone
　⑫163 ⑮120, 121

글래스고 커Glasgow Kerr ㉓42

금강金剛 ①38 ③40, 122, 169~
    71 ④78, 118, 158 ⑧42 ⑩
    245 ⑳245~47, 331

금강錦江 ⑥70, 73, 80, 86

금강당金剛幢 ③110

금강대金剛臺 ⑪104

금강문金剛門 ④78, 204, 205,
    243, 258, 259

「금강반야바라밀경」⑮208

「금강별곡金剛別曲」⑯178

금강산 ②80, 90, 272, 323 ④74,
    150, 191 ⑤38, 330, 331 ⑥
    150 ⑦159 ⑧22, 25, 28, 38,
    97 ⑩204 ⑬68 ⑮294 ⑳199,
    200, 202~204, 206~209, 213,
    217, 219, 225~238, 254, 256,
    263, 329, 330

「금강산기金剛山記」③86 ④264

금강산기적비金剛山紀績碑 ④103

「금강삼매경金剛三昧經」⑮197

「금강삼매경소金剛三昧經疏」㉑27

「금강성金剛城」㉓74, 75

금강소성金剛所成 169

금강연金剛淵 ⑪103

「금강외곡金剛外曲」⑬68

「금강유기金剛遊記」③182

금강저金剛杵 ⑮164

금강제일문金剛第一門 ④237, 242

금강지金剛智 ⑪289

금강천金剛川 ④26, 244

금강초金剛草 ③129, 132 ④48

금곡金谷 ⑪98

금관가라 ⑦74, 75

금관국 ⑩37

금관자 ⑭144

금관총 ⑥86

「금광사본기金光寺本記」㉑23

금교金郊 ⑪8

금구金溝 ①23

금金 ㉔4 ⑨193, 195, 198 ⑩212
    ⑬103, 109, 111 ⑯36, 41,
    78, 80, 81 ⑰62, 66, 75 ⑱
    76, 80, 85~7, 171, 172

금단金丹 ③155 ④215

「금단시결金丹時訣」③149

금대교 ⑫185

금란金卵 ⑧54 ㉑44

금란굴金幱窟 ④267, 269

금란산金蘭山 ④269

금련金蓮 ③128

「금료소초金蓼小抄」㉓41

금룡사金龍寺 ㉒174

금루기禁漏器 ⑰138, 139

금륜金輪 ③9 ⑦88

금륜사金輪寺 ⑦88

금릉金陵 ⑰110

금마金馬 ⑦73, 135

금마벌 ⑱15

금마지 ⑦196, 198

금몽암金夢菴 ⑪105

「금방울전」⑬65

「금벽봉래도金碧蓬萊圖」④36

「금벽산수도金碧山水圖」③45

금봉禁封 ②215

금부나장禁府羅將 ⑰211

「금사金史」 ⑨17, 217 ⑩231

금사굴金沙窟 ③50, 62

금산군金山郡 ⑬45

금산사金山寺 ①26, 27, 29, 35,
　　36, 39, 41 ⑤260 ⑫221 ⑯28
　　⑰53

금산사화엄대회 ①26

「금석과안록金石過眼錄」 ⑥175,
　　182, 183, 185, 194

금석관현金石管絃 ⑬16

금석병용기 ⑥114

금석병용시대 ⑥112 ⑨59 ⑰7

금석문 ⑤252 ⑥22, 24, 76, 153
　　㉓109, 119~22, 300

「금석물어今昔物語」 ⑬187 ⑮240

금석산金石山 ⑪127

금석학金石學 ⑥183, 200 ㉓119,
　　120, 121

금설력金屑礫 ③130

금성金城 ③10, 32 ⑥90 ⑦73, 74
　　⑧54 ⑯16 ⑰15

금속복식 ⑥20

금속활자 ⑱93, 118

「금송아지전」 ⑬55

금수정金水亭 ④84

「금신선전金神仙傳」 ⑬57

금액金液 ③149

「금양잡록衿陽雜錄」 ⑯187 ⑰146
　　㉓59

금오金烏 ⑨134

금오산 ⑥82, 91

금오산성 ⑫112

「금오신화金鰲新話」 ⑬168, 179
　　⑱164 ㉓94

금와金蛙 ②319 ⑦14, 23, 308,
　　309 ⑨151, 154, 155 ⑩16,
　　19, 34, 67, 68 ⑱13

금은각 ⑫183

금조호金鵰湖 ④271

금주錦州 ⑤459, 460~62 ⑨42

금척리 ⑥87

금천교禁川橋 ⑰224

금철 ⑫251

금호琴湖 ②22

「금화경속기金華耕續記」 ㉓61

금환金丸 ㉑41

금활리禽滑釐 ⑨189

「급애수필笈埃隨筆」 ⑬177

급총汲冢 ⑥32

긍특산肯特山 ⑨38

기거주起居注 ⑤255

기기국機器局 ⑯120 ⑰240 ⑱207

「기기도설奇器圖說」 ⑪168

기다야스카야가 ⑤132

기달怛怛 ③191, 192, 195 ⑧28

「기담일소奇談一笑」 ⑩184

기대승奇大升 ⑱142

기독基督 ⑪275, 276, 278

기독교장로회 ⑤182

기둥머리Capital ⑥166

기량연奇亮衍 ①67

기르모아 ⑨251

기리시단 ⑰170

기린굴麒麟窟 ⑪11

기린봉 ①14

기림箕林 ⑭210

기림사祇林寺 ㉑24 ㉒174

기마차己麻次 ⑬116

기묘사인己卯士人 ㉓284

기묘사화 ⑯65 ⑰152, 153 ⑱
139

「기문총화記聞叢話」 ⑤141 ㉓220

기문팔진奇門八陣 ⑮121

기물진사寄物陳思 ⑬137

기미독립운동 ⑦35

기미독립선언서 ⑭284

기미羈縻정책 ⑥217

기비 마키비吉備眞備 ⑮238 ㉓
272

기산祁山 ⑪199 ⑬134

기생담妓生潭 ⑪44

기생도妓生道 ⑬36

기생점고妓生點考 ①45

「기성도箕城圖」 ㉓289

「기세경起世經」 ③169

「기신론起信論」 ⑮194

「기신론소起信論疏」 ⑮194

기씨箕氏 ④34 ⑥121 ⑦30, 72,
75, 214

기악무 ⑰43

기영연耆英宴 ⑰226

기요技謠(Art Song) ⑬28

「기우제등록祈雨祭謄錄」 ㉓18

기원祈願설화 ⑬32

기월箕月 ④175

기자箕子 ⑥50, 120, 121 ⑦11,
24, 31, 34, 39, 49, 73, 215,
244, 271, 307 ⑩58 ⑯13, 14,
29, 194 ⑰12

기자사당 ⑦31

기자조선 ⑦40, 71 ⑬32 ⑰6 ㉒
101

기자릉箕子陵 ⑥51 ⑫287

기자오奇子敖 ⑰101

기자헌奇自獻 ⑮106

「기정도보奇正圖譜」 ⑱124

기정진奇正鎭 ㉒147

기준機俊 ㉓248

기철奇轍 ⑰101

기축역옥己丑逆獄 ⑮108

기출변旗出邊 ㉑52

기쿠지 겐죠菊池謙讓 ⑯159

「기통지旗通志」 ⑤56

「기파소술선인명론방耆婆所述仙人
命論方」 ㉓21

「기하원본幾何原本」 ⑱161

기해교난己亥敎難 ㉒184

기해교옥己亥敎獄 ⑱191

「기허생사記許生事」 ⑳82

기황후奇皇后 ④34 ⑨245, 246,
255

「기후와 진화Climate and Evolution」
⑨52

기희伎戱 ⑬95

긴나라緊那羅 ③96

긴메이欽明 ⑬116 ⑮225

긴파람 ⑭97

「길군악」 ⑬33 ㉓88

길금정석吉金貞石 ⑥26

길달吉達 ㉑53

길달문吉達門 ㉑52

길랴크인 ⑦290, 291

길리악Giliak족 ⑧108, 158

길림吉林 ⑤54, 118, 169, 173, 175, 177, 179, 182~184, 204, 205, 228

「길림기사시吉林紀事詩」 ⑨230

길림산업조합 ⑤183

길림성 ⑤53, 81, 85, 110, 117, 131, 156, 172

길림오랍吉林烏拉 ⑤174

「길림외기吉林外記」 ⑤170, 172, 178

「길림통지吉林通志」 ⑤65

길모어Gilmore, G. W ⑱210

길삼봉吉三峰 ⑮109

길상사吉祥寺 ㉑52

길쌈 ⑩294, 297, 303

길장吉藏 ⑮188, 231

길재吉再 ⑪308 ⑫111 ㉓78

길재사 ⑫214

길주 ⑬54 ⑰62

김가진金嘉鎭 ⑲39, 90

김간金簡 ⑰168, 183

김개金漑 ⑱167

김거웅金巨雄 ㉓246

김거칠부金居漆夫 ㉑30

김건종金建鍾 ㉓288, 289

김경문金慶門 ⑯171

김경혜金景憓 ㉓289

김관의金寬毅 ⑦192 ⑯52 ㉑24, 74

김광수金光邃 ㉓286

김광욱金光煜 ㉓80

김굉필金宏弼 ⑯66 ⑰154 ⑱142 ㉒148 ㉓282

김교헌金敎獻 ⑯161 ⑲26

김구金絿 ⑯180 ⑱164 ⑲64, 71, 78, 106

김구용金九容 ④248

김귀비金貴妃 ⑰182

김군金類 ㉑97

김군수金君綏 ⑰126 ㉓276

김궤金匱 ㉓19

김규식金奎植 ⑲47

김규진金圭鎭 ㉓289

김균정金均貞 ⑳51

김극기金克己 ⑦220 ⑯52 ⑰91, 121 ㉑74

김극련金克鍊 ⑱167

김기서金箕書 ㉓288

김기수金綺秀 ⑯116 ⑰236 ⑱203

김남봉金南峰 ③217, 218

김남해金南海 ⑰183

김노규金魯奎 ②226

김단원金檀園 ⑪101, 100

김담金淡 ⑯183

김대건金大建 ㉒184

김대렴金大廉 ㉒40

김대문金大問 ⑬150 ⑱57 ㉑18,

26, 30, 36, 106 ㉓94, 186

김덕령金德齡 ②199

김덕성金德成 ㉓286, 288

김도수金道洙 ㉓96

김돈희金敦熙 ①44

김동金同 ④64~6

김동식金東植 ⑯166

김동필金東弼 ⑯89 ⑰194

김두량金斗樑 ㉓286

김득신金得臣 ⑯182 ㉓286, 289

김락金樂 ㉓199

김려金鑢 ⑯187 ⑱240 ㉓97

김류金瑬 ⑯79 ⑰175 ⑱170

김만경金萬頃 ①21

김만식金晩植 ⑯120 ⑰240 ⑱206

김만중金萬重 ⑱241 ㉓96

김매순金邁淳 ⑯179

김명金明 ⑳51

김명국金明國 ⑯182 ⑱242 ㉓285

김무金武 ㉓20

김문근金汶根 ⑯97 ⑰201

김방경金方慶 ⑯44 ⑰93

김병국金炳國 ⑯97, 123 ⑰201

김병기金炳冀 ⑯97

김병시金炳始 ⑯123 ⑰243

김병익金炳翼 ⑰201

김병태金秉泰 ⑤26

김병학金炳學, ⑯97 ⑰201

김복근金福根 ㉓168

김부대왕金傅大王 ④244

김부식金富軾 ⑦7, 76 ⑨132 ⑩8,
9, 45 ⑬133 ⑯39, 52 ⑰83,

121, 126 ⑱81, 82 ㉑74, 82
㉓104, 105, 186

김부의金富儀 ㉑117

김사용金士容 ⑯95 ⑰200

김사행金師幸 ⑱167

김사형金士衡 ⑱118 ㉓31

김삼암金三岩 ②72

김삼연金三淵 ⑤445 ⑪107 ⑳208

김상헌金尙憲 ⑮117

김상만金相萬 ⑯161

김상명金常明 ⑰183

김상범金尙範 ⑯99 ⑯184 ⑰203
⑱187 ㉓13

김상숙金相肅 ㉓256

김상옥金相玉 ⑲56

김상헌金尙憲 ⑤117, 250, 283,
285 ⑭98

김상혁金尙爀 ⑯184 ⑱241

김생金生 ⑥96 ⑫213 ⑱57, 83
㉓133, 244~248, 253, 256

김석릉金石菱 ④196

김석제金石梯 ⑱126

김선金先 ⑲69

김성고金成固 ㉑99

김성일金誠一 ⑮117 ⑱146

김성탄金聖嘆 ⑤300

김소행金紹行 ㉓97

김수규金壽奎 ㉓288

김수로金首露 ⑦23

김수온金守溫 ⑯61 ㉓135

김수장金壽長 ㉓81

김순金恂 ㉓249

김순의金循義 16186

김승언金升彦 17121

김시민金時敏 1673

김시습金時習 489 5437 18164
　20208 2394

김시양金時讓 11172

김시조金時祖 2177

김식金埴 18139 23285

김심金深 17100

「김씨효행록金氏孝行錄」 1364

김안金安 7221

김안국金安國 1346 1666 17154

김안로金安老 2395

김알지金閼支 1035

김양金陽 2051

김양기金良驥 23288 23289

김언필金彦弼 2194

김여휘金麗暉 17220

김연金緣 2174, 21117

김연국金演局 16155

김연익金演翼 6204

김영金穎 23243

김영석金永錫 2327

김영우金靈雨 18167

김영윤金令胤 1737

김예몽金禮蒙 313

김옥균金玉均 2224 16120, 122~
　125, 131 17240, 242, 243 18
　206~08, 215, 217 20155

김용검金龍劍 2198, 102

김용춘金龍春 1841

김용행金龍行 2123 23288

김우무金雨畝 18167

김우식金禹軾 2225, 226 16172
　18213

김우징金祐徵 2051, 323

김운양金雲養 10222 11247

김원길金元吉 23203

김원봉金元鳳 1954, 64, 71

김원술金元述 1735, 36

「김원외집金員外集」 2174

김위빈金渭濱 16183

김유金裕 272

김유근金逌根 23289

김유기金裕器 2381

김유립金柔立 20112

김유신金庾信 696, 151 1141, 42
　1453 1621 1735~37 1837, 41

김유지金有智 2332

김육金堉 1687 17189

김윤겸金允謙 23288

김윤식金允植 5323, 449 10222
　13164 16119, 121, 136 17
　239, 241 1938, 93

김윤장金允臧 17102

김윤후金允厚 17113

김을지金乙之 20117

김응문金應門 2222

김응원金應元 16183 23289

김응택金應譯 2335

김응헌金應憲 2211

김응환金應煥 23286, 287

김의金義 1799

김익상金益相 1955, 93

김인문金仁問 ㉓193, 241

김인우金麟雨 ⑳115~118

김인후金麟厚 ⑯66 ⑰154 ⑱142 ㉒149

김일金鎰 ⑥202 ⑱104

김일성金日成 ⑮74 ⑲69, 74, 142

김일손金馹孫 ⑦150 ⑯66 ⑰154 ⑱138

김일제金日磾 ⑨189

김자점金自點 ⑮118 ⑯79 ⑰175

김장생金長生 ⑪315 ㉒149

김장순金長淳 ⑰220 ㉓62

김재로金在魯 ㉓120

김절재金節齋 ⑤29

김정金淨 ⑱139 ㉓282

김정국金正國 ⑬46

김정식金貞植 ⑯161

김정호金正浩 ②335 ⑥140, 155, 222 ⑭83, 100 ⑯122 ⑱193 ⑳107

김정희金正喜 ⑤297, 323, 448 ⑥174~176, 182~185, 201 ⑯181, 183 ⑱242 ㉒147 ㉓62, 120, 121, 253, 256, 289,301

김제金禔 ⑯182 ㉓283

김제남金悌男 ⑱169

김제륭金悌隆 ⑳51

김제상金堤上 ㉑53

김조순金祖淳 ⑯94, 95 ⑰199, 200 ⑱185, 186 ㉓289

김종서金宗瑞 ⑤12, 29 ⑯58 ⑳231

김종직金宗直 ⑦149 ⑯64, 66, 179 ⑰152, 154 ⑱131, 138, 139, 142, 163 ㉓284

김종회金宗繪 ㉓286, 288

김좌진金佐鎮 ⑤96, 102 ⑲59, 98

김주병金澍炳 ⑯156 ⑱228

김죽헌金竹軒 ①44

김지섭金祉燮 ⑲55 ⑲96

김진수金進洙 ⑤448

김집金集 ㉒149 ㉓285

김창업金昌業 ⑤285, 387, 391

김창즙金昌緝 ④184

김창집金昌集 ⑤285 ⑯86 ⑰188 ⑱179

김창협金昌協 ④155, 158, 170 ⑯179 ⑱241 ㉒147

김창흡金昌翕 ⑯179 ⑱241

김척명金陟明 ㉑25, 38

김천택金天澤 ㉓81

김춘추金春秋 ⑩170 ⑯21 ⑰37 ⑱41, 51, 52

김충의金忠義 ㉓273

김취려金就礪 ⑯41 ⑰85 ⑱86

김태현金台鉉 ⑰143

김택영金澤榮 ⑯180 ⑱242 ⑲25

김포 ⑥106

김풍고金楓皐 ④131

김필金珌 ㉓257

김하종金夏鐘㉓289

김해 ⑥114

김헌金獻 ⑲25 ㉒131

김현우金玄宇 ㉓286

김홍도金弘道 ③101 ⑬45 ⑯182 ⑱243 ㉓286~289, 291, 295, 302

김홍집金弘集 ⑯120, 131, 132, 134, 136, 137 ⑰240 ⑱206, 208, 218, 221 ㉓53

김화金化 ③10, ③30, 32

김황金潢 ⑥202

김황원金黃元 ⑳239

김효원金孝元 ⑮105 ⑯68, ⑯69 ⑰156 ⑱144

김효인金孝印 ㉓248

김훈金壎 ㉓288

김휘金徽 ㉓285

김휘金輝 ⑰183

김휴金烋 ㉓113

김흠운金歆運 ⑪334 ⑬150 ⑰37 ㉓91

김흥국金興國 ⑯183

김희령金希寧 ㉑25

김희선金希善 ㉓30, ㉓31

김희제金希磾 ⑯41 ⑰85 ⑱87

깃대봉 ④192

까마귀 ⑤345, 346, 348, 351 ⑨ 134, 144

껭게굴게 ⑧143

꼬레스 ⑰151

꼬부장구슬 ⑮28

꼭두각시 ⑬29

「꼭두각시전」 ⑬68

꼴로 ⑮67

꾸룬 ⑮67

꾹꿍이멧비둘기 ①19

ㄴ

나가사키長崎 ⑪136 ⑲130 ⑳152

나공奈工 ⑱110

나나이파사매那羅邇婆娑寐 ⑮248

나남羅南 ⑤4

나니와즈難波津 ⑬192

나당연합군 ⑤311

나덕헌羅德憲 ⑤250

나라奈良 ⑮228, 229, 231, 232, 235, 240

나락가奈落迦 ⑮155

나란타사那爛陀寺 ⑰45

「나려임랑고羅麗琳琅考」 ㉓121

나리동 ⑳109

나반糯飯 ⑰49

나베시마 나오시게鍋島直茂 ⑰ 163

나복민羅福旼 ㉓295

나부산羅浮山 ③202

나석주羅錫疇 ⑲54, 55, 97

나선羅禪 ⑰179 ⑳232

나세羅世 ⑰99

나수刺繡 ⑤241

나수연羅壽淵 ⑯158

나옹대사懶翁大師 ①32, 160 ④64, 66, 67, 80, 141, 143, 159

나유羅裕 ㉑98

나을奈乙신궁 ⑥88

나을柰乙(nar) [8]50

나이아드Naiad [3]94

나이토 고지로內藤虎次朗 [21]117

나인국裸人國 [20]102

나인영羅寅永 [16]154 [18]228

나장羅將 [17]211

나전螺鈿 [17]75

나정蘿井 [2]284 [6]33, 87, 88, 89 [10]32

나제반도羅濟半島 [20]40

나진 [5]11, 27

나찰羅刹 [17]179

나철羅喆 [15]292 [16]161 [18]229 [19]25, 26 [22]131

나카 미치요那珂通世 [7]17

나카쓰쿠니中津國 [7]105

나카이 요사부로中井養三郎 [20]170, 174, 327, 328

「나투르 자아게天然說話」 [10]190

나팔륜 [12]255

나폴레옹 [12]147, 153 [14]56, 58, 60, 68, 144, 192, 214 [20]40, 46

나폴리 [12]141

나하那霸 [17]114

나하노프카偏瞼子 [5]118

나한암 [4]258

나홍선羅洪先 [3]215

나흥유羅興儒 [18]104

낙가재 [1]15

낙당洛黨 [15]106

낙동강 [20]245, 247, 331

낙동리 [6]87

낙랑樂浪 [5]310, 314 [6]21~24, 35, 50, 55, 61, 64, 65, 121~ 124, 127, 158, 218 [12]194, 199, 233 [13]110 [17]13~15, 20 [18]18~22 [20]220, 221, 240

낙랑고분 [6]14, 16, 27 [6]124, 125

낙랑공樂浪公 [5]306 [6]217

낙랑군樂浪郡 [6]15, 56, 57, 122, 217 [17]13

낙랑군공樂浪郡公 [6]218

「낙랑군유적유물조사보고」 [6]35

낙랑군치樂浪郡治 [6]15, 17, 58

낙랑예관樂浪禮官 [6]57

낙랑준평원 [6]122

낙산洛山 [2]157 [21]52

낙산駱山 [3]182 [10]222

낙산사洛山寺 [11]243 [20]252

낙성대 [20]12

「낙신도洛神圖」 [15]242

「낙신부洛神賦」 [1]17

낙양촌洛陽村 [1]50

「낙의론樂毅論」 [23]250

낙타산駱駝山 [5]41

낙화烙畵 [23]292

낙화암落花巖 [6]78 [12]207, 235 [20]246

「난경難經」 [23]21, 23

난곡농장蘭谷農場 [3]15

난곡면蘭谷面 [3]15

난도卵島 [4]270 [15]90

난랑비鸞郎碑 ⑧48 ⑩201

「난랑비서鸞郎碑序」 ⑩201

「난봉가」 ㉓89

난상煖林 ⑨221 ⑰31

난생설화卵生說話 ⑦65 ⑨136 ⑮48

난생신화Oviparous Myth ⑨136

난석蘭石선생 ⑤238

난석산亂石山 ⑤201

난석산亂石山역 ⑤198, 199

난아蘭若 ⑮144 ㉑95

난정고사蘭亭故事 ⑥91

「난정서蘭亭序」 ①17 ㉓235, 250

「난호어목지蘭湖漁牧志」 ㉓61

날라리 ⑭268

남삼각南三閣 ⑤260

남간사南澗寺 ㉑23

남감자[南甘藷] ⑰221

남감南甘 ⑰221

남강南江 ④255, 256

남경南京 ⑤18, 51, 52

남경남해부南京南海府 ⑤51, 332

남계우南啓宇 ⑯183 ㉓288

남고산성 ①11

남곤南袞 ⑱139

남곳면 ⑥17

남과南瓜 ⑰173

남관왕묘南關王廟 ⑬57

남구만南九萬 ⑪317 ⑳131, 146 ㉓80, 285

남궁억南宮檍 ⑯142, 158

남규문고南葵文庫 ⑰167

남급南汲 ⑰166

남당南黨 ⑮106

남대교 ②24

남대묘南大廟 ⑤66~69

남대천南大川 ②23 ③32 ⑤4 ⑥199, 208

남랑南郎 ④253

남령南嶺 ⑤166

남령초南靈草 ⑰173

남만南蠻 ⑤162 ⑰149, 150, 171

남만사南蠻寺 ⑰202

남만선南蠻船 ⑰150

남만시南蠻柿 ⑰173

「남만전南蠻傳」 ⑨151

남만주농사주식회사 ⑤378

남만주철도주식회사 ⑤158, 195, 464

남만주철도 ⑤158

남만초南蠻椒 ⑰173

남모南毛 ⑩261

남무男巫 ⑧179

남방문화 ⑨199, 231

남방식 고인돌 ⑥107, 115

남방이동선 ⑨76

남병길南秉吉 ⑯184 ⑱241 ㉓16

남병철南秉哲 ⑯97, 184 ⑰201 ⑱241 ㉓16

남부선南部線 ⑤196

남북조南北朝 ⑥75 ⑨192, 197, 215, 242

「남북항성도南北恒星圖」 ⑱193

「남사南史」 ⑨210 ㉓239

남사고南師古 ②②132
남산南山 ④158
남산성 ⑥90
남상교南尙敎 ⑮282
남생男生 ⑮115
남생이 ⑩178, 180, 190
남석행南石行 ④249, 251
남선南鮮 ⑬127 ⑳329
남송南宋 ⑨193
남순동자南巡童子 ④126
남암南庵 ④153
남양군도南洋群島 ⑥102 ⑩156
남양南洋 ⑤30 ⑬164 ⑭228 ⑰
170, 171, 191
남양역 ⑤27, 36
남연南燕 ⑰22
남연군南延君 ⑳275, 276
「남염부주지南炎浮洲志」 ③91
남영로南永魯 ⑱241 ㉓96
남원 ①11
남이南怡 ⑤7 ⑩222 ⑬109 ⑯61
⑰136 ⑱128, 130
남이공南以恭 ⑮106
남인南人 ⑮107, 117 ⑰157, 174,
185, 186, 204, 207
「남정기南征記」 ⑱241
남조선南朝鮮 ⑬29 ⑰207, 208 ⑳
86
남종삼南鍾三 ⑯111 ⑰233
남줄藍苴 ㉓26
남중南中 ⑬19
남천南川 ③40 ⑪9

남천교南川橋 ④29
남초南草 ⑰173
「남초가南草歌」 ⑬68
「남촌철경록南村輟耕錄」 ⑨255
남추강南秋江 ③86
남탑南塔 ⑤265
남파覽波 ⑰46
남팔南八 ⑭98
남한강 ⑳243
남한산성 ⑤250, 449 ⑯82 ⑰
177 ⑱173
남해 ⑳260, 331
「남해기귀전南海寄歸傳」 ⑪286,
290
남해왕 ④163
남호두南湖頭 ⑤86, 87, 88
남화南畵 ④82
「남화경南華經」 ⑫293
남회南薈 ⑳118
남효온南孝溫 ④65, 96, 110, 111,
149, 150
「남훈태평가南薰太平歌」 ⑬34 ㉓
88, 89
「남흉노열전南匈奴列傳」 ⑨96
납란명주納蘭明珠 ⑰184
납빈拉濱(하얼빈-납법) ⑤118
납소리納蘇利 ㉓189
납채納采 ⑮37
낭도郎徒 ④250 ⑰67
낭뜨 ⑫150
낭랑娘娘 ⑤177
낭랑묘娘娘廟 ⑤430

낭림산맥 ⑩244 ⑳215

낭림산 ⑳237

낭발아한浪孛兒罕(랑버르간) ⑱126, 127

낭세녕郎世寧 ㉓295

낭자산狼子山 ⑤391 ⑪131

낭조설화狼祖說話 ⑨144

낭종설화狼種說話 ⑨142

「낭지전朗智傳」 ㉑25

낭풍閬風 ③96

낭혜화상 ⑦183

「내가 쓴 독립선언서」 ⑲139, 143

내공奈工 ⑰115

「내과신설內科新說」 ㉓42

내금강內金剛 ④19, 25, 36, 75, 88, 117, 144, 149, 224, 225, 231, 244

내금위內禁衛 ⑰137

내내묘嬭嬭廟 ⑤430

내무재령內霧在嶺 ④144

내물왕 ⑱31

내사군內四郡 ⑳244

내산팔담內山八潭 ④218

내선담內船潭 ④169

내선일체內鮮一體 ⑭234, 235, 236

내원당內願堂 ㉑104

내원성來遠城 ⑬156 ㉓189

「내원성가來遠城歌」 ㉓72

내원통암內圓通庵 ④81, 82, 108

내이萊夷 ⑰11

내장산 ①51, 55

내정4각內廷四閣 ⑤260

내팔담內八潭 ③124

내팔폭內八瀑 ④88

「내훈內訓」 ⑬41, 42, 45, 64 ⑰216, 217

「냉랭천정기冷冷泉亭記」 ③121

냉매冷枚 ㉓295

냉산冷山 ⑤97

「냉재야화冷齋夜話」 ⑩115

너덕노닥 ⑬85

너레바위 ④194

네노쿠니根の國 ⑦105

네덜란드 ⑭132 ⑲14 ⑳40

네바강 ⑫134

네안데르탈인 ⑨55, 60

넬슨 ⑪151, 230 ⑫161

노魯 ⑬138

노가일다盧伽逸多 ⑮248

노간주杜松 ⑦108

노고봉 ⑳210

노국대장공주魯國大長公主 ⑰102, 126 ㉓278

노극청盧克淸 ⑪19, 20

「노년여천老年餘喘」 ⑬178

노덕서원老德書院 ②23

노동민요 ⑬35

노라치 ②201

노량대첩 ⑯72

노령산맥 ①21

노론老論 ⑮107, 112, 115 ⑰185, 187, 188, 194, 204

노르덴Norden shiold ⑨75

노르마조프 ⑤149

노리사치계怒唎斯致契 ⑮224

노리토ノリト(祝詞) ⑬84, 88, 90

노만주老滿洲 ⑨9

노모이Nomoi ⑬83

노몬한사건 ⑲74, 105

노무라野村 ⑲66

노민하弩敏河 ⑤139

노백산老白山 ⑤82

노부령 ⑤42 ⑤411

노부토모伴信友 ⑬102

노사신盧思愼 ⑱131

「노산기盧山記」 ③216

노산리 ㉓266

노서老西 ⑮106

노서리 ⑥87

노성盧城 ⑰32

노송령 ⑤42

「노수서작도老樹棲鵲圖」 ㉓284

노승암 ④258

노신盧禛 ⑯66

노아방주설화 ⑮49

노아蘆兒 ①51

노야령老爺嶺 ⑤32, 85

노영魯英 ㉓277

노원 ③6

노은산 ②118

노자老子 ③81, 140, 148 ⑦215
⑬55 ㉒177

노자기盧子期 ③202

노장老莊 ③154 ⑤274

노장바위 ④198

노장봉老丈峰 ④175

노장암老丈岩 ④121

노준盧俊 ④163

노중례盧重禮 ⑯185 ㉓32

노즈 시즈타케野津鎭武 ⑯150 ⑱
226

「노처녀가」 ⑬68 ⑯178

노철산老鐵山 ⑤471 ⑨68

노탕老蕩 ⑰194

노트르담 ⑫154

노해하弩海河 ⑤139

노흑산맥老黑山脈 ⑤64

녹도鹿道 ⑤42

녹스John Knox ⑪154

녹족부인鹿足夫人 ⑦92, 179

논개論介 ⑯73 ⑱150

「논서論書」 ㉓230

「논어論語」 ⑨203 ⑬39, 40 ⑱29
㉑73

「논어정의論語正義」 ㉑21

「논형論衡」 ⑦59, 215 ⑨118, 120
㉑48

「논호림論虎林」 ㉑52

놀애Norai ⑬84, 85

놀이Nori ⑧94

「농가집성農家集成」 ⑰146 ㉓59,
60

농가타農迦陀 Nongata ⑮221

농도農道신앙 ⑤201

농사동農事洞 ②118 ⑤6

「농사직설農事直說」 ⑯187 ⑰146

농삭弄槊 ⑰86

최
남
선
한
국
학
총
서
색
인

「농상집요農桑輯要」 [17]146 [23]57, 60, 61

농업신 [10]83, 84, 85, 87

농왕龍王 [13]56

농요農謠 [13]19

농은農隱 [16]52

「농정전서農政全書」 [17]220, [23]61

「농촉여문隴蜀餘聞」 [10]310

농환弄丸 [23]189

뇌검雷劍 [15]24

뇌방磊房 [21]52

뇌부雷斧 [15]23

뇌원차腦原茶 [17]33

뇌정雷霆 [9]109

뇌침雷碪 [15]23

뇌헌雷憲 [20]138

누각기漏刻器 [17]140

누각대전樓閣臺殿 [17]80

「누각도」 [23]281

「누각산수도」 [23]281

누르하치弩爾哈齊 [4]259 [5]10, 216, 250, 366, 367 [9]8 [10]163 [16]78, 80 [17]174, 176 [18]171

누리累利 [7]120

누선장군樓船將軍 [20]89

「누주통의漏籌通義」 [23]10

「누판고鏤版考」 [23]113

눈강嫩江 [5]118, 155, 197 [9]13

눈물의 문Bab-el-Mandeb [20]93

눌지왕 [18]31

눌최訥催 [17]37

뉴유紐由 [13]150

뉴커먼Thomas Newcomen [14]144

뉴턴Isaac Newton [11]145 [12]163 [14]76

능곡陵谷 [4]90

능라도綾羅島 [11]10

능산리 고분군 [6]81

능양군綾陽君 [17]175

「능엄경楞嚴經」 [3]169 [8]27

능연각凌煙閣 [3]24

능운각 [12]182

능인能仁 [4]69

능천주能天主 [7]56

능파루凌波樓 [4]70

능허봉凌虛峰 [4]121, 138, 244

능현綾峴 [21]52

니기하야히노미코토饒速日命 [10]57

니니기瓊瓊杵 [7]299

니니기노미코토邇邇藝命 [10]74, 207

니스첸스키 [20]159

니시무라 신지西村眞次 [9]73, 76, 82

니체 [14]62, 63

니치렌日蓮 [10]197

니카이中川 [20]182

니콜라이 바이코프Nikolai Apollon-ovich Baikov [9]160

니콜라이에프스크 [20]74

니하泥河역 [5]138

니혼바시도리日本橋通 [5]165

닌쵸忍徵 [15]212

닌토쿠천황仁德天皇 ⑬149
님프 ④97

ㄷ

다가산 ①11, 12
다가정 ①11, 12
다나카 기이치田中義一 ⑲55
다나카 다케오田中武雄 ⑲106, 107
다니엘 디포 ⑬31
다다리祟 ⑨113
다도해多島海 ②200 ⑧58 ⑳256
다라슨 ⑧144, 145
다령多靈 숭배 ⑧112
다렌大連 ⑤135, 155, 195, 343, 429, 452, 463, 464, 466, 468 ⑤202, 464, 465, 462 ⑳75
다루가치 ⑤18
다리밟기 ⑬186, 187
다링허강 ⑰59
다물단多勿團 ⑲45
다보봉多寶峰 ④124
다보탑多寶塔 ④57, 104 ⑭215 ⑮207
다선방茶膳房 ⑤214
다윈 ⑭10, 105
다이라도젠平道全 ⑳114
다이센大山 ⑧16, 24, 39, 40
다이아나Diana ⑩250
다이온사大恩寺 ⑰126

다자이후太宰府 ⑳323
다자이후마찌太宰府町 ⑳54
다중조상론多祖論 ⑨58
다즐레섬Liledagelet ⑳154
다지마로리田島間守 ⑰32
다치바나 야스히로橘康廣 ⑱145
다카タカ ⑧39, 40, 41
다카마タカマ ⑧40
다카마산高天山 ⑧41
다카마가하라高天原 ⑧42, 43
다카미무스비노카미高産靈神 ⑬193
다카아마하라高天原 ⑦105
다카야마 조규高山樗牛 ⑪279, 282
다카오산高雄山 ⑧40
다카이치군高市郡 ⑬199
다카치호봉高千穗峯 ⑩206
다카치호高千穗 ⑧10, 11, 14, 24, 29 ⑬188
다케산嶽山 ⑧39, 46 ⑳162
다케루 ⑩215
다케미나카타노카미建御名方神 ⑩60
다케미카즈치노오노카미建御雷之男神 59
다케시마竹島 ⑳327
다케우치 도쿠겐竹內德玄 ⑤226
다케조에 신이치로竹添進一郎 ⑯120 ⑰240 ⑱207
다파나국多婆那國 ⑰16
단군 ②4, 98, 100, 137, 214, 250, 260, 261, 280, 294, 295,

296, 301~309, 319 ③143 ④
125 ⑥4~11, 50, 51, 112,
120, 155 ⑦ 11, 12, 55, 61,
100, 110 118 ⑧3, 4, 53~55,
82, 99 ⑩12, 13, 56, 58, 163,
213~237, 274 ⑬27 ⑭135,
203~222, 235, 284 ⑯12, 28,
29 ⑰5, 6 ⑱12, 13, 15 ⑳44,
48, 67, 220, 227, 239 ㉒5,
87, 88, 94, 100, 101, 122,
124, 130~138 ㉓106

「단군고기」 ⑦13, 39, 244, 247~
255, 262, 263, 273, 296 ⑨
159, 162 ⑩12, 13, 218, 219,
220

단군교 ⑮289

단군굴 ⑥6, 7, 8 ⑫26, 198, 232
⑳216

「단군기」 ⑦271, 283, 302, 305
⑧70 ⑮174 ㉑17, 24, 30, 31,
59, 86, 122

단군말삭론壇君抹削論 ⑦110

단군승주설壇君僧做說 ⑦68

단군묘 ⑦111

단군신화 ⑧4 ⑩13, 24, 26, 27,
28, 41, 55, 239, 247 ⑱257

단군왕검 ②283 ⑦8, 25, 71,
123, 243, 244, 258, 261, 262,
263, 272, 296, 303, 304 ⑨
158, 159, 161 ⑩13, 24, 275
⑮289 ⑯11 ⑰6 ⑱10, 11,
257 ⑳45 ㉒93

단군조선 ②262 ⑦25, 40 ⑰6 ㉒
6

단군천왕壇君天王 ②38 ④240

단굴 ②98, 99, 158 ③168 ⑮289

단궁檀弓 ⑨161 ⑱17

단단대령 ②200

단령團領 ⑪188

단목檀木 ③93 ⑦11, 21, 60, 66,
109, 110

단목端目 ㉓133, 245

단발령斷髮嶺 ③39 ④26, 46, 60

단발령斷髮令 ⑯137

단봉사비端峯寺碑 ⑰124

단서암丹書巖 ③103, 177

단선조상론單祖論 ⑨58

단성식段成式 ⑨242 ⑩144 ⑳25

단성원丹城院 ②27

단암丹岩 ④263

단애檀崖 ⑤46, 48

단양 ⑳244

단오 ㉒70, 82

단웅천왕檀雄天王 ⑦13

단원檀園 ③101

단원절團圓節 ⑩283

단자산團子山 ⑤170, 184

단전丹田 ③149, 150

단정월端正月 ⑩316

단종端宗 ⑫44 ⑮125 ⑱128, 138

단주丹朱 ⑬41

단천端川 ②22, 38 ⑥203

「단천군연혁지」 ⑥207

단천비 ⑥184, 200

단테 ③90, 91 ⑫143 ⑬53 ⑭55, 91, 207
단하르트O. Dahnhart ⑩190
단학丹學 ⑬56
단혈丹穴 ④263
「달거리」 ㉓89
달구경경단月見團子 ⑩289, 295
달단達靼 ⑨24, 30
「달단고韃靼考」 ⑨20, 30
「달단군왕견사래회도韃靼君王遣使來會圖」 ⑤120
「달단물어韃靼物語」 ⑨28
「달단어연구韃靼語硏究」 ⑨42
「달단전韃靼傳」 ⑨30
「달단표류기韃靼漂流記」 ⑨28
달달達達 ⑨17
달도怛忉 ⑤83
달마실리達麻實利 ⑰100
달문담闥門潭 ③206 ⑪61
달솔達率 ⑬105
달온達蘊 ㉓277
달항達恒 ⑨30
달해達海 ⑤240
닭봉峰 ④187
담로擔魯 ⑦139
담릉淡凌 ⑰35, 36
담막이 ④205
담무갈曇無竭 ④110, 111
담미曇微 ㉓268
담바귀 ⑰173
「담바귀타령」 ㉓89
담엄사曇嚴寺 ⑦230

담육총噉宍塚 ⑤240
담자曇慈 ㉒167
담제曇濟 ⑮18
담징曇徵 ⑪100 ⑭73 ⑮244 ⑰43 ㉒167 ㉓267, 269, 301
담파고淡婆姑 ⑬30
「답가踏歌」 ⑬186, 187
답교踏橋 ⑩287 ⑬186, 187 ⑰222, 223
당唐 ⑤50, 67 ⑬40 ⑭176 ⑰28 ⑱35, 38, 39, 44, 49, 51, 53, 90, 106
당고唐皐 ⑦219, 221
당교唐橋 ㉑52
당구리 ⑩215, 216
당굴 ④124 ⑧55 ⑩218, 270 ⑰5, 6
당굴교 ⑩270
당굴얼검 ⑰6
「당궐사唐闕史」 ㉑4
「당대장안여서역문명唐代長安與西域文明」 ⑨193
당대唐岱 ㉓295
「당대화화번호고唐代華化蕃胡考」 ⑨193
당망산唐望山 ⑤340
「당방행리록唐房行履錄」 ⑳60
당백전當百錢 ⑯110 ⑰232 ⑱200
당부악唐部樂 ㉓142
「당사직일본수리唐土織日本手利」 ⑬175
당산堂山 ⑧84, 85 ⑩271

당산제 ⑩269

「당서唐書」 ⑤52, 416, 432, 461
⑨21, 212, 224 ⑩113, 231
⑰32 ⑳53, 62, 97 ㉑28, 63,
73 ㉓273

「당서연의唐書衍義」 ⑤446

「당속고승전唐續高僧傳」 ㉑22

「당승전唐僧傳」 ㉑22

「당시품휘唐詩品彙」 ⑭142

당악唐樂 ⑬116

당요唐堯 ⑧82

당유인원기공비唐劉仁願記功碑 ㉓
239

당의唐衣(カラギヌ) ⑬185

당이攘梨 ⑨121

「당인唐人 살해」⑬169

당인정唐人町 ⑰170

당장경唐莊京 ⑭211 ⑰6

당장평唐莊坪 ⑳220

당초唐椒 ⑰173

당태종 ⑤328, 330, 332, 336,
337, 340, 341, 384, 432, 434,
435, 441, 443, 445, 460, 470
㉓236

당평제비唐平濟碑 ㉓239

당항성 ⑳62

ᄃᄀ리 ②148 ③167~169, 174,
178~193, 195, 218, 224, 230

ᄃᄀ리님 ②151, 152 ③178

ᄃᄀ리산 ③217, 218, 228, 234

ᄃᄀᆯ ④21 ⑩268, 269

ᄃᆨᆷ ③167, 178, 225, 228~236

대가大加 ⑬103

대가라大加羅 ⑬106

대가리Taigăari ⑧27, 29 ⑩215

대각국사大覺國師 ⑮161, 166,
167, 168 169, 217 ⑯37 ⑰
118

「대각국사실록大覺國師實錄」 ㉑25

대각봉大角峰 ②206, 209

대갈Taigăr ⑧28~39, 41~48, 53,
74, 75, 97, 99

대감Taigam ⑧29, 47, 48, 55

대감놀이Taigam-nori ⑬86

대걸 ⑩215

「대경침경大經針經」 ㉓23

「대고大誥」 ⑬46

「대공작엄왕경大孔雀嚴王經」 ⑦
216

대관당大觀堂 ⑤260

대관봉大觀峯 ⑧32

대구화상大矩和尚 ㉑18, 44

대국신당大國神堂 ⑤281 ⑰105

「대금국지大金國志」 ⑨14, 216,
217

대금황제성 ⑥137

대남문大南門 ⑤209

대능하大凌河 ⑤310

「대당신어大唐新語」 ㉑2

대대로大對盧 ⑬105

대덕對德 ⑬116

대덕산大德山 ②38, 42, 52

「대도곡大道曲」 ㉑43

대동광장大同廣場 ⑤161

대동농장大同農場 ⑤372

대동강 ⑥14, 17, 33, 51, 55, 57,
    62, 79, 105, 112, 114, 121,
    122, 132, 158 ⑬32 ⑭130,
    182, 193, 210, 269 ⑰57, 234
    ⑳238~241, 243, 330, 331

「대동강」㉓74, 75

대동강 9호분 ⑥25

대동강면大同江面 ⑥17, 34

「대동금석서大東金石書」㉓120

「대동금석첩大東金石帖」 ⑥172

대동단大同團 ⑲90

대동대가大同大街 ⑤165

대동대로大同大路 ⑤159, 160

「대동명신전大東名臣傳」⑪80

대동법 ⑰188, 189 ⑱176

대동보국회大同保國會 ⑲16

「대동신보大東新報」⑯159

대동아전쟁 ⑭233

「대동여지도大東輿地圖」 ⑥155 ⑪
    175 ⑭100 ⑯122 ⑰242 ⑱
    193 ⑳107 ㉒99

「대동운부군옥大東韻府群玉」㉑
    78, 116

「대동지지大東地志」⑯122 ⑰242
    ⑱193

대동천大洞川 ②52

대동학大同學 ⑭255

대라천大羅天 ③132

대량수大梁水 ⑤303

대량원군大良院君 ⑱67

대련大連 ⑰11

대렴大廉 ⑰33

대림蹛林 ⑭273

대로大老 ⑰187

대륙신도 ⑨113

대림蹛林 ⑭273

대마도對馬島 ⑰64, 93, 130, 131
    ⑱118, 119, 135, 146, 214,
    226 ⑲119 ⑳114, 118, 122,
    126~134, 138, 140~149, 326

대만주국시정기념탑 ⑤254

대맥적大貊炙 ⑨242

「대면大面」㉑41

「대명률大明律」⑰138

「대명일통지大明一統志」 ⑤360,
    435, 437

대모신大母神 ⑧80

대무신왕大武神王 ⑬148

대묵산大墨山 ⑤460

대방帶方 ⑥70, 158 ⑭173 ⑰35

대방가大方家 ⑬130

대범하大汎河 ⑤199

대보름날 ⑩287

대봉도大峯島 ④257

대북大北 ⑮106 ⑰175

대비원大悲院 ⑰70 ⑱65, 66, 117
    ㉓25, 29, 37

대사도大司徒 ⑬100

대사악大司樂 ⑬100

대석교大石橋 ⑤340, 341, 429

대석교大石橋역 ⑤340

대선大傓 ⑦217

대성대성臺省 ㉑73

대성산大聖山 ⑥53, 64 ⑦92, 93, 116

대성산성모大聖山聖母 ⑦116

대성산신당사적비大聖山神堂事跡碑 ⑦93

대성악大晟樂 ⑰79 ㉓160, 161

대성자재천Maheshvara ⑤268

대성정전大成正殿 ⑤125

대성학교大成學校 ⑭240 ⑲24

대성환희자재천大聖歡喜自在天 (Mahesvara) ⑤267

대세大世 ⑳78, 259, 261, 262

대소帶素 ⑩19

대소간의大小簡儀 ㉓10

대소권실십종大小權實十宗 ⑮201

「대수천징표對數闡微表」 ㉓13

대숭복사大崇福寺 ㉓132

대승大乘 ④109 ⑮232

대승불교 ⑮182, 187, 189, 192

「대승기신론」 ⑮197

「대승화엄사자후경大乘華嚴獅子吼經」 ⑮232

대식大食 ⑰73

대신隊神 ⑬21

대씨大氏 ⑤43

대아大鴉 ⑩43

「대악전보大樂前譜」 ㉓171

「대악전후보大樂前後譜」 ㉓170

「대악후보大樂後譜」 ㉓171

대야잔평大也盞坪 ③10

대양신大洋神 ⑩87

대양하구大洋河口 ⑤431

대연大燕 ⑰22

대영박물관 ⑥99

「대완열전大宛列傳」 ⑨119

대왕릉장군총大王陵將軍塚 ⑤240

대왕포大王浦 ⑥73, 81 ⑳246 ㉑52

대요수국大遼收國 ⑰85

대운대사大雲大師 ④167

대원각사大圓覺寺 ㉓135

대원국大元國 ⑰61

대원군大院君 ⑬34, 166, 167 ⑯109~111, 113~115, 119, 120, 128, 131, 133, 135 ⑰231~235, 238, 239, 240 ⑱199, 200, 202, 204, 206, 218, 220 ⑳275 ㉒185 ㉓81, 91

대원림大園林 ②198

대원문大轅門 ②26

대원봉大圓峰 ②32

대원사大院寺 ①17

대월지大月氏 ⑨187 ⑮181, 182

대위大爲 ⑰83 ⑱821

대응구大鷹溝 ②172

대응당大應堂 ④197

대인국大人國 ⑧34 ⑨135

「대일역법大一曆法」 ㉑25

대장경大藏經 ⑥131 ⑪209, 210 ⑭130, 131 ⑮159, 160 ⑯37 ⑰86, 87 ⑱90, 91 ㉓109, 110

대장도감大藏都監 ⑮216

대장봉 ④149, 175

「대장수지록大藏須知錄」 ㉑9, 102

「대장일람大藏一覽」 ⑰168

대장장이 ⑧133, 171, 172 ⑨102

대장전大藏殿 ①34

대장촌 ①8

대장회大藏會 ⑮168

대적광전大寂光殿 ①33, 36

대적천大赤天 ③132

「대전통편大典通編」 ⑪124 ⑭50, 143 ⑯93 ⑰198 ⑱183 ㉒62

「대전회통大典會通」 ㉓38

대정선大鄭線 ⑤355

「대정신수대장경大正新修大藏經」 ⑮212

대조영大祚榮 ⑤50 ⑭53 ⑯23 ⑰39, 40 ⑱42, 43

대종代宗 ②323 ③163 ⑱53, 54

대종교大倧敎 ⑤22, 44, 46~48, 72, 480 ⑮287, 288, 289, 293, 300 ⑯161 ⑲25, 26, 45 ㉒131

대종교총본사 ⑤48

대중행수大重行樹 ⑬52

대진경교류행중국비大秦景敎流行中國碑 ④33

대진국大秦國 ⑨190

「대청일통지大淸一統志」 ⑤211, 219

「대청태조고황제실록大淸太祖高皇帝實錄」 ⑤257

「대청회전大淸會典」 ⑧86

대총大冢 ⑥62 ㉓266

대춘大椿 ⑮267

대판로大坂路 ②29

대포탑大疱瘩 ⑤358

대하大夏 ⑥126

「대학大學」 ⑤190 ⑪89 ⑬40 ⑮254, 256 ⑱142 ㉒145

「대학연의大學衍義」 ⑤190

대한국민의회 ⑲46

「대한독립운동사」 ⑲140

「대한매일신보大韓每日申報」 ⑭240 ⑯159, 163 ⑱234 ⑲14

대한문大韓門 ②26

대한민국의정원법 ⑲48

대한민국임시정부 ⑲49

「대한민보大韓民報」 ⑯159

대한반도 ⑳27

「대한사」 ⑱4

대한수도大韓水道 ⑳10

「대한신문」 ⑯159

대한신민단 ⑲46

「대한유학생회보」 ⑫90

대한의원 ㉓46

대한인국민회 ⑲48

「대한일보大韓日報」 ⑯159

대한자강회大韓自强會 ⑯155, 156 ⑱230

대한제국 ⑤23, 239 ⑥18 ⑭281, 282

「대한지리」 ⑱4

「대한학보大韓學報」 ⑫245

대한학회大韓學會 ⑫250

「대한학회월보」 ⑫245, 246,

247, 248, 252, 253

대한해협 ⑳16

대한협회大韓協會 ⑯156, 168 ⑱
　　230, 238

대행산맥 ⑧58, 98, 190

대현大賢 ⑮191 ㉑28

대혈隊穴 ⑬21

대호정帶湖亭 ④256

대홍산 ⑫193

대화궁大花宮 ⑥51 ⑦93

대화상산大和尙山 ⑤459, 460

대화평야大和平野 ⑥75

대황大荒 ⑳5

대흥동大興洞 ⑪45

대흥사大興寺 ⑪44 ㉒173

대흥산성 ⑳223

대흥안령 ⑤358

덕래德來 ㉓20

덕론德論 ⑬109

덕만德曼 ⑱40

덕물산 ③24

덕복德福 ㉓8

덕사내德思內 ⑬129

덕산德山 ②27

덕옥德玉 ⑯173 ⑱243

덕원부 ⑥177

덕유산 ①22

덕유산맥 ⑳331

덕음德音 ⑬101

덕이 ②32

덕적德積 ⑮230

덕적산德積山 ⑪8

덕종 ⑱74

덕혜현德惠縣 ⑤156, 157

덕흥농장 ⑤378

덧소리 ⑬108

덩저우登州 ⑤468

데니Owen N. Denny ⑯128 ⑱216

데다코 ⑩250

데라시마 무네노리寺島宗則 ⑳
　　153

데라우치　마사다케寺內正毅 ⑯
　　168, 170. 207 ⑱238 ⑲16,
　　17 18, 19, 23, 83, 86

데바나가리Devanagari ⑮237

데스겐본鐵眼本 ⑮211

데이비드슨 블랙Davidson Black ⑨
　　52

덴구산天狗山 ⑧40, 41

덴무천황神武天皇　⑬148,　197,
　　198 ⑮233

덴카이판天海板 ⑮211

도徒 ⑰67, 68

도가道家 ③70, 74, 127, 202

도가선圖佳線 ⑤37, 38, 52, 91,
　　96

도가둔陶家屯 ⑤195

도감島監 ⑳158

「도강록渡江錄」 ⑤298

도격고徒擊鼓 ⑬101

도곡陶穀 ⑰81

도교道敎　③8, 132, 133, 134,
　　153, 173, 176, 189, 197, 208,
　　209, 224, 225 ⑤56, 271,

274, 275 ⑧36 ⑬29, 55
「도교도渡橋圖」 ㉓281
도기屠耆 ⑨19 ⑬105 ⑰162
도깨그릇 ⑮28
도다 다카요시戶田敬義 ⑳152
도다이사東大寺 ⑮232
도담 ⑳244
「도덕경」 ③155 ⑬55 ㉒177
도동벌군道同伐郡 ⑬129
도동항 ⑳108
도랑道郞 ㉒167
도랑이 ③120
도련포 ②17 ⑰61
도령都領 ⑰97
도르왈드센 ⑭61
도리道裡 ⑤130 ⑮228
「도리기道里記」 ⑤470
도리뫼 ①46
도리이 기미코鳥居美子 ⑨230,
239, 248
도리이 류조鳥居龍藏 ⑤54, 55,
330 ⑥143, 184 ⑦105 ⑧88
⑨81, 93, 102, 247
도리진都里鎭 ⑤471
도리천忉利天 ⑦108
도문圖們 ②226 ⑤27, 37, 53
도문대작屠門大嚼 ㉒39
도미都彌 ⑬151
도미掉尾 ⑬148
「도보稻譜」 ㉓60
도봉산 ③6 ⑳205
도산島山 ⑭239, 241 ⑰155

도산사都山寺 ④29
도산서원陶山書院 ⑱143
「도산십이곡陶山十二曲」 ⑯177 ⑱
164 ㉓79
도생道生 ⑮188
「도서편圖書編」 ⑤472
도선道詵 ⑥179, 181 ⑩281 ⑬31
⑯52 ⑰120 ㉒133, 170
도선굴 ⑫111
도솔兜率 ④127 ⑦90 ⑬121
도솔가兜率歌 ⑦120 ⑩315 ⑬28,
97, 106, 107, 110, 113, 117,
118, 120, 121, 149 ⑮239 ⑱
57 ㉑42, 44 ㉓66, 69
도솔암 ④59, 60, 127
「도솔참당선운사국내주회기록兜
率懺堂禪雲寺局內周回記錄」 ⑦90
도솔천궁兜率天宮 ④173 ⑬49
도수송회到岫松檜 ⑥81
도신跳神 ⑨89, 90
도양사道讓寺 ⑥73
도영陶嬰 ⑬138
도외道外 ⑤130
도요토미 히데요시豊臣秀吉 ⑬
172, 180 ⑮7, 109, 117, 133
⑯70, 71, 74, 76, 77 ⑰157,
159, 163 ⑱145, 146, 147,
150, 151, 154, 155, 169 ⑲
113, 119 ⑳148 ㉒111
도요호기登余保岐 ⑬94
도울지여려기都鬱志與呂岐 ⑬116
도원道原 ②187

도이島夷 [17]11

도이刀伊 [18]71

「도인송도곡都人頌禱曲」 [23]84

도자전刀子廛 [1]42

도장道藏 [6]20 [15]231 [22]168

도장바위 [3]66

도절都切 [13]147

「도정절집陶靖節集」 [15]171

도종의陶宗儀 [9]255

도증道證 [23]9

도지道誌 [14]217

도지여려기都志與呂岐 [13]116

도취성鳥取城 [20]124, 126

도쿄東京 [14]85, 233, 240

도쿄대학본 [21]86, 87, 91

도쿄문과대학 사지총서史誌叢書
　[21]79, 83, 116

도쿄제국대학 고고학교실 [6]36

도쿠가와본 [21]86

도쿠가와 막부 [13]173, 179, 185
　[17]163, 164, 167, 235 [21]79

도쿠가와 요리노부德川賴宣 [17]
　164

도쿠가와 요시무네德川吉宗 [13]
　176

도쿠가와 이에야스德川家康 [15]
　211 [16]77 [17]159, 168 [18]151,
　155, 169

도쿠가와 츠나요시德川綱吉 [20]
　141

「도쿠가와시대사德川時代史」 [20]
　148

도쿠토미 소호德富蘇峰 [9]168 [11]
　203

도태랑桃太郎 [13]181 [10]281

도태산徒太山 [9]111

도토락도투락 [9]247 [15]85 [17]94

도톨 [17]94

도통都統 [12]40

도편수都片手 [1]48

도하塗河 [5]418

도현道顯 [22]167

도홍경陶弘景 [3]108

「도화견문지圖畵見聞誌」 [23]274

독고獨鈷 [1]34

독도獨島 [20]161, 162, 164, 183,
　326, 327, 328

「독도대하원獨島貸下願」 [20]327

독락정 [20]246

독로강 [6]132

독립선언서 [16]208 [18]247 [19]27,
　28, 46, 88, 128, 133, 134,
　141~143

「독립신문」 [16]138, 158 [18]222
　[19]38

「독립승인최촉장催促狀」 [19]38

「독립통고서」 [19]88

독립협회 [16]138, 139, 140~143,
　153 [18]222, 223, 233

독만질아禿滿迭兒 [17]103

독박산禿朴山 [14]211

독발씨禿髮氏 [9]43

「독사방여기요讀史方輿紀要」 [5]
　303, 335, 337, 410

독삼탕獨蔘湯 [13]69

독섬[獨島] [20]120, 153, 161, 162, 165, 168~172, 175, 177~182, 327

독성獨聖 [7]98

독성당獨聖堂 [10]212

돈도암頓道庵 [4]63, 73

돈사惇史 [13]62

돈황燉煌 [6]24

「돌각사주첩埃角寺柱貼」 [21]24

돌궐突厥 [9]44, 140, 193 [15]183, 245 [17]28, 44

「돌궐전」 [5]416 [9]142

돌멘 [6]54, 116, 117, 118, 119, 120 [9]68 [15]88 [20]110, 222

돌무지무덤 [6]110

돌석埃石 [21]52

돌창이고개 [1]43

동가강冬佳江 [5]412

동거란 [17]59

「동경東京」 [10]314 [23]71, 190

동경東京(도쿄) [5]32, 33

동경東京(계림) [13]153

동경東京(요양) [5]48, 51, 52, 53, 58, 91, 311

동경도東京都 [5]311

동경등로행중서성東京等路行中書省 [5]315

동경부립제일중학교 [13]162

동경성東京城 [5]43, 44, 46, 48, 51, 53~58, 64, 65, 69, 70, 72, 74, 81, 82, 85, 88, 150,

151, 284, 477 [17]40 [18]43

동경성역 [5]90

동경요양부東京遼陽府 [5]315

동경용원부東京龍原府 [5]51

동경유수東京留守

「동경잡기東京雜記」 [21]77

동경제국대학 [15]30

동경진東京鎭 [5]58

동관왕묘東關王廟 [13]57

「동관한기東觀漢記」 [21]62

동광학교東光學校 [5]270

「동국금석東國金石」 [6]182

「동국대지도東國大地圖」 [18]192

「동국도경東國圖經」 [23]11

「동국문감東國文鑑」 [17]143

「동국문헌비고東國文獻備考」 [18] 183 [23]108

「동국사략東國史略」 [7]11, 109

「동국세시기東國歲時記」 [10]294, 313

「동국여도東國輿圖」 [16]92, 197

「동국여지승람東國輿地勝覽」 [7]40, 275 [10]111, 221 [12]48 [16]63 [17]142 [18]131 [21]115 [23]94

「동국이상국집東國李相國集」 [21] 30, 31, 74

「동국정음東國正音」 [16]60 [17]135

「동국지도東國地圖」 [23]11

「동국지리지東國地理志」 [5]436 [6] 170, 176, 178, 183, 200, 213, 222

「동국통감東國通鑑」 [7]14, 19, 27,

40, 310 ⑪328 ⑫34 ⑮99 ⑯
63 ⑰141, 142, 163 ⑱131 ㉑
21, 80, 83, 87, 115 ㉓112

동군東君 ⑧82

동금강천 ④27

동기창董其昌 ㉓236

동단국東丹國 ⑤315 ⑰59 ⑱63

동대東臺 ④127

동대한해東大韓海 ⑳10

동덕산東德山 ②23

「동도성립기東都成立記」 ㉑23

「동동動動」 ㉓75

동래東萊, 동래부 ③217 ⑰191

「동량보림棟樑寶林」 ㉑24

동량하東梁河 ⑤303

동릉東陵 ⑤208, 212, 216, 218,
220, 221

동릉구東陵區 ⑤217

동림당론東林黨論 ⑮127

동림진東林鎭 ⑪12

동맹東盟 ②208 ⑩272, 273, 300,
303, 306 ⑬21 ⑭273 ⑯29
⑰9 ⑱25 ㉒123 ㉓146

동명東明, 동명왕 ②163, 294,
250 ③8 ⑤456 ⑥51, 139 ⑦
92, 97, 100, 106 ⑨121, 122,
132, 135, 149, 151 ⑩15, 23,
24, 28, 40 ⑬148, 182 ⑭190
⑮48, 78, 79 ⑯16 ⑰15

「동명東明」 ⑩237, 325 ⑭158 ⑮
10 ⑯220

동명선인東明仙人 ⑦92

동명설화신화 ②288 ⑦106 ⑧54,
55 ⑨133, 136~138, 149, 156,
162 ⑩26~29, 33, 34, 39, 40
⑮51

동명성왕東明聖王 ⑦100 ⑥139 ⑬
148 ⑯16 ⑰15

「동명왕기東明王記」 ⑦271

동명왕릉 ⑥140

「동명왕본기」 ⑦59

「동명왕사시東明王祠詩」 ⑦219

「동명왕편東明王篇」 ⑧71 ⑩68,
69㉑31, 54 ㉓144

「동명전東明傳」 ⑦59

「동몽선습童蒙先習」 ⑦109 ⑬47

동문洞門 ③190

「동문선東文選」 ⑯63 ⑰142, 143
⑱131

「동문휘고同文彙考」 ⑯93 ⑰198
⑱183 ㉓108

「동방고민족의 신성관념」 ⑩226

「동방견문록東方見聞錄」 ⑪287

「동방경륜東方經綸」 ⑨3

「동방삭화찬東方朔畵讚」 ㉓235

「동백목冬柏木」 ㉓74

동번東蕃 ⑰66

「동번풍속기東蕃風俗記」 ㉑64

동변도東邊道 ⑤228

동본원사東本願寺 ⑬176

동부洞府 ③190

동북계東北界 ②17, 151

동북릉東北陵 ⑤209

동북면東北面 ②215

「동북사강東北史綱」 ⑨13

「동북사중제명칭지해석東北史中諸
　名稱之解釋」 ⑨12

동북아시아 ⑭261, 271, 272,
　274, 275, 278

「동사강목東史綱目」 ⑤437 ⑥177
　⑦63 ⑯92 ⑰197 ㉑21, 67

「동사절요東史節要」 ㉑78, 116

동산董山 ⑤9

동산수東山叟 ⑯52

동산역 ①8

동삼성東三省 ⑤22, 175, 204,
　205, 206 ⑨10, 12

「동삼성고적유문속편東三省古蹟遺
　聞續編」 ⑤350

「동서양한의東西兩漢義」 ⑬66

동석동動石洞 ④186, 193, 194,
　195, 196, 205

동석암動石菴 ④204

동선당同善堂 ⑤227~229, 231

동성東省 ⑨12

동성문물연구회東省文物研究會 ⑤
　149, 151

동성용東盛湧 ⑤14

동수佟壽 ⑰21

동신성모東神聖母 ⑦77 ⑧45

「동심곡同心曲」 ⑯177

동아권업주식회사東亞勸業株式會社
　⑤101, 102, 199, 377

동악대제東嶽大帝 ③162 ⑧31, 33

동악묘東嶽廟 ③162

동안거사動安居士 ⑯52

동안농장 ⑤378

「동야휘집東野彙輯」 ㉓97

「동양문명사논총東洋文明史論叢」
　⑨193

동양척식회사 ⑲55, 97

동양척식회사법 ⑯167

「동양평화의견서」 ⑲88

동양포경회사東洋捕鯨會社 ④267

동왕공東王公 ②200 ⑧82

동왕부東王父 ⑳253

동요수東遼水 ⑤361

동요하東遼河 ⑤358, 361, 412

「동원십서東垣十書」 ㉓38

동월董越 ㉓207

동위東魏 ⑨192

동위토문東爲土門 ②220, 223

「동유기東遊記」 ④155, 170, 184

「동음해東音解」 ⑯92 ⑰197

「동의보감東醫寶鑑」 ⑯185, 193
　⑰164, 168 ⑱163, 239 ㉓36

「동의수세보원東醫壽世保元」 ⑯
　186 ㉓40

동이東夷, 동이족東夷族 ③143, 161,
　163 ⑥114 ⑰11 ⑧30, 31, 34,
　36, 75, 68 ⑨173, 212 ⑬109,
　111 ⑰10, 11

동이교위東夷校尉 ⑰21

「동이전東夷傳」 ⑨103, 120, 173,
　213

동인東人 ⑦122, 123 ⑮105, 107,
　108, 109, 117, 126 ⑰156,
　157

「동인경銅人經」 ㉓37, 38

「동인시화東人詩話」 ⑰164

「동인지문東人之文」 ⑰123, 143

동인홍動人紅 ⑬38

동자바위 ④198

「동정고려기東征高麗記」 ㉑64

「동정록東征錄」 ⑰97

동중서董仲舒 ⑨118

동지冬至 ③218, 219, 222

동지同知 ③62

동지철도東支鐵道 ⑤127

동진東晉 ⑰21, 25

동진東眞 ⑭191 ⑱86

동진국東眞國 ⑤18, 315 ⑰85 ⑱
85

동청선東淸線, 동청철도 ⑤92, 95,
115~118, 130, 156, 162, 302,
453 ⑫131 ⑲16 ⑳26

동청진사東淸眞寺 ⑤277, 279, 280

동청철도회사 ⑤302

동탑東塔 ⑤265

동팔참東八站 ⑤391

동학東學 ①43, 49 ⑧52 ⑬29 ⑯
105, 130, 131, 133, 161 ⑰
207, 208 ⑱194, 217, 230 ㉒
131, 138, 139, 140

동학당 ⑯154 ⑱218

동해東海 ④256 ⑪68 ⑳250~257,
267, 268, 331

동호東胡 ⑨42, 177

「동호민족고東胡民族考」 ⑨43

동화同化 ⑥9 ⑩122, 123, 133

동화사桐華寺 ㉒174

동황태일東皇太一 ⑮294

동흥은행東興銀行 ⑤33

되무덤[胡墳] ⑥16, 17, 33, 122,
213

된불재 ④49, 58

두광정杜光庭 ⑤275

두구자斗溝子 ⑤42

두도竇滔 ⑬71

두레르 ⑭61

두로杜魯 ⑮123

「두류기행록頭流紀行錄」 ⑦149

두류산頭流山 ②16

두만강 ①10 ②119, 122, 200,
212, 220~226, 331 ⑤7, 8,
10, 12, 16, 17, 27, 28, 35,
36, 51, 93 ⑥157, 222 ⑭191
⑳186, 230~233, 243, 330

두만강철교 ⑤30

두모豆毛 ③5

두모포 ⑰190

두목지杜牧之 ⑥65, 67, 68, 69 ⑳
53, 323

두문동杜門洞 ⑮85

두보杜甫 ⑤417 ⑱44

두성령杜城令 ㉓282

두순杜順 ⑮192

두승斗升 ①22

두승산斗升山 ①49

「두시언해杜詩諺解」 ㉓183

「두양잡편杜陽雜編」 ⑰80 ㉑27

두을외대령豆乙外大嶺 ⑥213

두자미杜子美 6 66, 67, 68, 69

두진 1 48

두추랑杜秋娘 3 55

두카tuk'a 6 207

두타頭陀 15 144

둔전병屯田兵 5 31

둔황사 15 241

뒤브와DuBois 9 50

드 그라몽Jean Joseph de Grammont
22 181

드리아드dryade 3 94

드미트리 돈스코이 20 161

득오곡得烏谷 21 43

「득효방得効方」 23 38

들끌 15 65

등격리騰格哩, 등격리산 2 319 8
58

등고登高(高登) 2 100 7 100, 231

「등고登高」 6 68

등심사燈尋寺 3 152

등악登樂 17 79

등연鄧淵 21 57

등염鄧琰 23 236

등옥함鄧玉函 11 168

등왕각滕王閣 14 75

「등왕각서滕王閣序」 6 49

등절燈節 13 186

「등통전鄧通傳」 9 35

등활지옥等活地獄 3 67

디아우스Dyaus 10 93

디오게네스Diogenes 14 25

디오니소스Dionysos 10 83

디즈레일리Benjamin Disraeli 15
120, 121

뜨라비다어족 15 59

뜬것풀이 8 94

ㄹ

라르슨 9 250

라마교 5 233, 265~267 8 151,
155, 159 15 221

라마사喇嘛寺 5 233, 266

라마승 8 151

라마탑 5 265

라무제 9 42

라무트족Lamuts 8 110

라브라왕King Lavra 10 152

라사료프항 20 154

라시드Rashid 9 144

라신 11 156

라이트형제 14 66

라이프니츠Gottfried Leibniz 14 61

라이프치히 12 138

라파엘 14 55, 207

라페루즈Jeanfraucais 20 153, 154,
155

라포르테 20 157

라프Lapp사람 10 159

랑케Leopold Ranke 14 63 18 2

랴오둥반도 20 75

랴오중카이廖仲愷 19 64

랴오허遼河 20 48

러시아 ⑭201 ⑰178, 232, 242

러시아혁명 ⑲6

「러일의정서」 ⑲8

러일전쟁 ⑥143 ⑭245, 255 ⑮
292 ⑲36, 37, 120 ⑳23, 75,
182, 327

「런던왕립협회보」 ㉓48

레닌 ⑭222 ⑮283 ⑲87

레뮈자Remusat ⑨41

「레미제라블」 ⑭70

레싱 ⑪156, 248

레오나르도 다 빈치 ⑭55 ㉒100

레오폴드 2세 ⑲16

레핀 ⑤120

렘브란트 ⑫159

로드리게즈Johannes Rodriguez ⑯
98 ⑰203 ⑱187 ㉓11

로마 ⑨74, 109, 139 ⑬35 ⑭51,
55, 56, 68, 91, 117, 129,
213, 269, 279 ⑳33, 34, 37,
70

로마반도 ⑳33, 34, 37

로마어 ⑭266

로맹 롤랑 ⑭207

로물루스Romulus ⑨144

로버트 맥클레이Robert Samuel
Maclay ㉒191 ㉒193

로버트 자멘 토마스 ㉒191

로베스피에르Robespierre ⑮103

「로빈슨표류담」 ⑯160

로스Roze ⑯112 ⑰233 ⑱201

로스차일드Nathan Rothschild ⑭39

로스톱체프Rostovtzeff ⑩227

로스트부스코이 ⑰179

로알 아문센Loald Amundsen ⑭94

로와르 ⑫150

로우F. F. Low ⑯114 ⑰234

로저스John Rodgers ⑰234

로제타석비 ⑭210

로카르노조약 ⑲69

로크John Locke ⑭104

로테르담 ⑫157

록키 ⑫284

록펠러John Rockefeller ⑭39, 65

롱펠로우Henry Longfellow ⑭66

뢴트겐 ⑭62

료벤良辨 ⑮232

루거우차오蘆溝橋 ⑲73

루릭 ⑳73

루바이야트 ⑫86

루벤스 ⑫159

루브루그니Rubrugni ⑮290

루브룩William van Rubruck ㉒8

루브르박물관 ⑥99

루소 ⑫153 ⑭56

루스벨트 ⑯150 ⑱226 ⑲75, 76,
78, 79

루이 9세 ⑨25

루터Martin Luther ⑭79, 91, 153,
244

룸비니동산 ⑬24

룽먼龍門 ⑮241

뤼순旅順 ⑤195, 468, 469, 470,
471, 474 ⑳10, 75, 269

최
남
선

한
국
학

총
서

뤄전위羅振玉 ⑤238

류큐琉球 ⑧58, 83, 98 ⑩124, 125 ⑱110

르 장드르Le Gendre, Charles William ⑯128 ⑱216

르클류 ⑳88

리델Felix Clair Ridel ⑯112 ⑱200

리드 ⑥118

리비그 ⑭62

리빙스턴 ⑭99

리아스식 해안 ⑳94, 257

리앙코루토 ⑳178, 179

리앙쿠르liancourt ⑳153, 163, 164, 169, 172, 175, 177~179, 181

리앙쿠르호liancourt號 ⑳181

리양코섬 ⑳161, 169~171, 175, 181, 182, 327

리위안훙黎元洪 ⑲83, 86

리훙쿠이李鴻魁 ⑤140

리히터 ⑭62

리히트호펜Richthofen ⑮90

링컨 ⑪150 ⑫358~361 ⑭65

ㅁ

마가구馬家溝 ⑤118

마가다국 ⑮181

마갈타국 ⑰45 ⑮222

마건충馬建忠 ⑯119 ⑰239 ⑱205

「마경언해馬經諺解」 ㉓54

마고麻姑 ④185 ⑥103, 104 ⑮241

마고소양麻姑搔痒 ⑥104

마고할미 ④185 ⑥103, 104

마곡사麻谷寺 ㉒173

「마과회통麻科會通」 ㉓39, 49, 52

마국현馬國賢 ㉓295

마나mana ⑦268 ㉑48

마나세 마사바야시曲直瀨正琳 ㉑79, 80

마노봉瑪瑙峯 ⑪68

마논산 ⑫170

마누Manu ⑬83

마니산 ⑫205 ⑳227

마니즘monism ⑨95

마담馬潭 ⑪44

마두나국摩豆羅國 ⑮222

마등가摩登伽 ⑮151

마라난타 ⑰25 ㉒163

마라야산전단향摩羅耶山旃檀香 ⑦21

마령서馬鈴薯 ②77

마루야마 시계토시丸山重俊 ⑯150

마루츠Maruts ⑩93

마르스 ⑩250

마르코 폴로Marco Polo ⑨106 ⑪287 ㉒9

마르코니Guglielmo Marconi ⑪111~113

마르크스 ⑭221, 222 ⑮283

마리摩離 ⑩20

마리이馬里伊 ⑱161

마립간麻立干 ②319 ⑦58 ⑧50 ⑬103 ⑰40

마면봉馬面峰 ③66, 94 ④48, 61

마목현 ⑱51

마봉구馬蜂溝 ⑤354, 355

마부대馬夫大 ⑰177

마상령馬上嶺 ②53

마상산麻桑山 ③28

마석산 ⑤471

마세바massebah ㉑48

마신魔神, Tumunchi Kamui ⑮50

마쓰다이라 신타로松平新太郎(池田光政) ⑳124

마쓰리マツリ ⑧89

마쓰모토 다케요시松本武吉 ⑳171

마에마 교사쿠前間恭作 ㉓115

마야부인摩耶夫人 ⑪271

마염현馬厭峴 ⑪102

마오쩌둥毛澤東 ⑲73

마운령摩雲嶺 ⑤4, 43 ⑥204~208, 213 ⑪130

마운령비 ⑥200, 209, 213, 214, 215, 220, 222, 223

마운하馬運河 ⑤90

마의태자 ④40, 138 ⑤330 ⑥202

마의하螞蟻河 ⑤102, 103, 104, 106

마이다스Midas ⑮81, 92, 134, 179

마이산馬耳山 ①22 ⑪13

마이에르 ⑭63

마이클 페러데이Michael Faraday ⑪93, 94 ⑭93

마인츠Mainz ⑪211

마자바히트 ⑰150

마자숙녜馬子宿襧 ⑬190

마제磨製 ⑨60, 63, 67 ⑮22, 23

마젤란 ⑭144 ⑳71, 88

마지Mazi ⑧89

마진摩震 ⑱55

「마진휘성麻珍彙成」 ㉓39

마창馬廠 ⑨65

마천령摩天嶺 ⑤54, 390, 391 ⑥208 ⑪130

마츠리코시미키조麻都里許斯美岐叙 ⑬94

마치니Mazzini ⑮104

마크 트웨인 ⑭67

마키 보쿠신牧朴眞 ⑳170

마탄馬灘 ⑳240

마테오 리치Matteo Ricci ⑯98, 184 ⑰202 ⑱161 ㉒180 ㉓40, 143

마튜닌N. Matiunin ⑳159

마틴 루터 ⑭91

마팔아馬八兒 ⑰151

마하바라타Mahabharata ⑩184

마하연摩訶衍 ③45, 130, 182 ④109, 110, 113, 114, 125, 126, 130, 131, 140, 144, 145, 150, 193 ⑪75, 77

마한馬韓 ⑥69 ⑦75 ⑩214 ⑫238 ⑬22, 31 ⑱15, 16, 20, 22

마호메트 ⑪154

막리지莫離支 ⑱34

막북漠北 ⑰100, 101

막불莫弗 ⑨11

막생가莫生哥 ⑱161

막스 뮐러Max Mller ⑦16 ⑨147
⑩250 ⑭267

막진막莫陳邀 ⑬41

만경강萬頃江 ①8

만경대萬景臺 ①11 ④172

만경동萬景洞 ④169, 171

「만고가萬古歌」 ⑬67

만국사회당대회 ⑲87, ⑲90

「만국전도萬國全圖」 ⑱187

만권당萬卷堂 ⑰98, 122

만다라Mandala ⑦112 ⑬52

만덕萬德 ㉓156

만덕산萬德山 ⑥204, 209

만동묘萬東廟 ⑯109, 111

만력판萬曆板 ⑮211

만리강萬里江 ⑪9

만리성萬里城 ④266 ⑥207

만리장성 ⑤223 ⑨33, 34 ⑫129
⑭97 ⑱14, 33, 74 ⑳267

「만리전도萬里全圖」 ⑯98 ⑰203

만림식滿林飾 ②175

만마동 ①11

만명萬明 ⑨91

만몽문화滿蒙文化 ⑨3, 31, 45,
49, 70, 220 ⑭233

「만몽문감총망滿蒙文鑑總網」 ⑨4

「만몽의 탐사滿蒙の探査」 ⑤330

만몽일보사 ⑤166

「만몽제사서滿蒙祭祀書」 ⑨4

「만몽처분론滿蒙處分論」 ⑨3

「만몽합벽하하滿蒙合壁何何」 ⑨4

만물초萬物草 ②64, 272 ③115,
121, 128, 129, 172 ④88,
114, 117, 196, 221, 224, 228,
230~236, 239, 242, 244, 259
⑪30, 32 ⑳199

「만물초기萬物草記」 ⑪32

만민공동회萬民共同會 ⑯142 ⑱
223

만보산사건 ⑲99

만불산萬佛山 ⑪174 ⑱53, 54 ⑳
47

만불향도萬佛香徒 ⑧89

만상대萬相臺 ②64

만상동萬象洞 ④175

만상봉萬象峰 ④175

만상암萬象岩 ④92

만상정萬相亭 ④230, 231

만석거 ⑫103

만선척식고분유한공사滿鮮拓植股
份有限公司 ⑤101, 159

만성萬聲폭포 ④244

만세교萬歲橋 ②17 ③30 ⑰224

만세루萬歲樓 ④34

「만세보萬歲報」 ⑯159

만수曼殊 ⑤214

만수사리보살曼殊師利菩薩 ⑤214

만수산萬壽山 ⑪10 ⑫129

만야르그Manyargs · Manegres ·

Menegrs · Monagirs ⑧110

만어사萬魚寺 ㉑24

만엽萬葉 ⑧6

만엽가인萬葉歌人 ⑩203

「만엽집萬葉集」 ⑬135, 137, 187, 199

만우卍雨 ㉒171

만원滿願 ⑮235

만월대滿月臺 ⑥154 ⑪8 ⑫32, 202 ⑭213

「만유기漫遊記」 ⑬177

만절동萬折洞 ④85

만주滿洲 ②4, 170 ⑤9, 37, 105, 155 ⑧83, 116 ⑨9, 44, 226 ⑭257

만주건국대학 ⑨1, 47 ⑭232

만주국滿洲國 ⑤26, 53, 67, 84, 90, 95, 101, 116, 120, 156, 158, 161, 186, 190, 206, 207, 232, 244~247, 432, 458 ⑨1, 12, 13, 46, 231 ⑭257 ⑲68

「만주국 성립과정의 일고찰」 ⑨ 12

「만주국현세滿洲國現勢」⑤207, 245

「만주국호의 유래」⑨12

「만주몽고번역방滿洲蒙古繙譯房」 ⑨4

만주문 ⑤256, 257

「만주민속지滿洲民俗志」 ⑨87

만주사변 ⑤58, 87 91, 101, 102, 138, 139, 163, 206, 209, 219,

72 ⑲64, 73, 99, 129

만주어 ⑤81, 210, 214 ⑮59

「만주역사지리滿洲歷史地理」 ⑤ 433, 436 ⑩232

「만주원류고滿洲源流考」⑤220, 360, 361

「만주제천전례滿洲祭天全禮」⑧86

만주족 ⑤55~57, 81, 83, 84

만주한滿住汗 ⑨8

만주협화국滿洲協和國 ⑨2

만천강萬川江 ③40 ④80

만천교萬川橋 ③44, 45

만철滿鐵 ③29 ⑤27, 100, 430, 453, 464 ⑩232

만철농사시험소 ⑤430, 453

만철선滿鐵線 ⑤27, 354, 355, 464

만청滿淸제국 ⑤214

만트라Mantra ⑮247

만파식적萬波息笛 ㉑53 ㉓69

만포선滿浦線 ⑥132, 146

만포진 ⑥132, 135, 137, 140

만폭동萬瀑洞 ③41, 52, 123 ④27, 36, 53, 63, 69, 78~81, 87~94, 97, 100~109, 114, 116, 140, 155, 170, 179, 189, 194, 204, 209, 221, 243 ⑪ 75, 77 ⑫210 ⑳219, 242

만학萬壑 ④137

만한대석滿漢大席 ⑨243

만화곡萬化谷 ④236

만화루 ①12

만화범萬化範 ②272

만회萬恢 ②96

만회암萬灰庵 ③135 ④126

말갈靺鞨 ②4 ⑤18, 50 ⑨24, 44, 217 ⑭51

말레이폴리네시아어족 ⑮59

말로末老 ⑱79

말명 ⑬20

말휘령末輝嶺 ③104

말휘리末輝里 ③10, 40 ④26, 244

망고대望高臺 ④62

망군望軍 ④52, 62 ⑧27

망군대望軍臺 ③45 ④51, 58, 60, 61, 63, 76, 112, 117, 118, 122, 123, 127

망덕사望德寺 ⑥96

망돌 ⑥105

망산도望山島 ⑪335

망아산望兒山 ⑤452

망양정望洋亭 ⑪243

망제산望祭山 ⑤170

망천후望天吼 ②248, 330

망해루 ⑫207

망해정望海亭 ⑥73

망황성교望皇城郊 ⑥135 ㉓126

매고실梅古悉 ⑨15

매금寐錦 ⑬103

매달여불세존梅怛麗佛世尊 ①30

「매도梅圖」 ㉓284

매바위 ④61

매산리梅山里 ⑭129

「매산잡지梅山雜識」 ⑩116 ⑬62 ⑰217

매소천성 ⑰36

매슈Mathew ⑨52

매월당梅月堂 ④89, 90

매이현買伊縣 ③34

「매일신문」 ⑯159

「매일신보」 ⑯159 ㉓297, 298

매젓 ②144, 146

매직Magic ⑬82

매집선梅輯線 ⑥132, 133

「매화타령」 ㉓88, 89

「매화가梅花歌」 ⑬33 ㉓88, 89

매흉埋凶 ⑮113

맥 라인 ⑳174

맥貊 ⑨27, 180, 240, 241 ⑰5, 30

「맥경脈經」 ㉓20, 21, 23

맥반貊盤 ⑨240 ⑰30

맥적貊炙 ⑨240, 241 ⑰30

맨들이 ④117

맨체스터학파Manchester School ⑦276 ⑨71, 72

맹가둔孟家屯 ⑤195

맹가첩목아猛哥帖木兒 ⑤9

맹골자盲骨子 ⑨14

맹공孟珙 ⑨14, 15

맹그스 ⑭61

맹기孟琪 ⑪181

맹사성孟思誠 ㉓79

맹자孟子 ③140, 198 ⑤187 ㉒145

「맹자」 ③198 ⑤189, 421, 447 ⑨180, 195 ⑬40

맹주묵猛州墨 ⑰76
맹특목孟特穆 ②162
맹호단猛虎團 ⑲45
머큐리Mercury ⑧65
메가타 슈타로目賀田種太郎 ⑯150
메가타 다네타로目賀田種太郎 ⑱
226
메나라이 ⑳163
메르텐스 ⑱210
메르헨Märchen ⑩122
메소포타미아 ⑨59, 74
메이소明聰 ⑮233
메이지明治 ⑲113, 120
메이지유신 ⑬168 ⑲5
메이지천왕 ⑳17
「메이지문화사전집」 ⑬168
메카 ⑤279
메타모르포세스Metamorphoses ②
279
메테를링크Maurice Maeterlinck ⑭
207
멘히르menhir ⑥116 ⑨176
멤피스 ⑫317
멱리冪羅 ⑰216
면류관 ⑫263, 276, 305, 308,
361
「면앙정가俛仰亭歌」 ㉓86
면우차력법麵牛借力法 ③222
면화 ⑰147
「면화도棉花圖」 ⑤236
명明 ⑫81 ⑬41, 46, 59, 60, 171
⑨37 ⑯47, 48, 70, 72, 73,

76~78, 82 ⑱107, 120, 126,
145, 150, 154, 155, 161, 172
「명감明鑑」 ⑬42
명경과明經科 ⑯51 ㉑75
명경대明鏡臺 ③48, 49, 212, 231
④39, 40
명경암 ③231
「명남루문집明南樓文集」 ⑱192
「명남루전집明南樓全集」 ⑥155 ⑯
122 ⑰241
「명남루집明南樓集」 ㉓109, 299
「명당경明堂經」 ㉓21, 23
명량鳴梁 ⑰159
명량대첩 ⑯76
명륜당 ⑫300
「명문정의明門貞義」 ⑬66
「명문정의록名門貞義錄」 ⑬64
「명보기冥報記」 ⑩105
명부冥府 ③31, 48, 65, 79,
160~163, 198, 212 ④38, 43,
44
명부설화 ③58, 74, 164, 202
명부문학 ③91
명부전冥府殿 ③73
「명사明史」 ⑨20, 30, 36
명사십리 ⑳256
명성황후明成皇后 ⑯140 ⑬165 ⑱
222
「명시력明時曆」 ㉓16
명안銘安 ⑤23 ⑯172
명안달리明安達哩 ⑰180 ⑱175
명연鳴淵 ④27, 64, 66

「명의별록名醫別錄」 ㉓20

명제明帝 ⑮184

명종明宗 ⑯40, 52, 65, 66, 68, 88, 98, 179, 180 ⑱84, 142, 144, 145, 161

명주溟州 ⑬157 ㉑71, 72 ㉓189

「명주가溟州歌」 ㉓72

「명주보월빙明珠寶月聘」 ⑬66

「명주오대산보질도태자전기溟州 五臺山寶叱徒太子傳記」 ㉑25

「명치연간조선연구문헌지明治年 間朝鮮硏究文獻誌」 ㉓116

명하폭포明霞瀑布 ③128

명학明學 ③65, 218, 219 ④43

명활성明活城 ⑥90

모개牟介 ㉓26

모거경毛居敬 ⑱100

모관某貫 ⑤123

모나리자 ③95

모노 마부치賀茂眞淵 ⑬102

모당毛唐 ⑬169

모두루牟頭婁 ⑨123

모란대 ⑪11

모란봉 ⑥50, 62 ⑪10

모량부牟梁部 ⑰34

모련위毛憐衛 ⑳185

모르스Morse ⑭66 ⑱232

모리 요시나리毛利吉成 ⑰157, 158

모모이토우우百井塘雨 ⑬177

모문룡毛文龍 ⑤474 ⑯78, 81 ⑰ 174, 176

모바르국 ⑱110

모방Pierre P. Maubant ⑯102 ⑰ 206 ⑱190 ㉒183, 184

모본왕慕本王 ⑮122

모산茅山 ③108

모선사상慕仙思想 ①50

「모시毛詩」 ⑬39, 40

모아산帽兒山 ⑤15, 20

모아자帽兒子 ⑤109

모악산母岳山 ①14, 17, 22, 25, 40

모용 씨慕容氏 ⑨43 ⑰18, 19, 22 ㉑60

모용외慕容廆 ⑰21

모용황慕容皝 ⑰18, 21, 22

모자산帽子山 ⑤184

모정撲釘 ⑰225

「모죽지랑가慕竹旨郞歌」 ㉑43

모차르트 ⑭61

모체설화母體說話 ⑧71

모치毛治 ㉓20

모토오리 노리나가本居宣長 ⑧10 ⑬102

모페트Samuel Austin Moffet ㉒193

모흥갑牟興甲 ㉓222

목곽木槨, 목곽분木槨墳 ⑥27, 28, 37~40, 42, 58, 59

목극등穆克登 ②79, 80, 207, 209, 211, 219, 222, 227 ⑪60 ⑯ 171

목금하穆禽河 ②172

목단강牧丹江 ⑤42, 52, 57, 58,

64, 65, 69, 70, 72, 75, 77, 81, 87~95 [18]43

목단강성 [5]53, 85

목단령牧丹嶺 [5]65

목단왕牧丹王 [2]43

목대木隊 [13]21

목도木島 [18]32

목독자牧犢子 [13]140

목래선睦來善 [20]128

목멱선인木覓仙人 [7]221

목멱산木覓山 [6]140

목면 [17]117, 118 [18]106

「목민심서牧民心書」 [23]56

목암睦庵 [21]9, 10, 102

목엽산木葉山 [2]323 [9]101

목우자牧牛子 [21]7

목우화상牧牛和尚 [21]7, 95

목은牧隱 [5]395

「목은집牧隱集」 [5]393, 395, 441 [23]107

목종 [18]67, 68, 78

목주木州 [3]24 [13]153 [23]71, 190

몰도케 [14]63

몰몬교 [12]175

몽강蒙疆 [9]42, 61

「몽강의 자연과 문화」 [9]250

「몽강학술탐험대보고서」 [9]250

「몽계필담夢溪筆談」 [17]87

몽고 [9]15, 16, 17, 41, 69, 148, 194, 252 [10]127, 129, 212, 230 [14]191, 194, 234, 246, 257, 274 [16]41~44, 81 [17]84, 85, 91~97 [18]85~89, 95, 129, 251

몽고가蒙古街 [5]118 [8]83

몽고리蒙古里 [9]14

「몽고민족의 기원蒙古民族の起源」 [7]107 [9]16, 41, 259

몽고사蒙古斯 [9]14, 15

「몽고사蒙古史」 [9]146 [10]247

「몽고사연구蒙古史硏究」 [9]21

「몽고사정蒙古事情」 [9]202

몽고어 [5]210, 214 [9]235, 236 [10]215 [14]266 [15]59 [17]95, 96

「몽고어대사전」 [9]239

「몽고여행蒙古旅行」 [9]247

「몽고유목기蒙古游牧記」 [9]17

몽고은蒙古銀 [9]17

「몽고인의 벗이 되어서」 [9]251

몽고토광蒙古土鑛 [5]430

몽고풍 [17]94, 95

「몽고풍속지蒙古風俗志」 [9]250

몽골 [9]14, 18, 20, 39, 43, 180

몽구蒙求 [17]167

몽국蒙國 [9]14

몽금척夢金尺 [23]165

몽금포 [6]114

「몽달비록蒙韃備錄」 [9]14, 15, 31, 218

몽산화상蒙山和尚 [4]71

몽순蒙淳 [23]243

「몽어유해蒙語類解」 [9]239

몽올아蒙兀兒 [9]19

「몽올아사기蒙兀兒史記」 [9]19

몽올이蒙兀爾 ⑨19
「몽유도원도夢遊桃源圖」 ⑱164 ㉓281
몽천암夢泉庵 ④254
「몽환물어夢幻物語」 ⑬180
묄렌도르프 ⑯119 ⑰239 ⑱206, 215 ⑳156
묘각사 ⑳223
묘고대妙高臺 ③135
묘궁廟宮 ⑭211
묘길상妙吉祥 ④131, 141, 142, 143
묘령廟嶺 ⑤38
「묘법연화경」 ⑮181
묘악廟樂 ⑰79, 287
묘우廟宇 ③25
묘족苗族 ⑬111
묘청妙淸 ⑦27, 97, 114, 221 ⑮142, 294 ⑯39 ⑰83 ⑱80, 81
묘향妙香 ①30 ⑩245
묘향산妙香山 ②323 ⑥6 ⑦21, 42, 49, 169, 206, 207, 283 ⑧4, 22 ⑩204, 244 ⑪66 ⑬68 ⑭208, 211 ⑮294 ⑰124 ⑳193, 214~221, 227, 329, 330
「묘향산보현사입기妙香山普賢寺立記」 ⑦40
묘향산사리탑비 ⑰124
무격巫覡 ⑧121
무곡舞曲 ⑬106
무군정치巫君政治 ⑩217

무극無極, 無亟 ㉑67, 70, 121 ㉑10
무당巫堂 ⑧107 ⑨80, 84, 89, 91 ⑩271 ⑬86
무당호셈이 ②35
무동舞童 ⑬35
무두봉無頭峰 ②175, 180, 181, 188, 195, 238, 336, 337
무등산無等山 ①22 ⑬155 ⑳205 ㉓73, 86, 190
무라도 조로쿠村田六藏(大村) ⑳152
무라카와村川 ⑥36, 37, 38
무량굴無量窟 ①21
무량사無量寺 ㉑94
무량수전 ⑫212
무령군武寧軍 ⑳52
무령왕武靈王 ⑨124, 182, 184, 185
무루無漏 ⑭99 ㉒170
무루치호수 ⑩124
무릉武陵 ⑰63 ⑳110, 111, 114, 116, 119, 162, 169
무릉도武陵島 ⑳113, 114, 115, 116, 117, 118, 119
무릉등처안무사武陵等處按撫使 ⑳116
「무목왕정충록武穆王貞忠錄」 ⑬64
무무곡無舞曲 ⑬117
무봉탑無縫塔 ㉑99
무봉폭舞鳳瀑 ④212, 213
무산茂山 ②118, 135, 339 ⑤6,

16 ⑪61
무산巫山 ④248 ⑥91
무수단 ⑳256
「무숙이타령」㉓91
무순선撫順線 ⑤302
무신戊申의 변 ⑮112
무실역행務實力行 ⑭240, 243, 246
무실역행주의務實力行主義 ⑲24
무쓰 무네미쓰陸奧宗光 ⑯134
무악舞樂 ⑬93
무악巫樂 ⑬103
무알라카트 ⑬125
무애無旱 ㉑42 ㉓75
무열왕 ⑯22 ⑰37, 38 ⑱37
「무영전취진판총서武英殿聚珍板叢書」 ⑰168
「무예도보통지武藝圖譜通志」 ⑯93, 193 ⑰198 ⑱183
무예자로 마쓰오 미요타로松尾三代太郎 ⑯120
「무애無旱」㉓74
무오사화戊午士禍 ⑯64 ⑰152 ⑱138
무옥巫玉 ㉓86
무왕武王 ⑤50, 51 ⑥72 ⑯21 ⑰37, 43
무용총舞踊塚 ⑤240 ㉓151, 154, 265, 266
무원선사戊園先師 ⑤47
「무원록無冤錄」㉓55, 56
「무유가無有歌」②272

무의巫醫 ⑧103, 107
무의자無衣子 ㉑26
무자mucha ⑥218
무자위 ⑥39
무장사鍪藏寺 ㉑52
무장현茂長縣 ⑦91
무재 ④144
무주법사無住法師 ⑩184
무천儛天 ⑩272, 273, 300 ⑬22 ⑭273 ⑯30 ⑰9 ⑱25 ㉒123 ㉓146
무축巫祝 ⑧55 ⑬119 ⑮51
무학無學 ⑬31 ⑥179 ㉒132, 133
무휼無恤 ⑬147
「묵연휘관墨緣彙觀」 ⑰185
묵파령墨波嶺 ③38, 39 ④26
묵호자墨胡子 ㉑77 ㉒163
문가만門家灣 ⑤354
「문견후록聞見後錄」㉑62
문공유文公裕 ㉓249
문군곡問群曲 ㉑43
문극겸文克謙 ㉓249
문덕전文德殿 ⑰78 ㉑61
문란각文瀾閣 ⑤260
문명사관 ⑭108
「문명의 발달은 우연이 아님」 ⑭283
문묘文廟 ⑤126, 129, 131, 179, 180, 182
문무왕文武王 ⑥90 ⑯22 ⑰38 ⑱54
「문사文史」⑮47

「문선文選」 ⑤413

문성왕文聖王 ⑳52

문성천文城川 ②23

문소각文溯閣 ⑤254, 258, 260,
  262, 265

문소각보文溯閣寶 ⑤263

문수노文殊奴 ⑱66, 68, 69

문수보살 ③227 ④141, 142,
  162, 211 ⑮197, 206

문수봉文殊峰 ④239

「문수사리무생계경文殊師利無生戒
  經」⑮222

문수선재文殊善財 ③222

문수성文秀星 ㉓224

「문수원기文殊院記」⑰124

문수원장경비文殊院藏經碑 ⑰124

문순文純 ⑰155

문여가文與可 ㉓280

문연각文淵閣 ⑤260

문왕文王 ⑤50 ⑥27

문원각文源閣 ⑤260

「문원보불文苑黼黻」⑯93 ⑰198

「문원영화文苑英華」⑳53

문응조門應兆 ㉓295

문익점文益漸 ⑰117 ⑱106, 107

문자명왕文咨明王 ⑥217

문자총文字塚 ⑤240

문자학 ⑥23

문정왕후文定王后 ⑯65, 68 ⑰
  153, 155

문정리 ①15

문종 ⑮157, 160 ⑯37, 51, 61

⑱71, 82, 91, 124 ㉓247

문종각文宗閣 ⑤260

문주왕文周王 ⑥69

문진각文津閣 ⑤260

문징명文徵明 ㉓236

문창범文昌範 ⑲45

문창성文昌星 ⑬59

문창제군文昌帝君 ⑬58

문천상文天祥 ②308

문천蚊川 ⑥90

문충文忠 ⑫33

문표피文豹皮 ⑱17

문필봉 ④191, 192, 223

문탑門塔 ④53

「문헌비고文獻備考」⑯92, 93 ⑰
  197, 198 ⑳107, 118, 122,
  164 ㉓179

문현門峴 ⑥207

문화단원론 ⑨71, 72

문화전파설 ⑨73

문화권 ⑨201

문화론 ⑭264

문황후文皇后 ⑬41

문회각文滙閣 ⑤260

문회서원文會書院 ⑱143

물길勿吉 ⑨44, 111

「물길전勿吉傳」⑨111

물넘이재 ④144

물레르 ⑭63

「물명고物名考」⑯187

물싸리 ②174, 196

물치도勿淄島 ⑰233

뭉우리돌 ②207
뮈텔Gustave Charles Marie Mutel ㉒
185
밀렌도르프 ⑯127, 128
미나미 지로南次郎 ⑲78, 102,
106
미나세 마사바야시曲直瀨正琳
㉑86
미다스 ⑱53
미러통상조약 ⑲101
미륵교 ①28
미륵님봉 ③66
미륵바위 ④172
미륵봉彌勒峰 ④46, 115, 138,
151, 158, 168, 172, 194
미륵산彌勒山 ①8 ⑳109
미륵선화彌勒仙花 ⑦217
미륵신앙 ⑬109
미륵장육상彌勒丈六像 ①32
미륵전彌勒殿 ①30, 31, 33 34, 39
「미륵존상화광후기彌勒尊像火光後
記」 ㉑23
미마지味摩之 ⑬116 ⑮247 ㉓
151, 164, 189
미불米芾 ㉓236
미사자米砂子 ⑤157
미산媚山 ④269
미소기禊 ⑧93
「미수기언眉叟記言」 ⑦22
미시마노미조쿠이三島溝咋 ⑬197
「미신편未信編」 ㉓55
미쓰야 미야마쓰三矢宮松 ⑲59,

95
미와도리이三輪鳥居 ⑧88
미와야마三輪山 ⑩75, 164, 165
미우라 고로三浦梧樓 ⑯135
미우라 히로유키三浦周行 ⑦28,
38
미즈노 렌타로水野錬太郎 ⑲90
미진산迷眞山 ⑤429, 430
미천왕 ⑤313
미추未鄒 ⑦120
미켈란젤로 ⑫143 ⑭55
미코시神輿 ⑧89
미타무라 다이스케三田村泰助
⑨12
「미타불화광후기彌陀佛火光後記」
㉑23
미타암彌陀岩 ④124
미토노마구하히ミトノマグハヒ ⑬
194, 195
미풍루美風樓 ②42
미해美海 ⑱31, 32 ⑲117
미흐랍Mihrab ⑤279, 280
민겸호閔謙鎬 ⑯118 ⑰238 ⑱205
민긍호閔肯鎬 ⑯166
민담民譚 ⑩122~124, 133, 151,
161
민관敏寬 ㉓292
민보閔甫 ⑰105
민비閔妃 ⑬165~168 ⑰235, 238,
240
민성民性 ⑭229
민속철학Volksmetaphysik ⑨116

민속Folklore 10186

민속학 14256

민애왕閔哀王 2051

민약설民約說 2047

민영기閔泳綺 16152

민영목閔泳穆 16124

민영상閔泳翔 23290

민영익閔泳翊 16123, 124, 125, 183 17243 18208 2343

민영준閔泳駿 16125, 128, 131 18218

민영환閔泳煥 16125, 152 18227, 232 1912, 13 23178

민요 1325, 26, 27, 29

민우수閔遇洙 4271

민원식閔元植 1955

민응식閔應植 16125

민정당民政黨 1593

민족 765, 255 1532, 35 1067, 78 14164, 167, 200, 248

민족대표 33인 16208, 212, 213

「민족대회소집문」 1928, 88

민족문학 9116

민족론 10226

민족성 1532, 35

민족심리학 7255

민족이동론民族異同論 1067, 78

민족자결 19128, 131

민족정신 14159, 172

민족혁명 14248

민종식閔宗植 16153 18228

민주당民主黨 1593, 95

민즈E.H. Minns 10228

민지閔漬 4162, 264 2175, 85, 93, 124

민진원閔鎭遠 1689 17194

민태호閔台鎬 16123, 124 17243 18208

민회관民會館 531

민효식閔孝植 16166

밀교密敎 3162

밀다장Mirdazang 1589

밀러, F. S. 22193

밀우密友 13150

밀타승密陀僧 1589, 243

밀타회蜜陀繪 15243, 244

밀턴John Milton 1353

ㅂ

바당 225

바들오고도 10230

「바라문제선약방婆羅門諸仙藥方」 2321

바루나 14266

바르그 858

바르글 858

바르텔레미 브뤼기에르 Barthéalemy Bruguiére 22182

바리공주 113

바리봉 113

바리산 113

바벨탑 14266

최남선 한국학 총서 색인

바빌론 ⑩253, 254, 255, 259, 282 ⑫317 ⑭134, 251, 266 ⑮50, 60, 179

바스코 다가마 ⑫149 ⑱160 ⑳71

바알Baal ⑧63

바울 ⑫142, 161

「바위타령」 ⑬29

바이칼 ⑨60 ⑫132

바즈라Vajra(嚩日羅) ⑧27

바커스Bacchos ⑧65 ⑬23

바쿠스Bacchus ⑩83

박격달산博格達山(Bogdo-ola) 哈密 ⑧59

박경업朴慶業 ⑳122, 137

박고학博古學 ⑥23

박곤朴棍 ㉓168

박군朴頵 ㉓38

박권朴權 ⑯172 ②79, 222, 227

박규수朴珪壽 ⑯105, 116, 122 ⑰209, 236, 242 ⑱186 ㉓289

박기준朴基駿 ㉓288

박달곳 ②166

박도상 ②211

박동량朴東亮 ㉓284

박동안朴東安 ⑰184

박동진朴東晉 ㉓285

박득범朴得範 ⑲69

박랑사博浪沙 ⑪54 ⑱18

박말 ④48

박문국博文局 ⑯120, 121 ⑰240, 241 ⑱207, 211

「박물가博物歌」 ⑬68

박물관 ⑥98, 99, 100, 131

박물관설비위원 ⑭232

「박물지博物志」 ⑩91 ㉑48

박물탐사단博物探査團 ②6

박물학博物學 ⑥98

박병수朴秉洙 ㉓293

박불화朴不花 ⑰103

박빈朴彬 ④124

박산博山 ⑧35

박서朴犀 ⑱88

박성원朴聖源 ④102

박성환朴星煥 ⑯166

박세당朴世堂 ⑱240 ㉓60

박세채朴世采 ⑯85 ⑰187 ⑱178 ㉒149

박수Paksu ⑧50

박습朴習 ⑳115

「박씨전朴氏傳」 ⑬65

박언朴誾 ⑱163

박연朴堧 ⑭73, 102 ⑯60, 193 ⑰135 ⑱122 ㉓166

박연朴淵 ⑦93 ⑪43, 45 ⑫202

박연암朴燕巖 ⑪133, 141, 255 ⑳263

박연폭포朴淵瀑布 ④216 ⑳223

박열朴烈 ⑲61

박영朴英 ⑱206 ㉓35

박영교朴泳敎 ⑯124, 125 ⑰243

박영선朴永善 ⑯121 ⑰241 ㉓53

박영효朴泳孝 ②224 ⑯120, 122, 123, 124, 125, 133, 134, 135,

138 [17]240, 242, 243 [18]206, 208

박용만朴容萬 [19]87

박운朴雲 [16]186 [23]35

박유신朴維新 [16]183

박은朴誾 [16]179

박이종朴伊宗 [21]53

박인량朴寅亮 [10]45 [18]82

박인로朴仁老 [23]169

박일라縛日羅 [3]168

박일헌朴逸憲 [2]227

박자운朴子雲 [23]276

박자청朴子靑 [18]115

박재흥朴再興 [20]129

박정양朴定陽 [16]128, 137, 141 [17]237

박제가朴齊家 [5]296, 400, 403, 418 [16]94, 179 [17]199 [18]183, 242 [20]82 [23]49, 50, 286

박제상朴堤上 [2]308 [18]31, 32, 257 [19]117, 118 [21]51

박제순朴齊純 [16]152, 170 [18]227

박종경朴宗慶 [16]95 [17]200 [18]186

박종원朴完元 [20]119

박종훈朴宗薰 [23]256

박준朴浚 [23]88, 169

박지원朴趾源 [5]251, 283, 287, 298, 387, 403 [14]33, 73, 105, 139 [16]94, 179 [17]199 [18]183, 241 [20]82, 83, 85 [22]136 [23]41, 60, 97, 287, 294

박진朴晋 [17]161 [18]157

박창규朴昌珪 [23]292

박퀘빌 [11]170

「박타령」 [10]128, 169, 170 [23]91

박탁餺飥 [10]305

박태보朴泰輔 [11]317 [14]98

박태석朴泰錫 [23]97

박트리아 [8]58 [15]181

박평博平 [8]35 [18]159

「박학기博學記」 [21]65

박헌영朴憲永 [15]74

박현博縣 [8]35

박호인朴好仁 [17]163

박효관朴孝寬 [23]81

박효문朴孝文 [23]249

박흥博興 [8]35

반 노부토모伴信友 [13]91

「반계수록磻溪隨錄」 [14]105 [17]197 [18]182 [23]209

반고班固 [9]117, 190 [10]6 [13]109, 115

반고盤古신화 [8]76

반대산盤臺山 [1]9

반도국 [20]28, 29, 32, 58, 66, 67, 76, 80, 322, 324

반도사편찬회半島史編纂會 [7]37

「반도사화半島史話와 낙토만주樂土滿洲」 [20]328

반등伴等(방장) [1]22

반등산半等山 [1]49

반량전半兩錢 [6]20, 58

반량풍潘量豐 [23]20

반룡蟠龍 [6]166

반룡산盤龍山 ②17

반리마루萬里丸 ⑳156

반만군反滿軍 ⑲68

반만항일군 ⑲104

반민법反民法 ⑭238

반민족反民族 ⑭231, 232

반성潘誠 ⑱100

반소班昭 ⑬40

반수沔水 ⑤125

반야대般若臺 ④49, 169

반야보전般若寶殿 ④70

반야봉般若峰 ①22 ⑳210

반야전般若殿 ④71, 74

반야탕般若湯 ⑮150

반월성半月城 ⑤216 ⑥77 ⑫49,
  207 ⑮22

반자로프Banzaroff ⑧114 ⑨80

반척盤尺 ⑪67

반츠이인 초베幡隨院長兵衛 ⑬169

발산 ①11, 13, 14

발연鉢淵 ③158 ④178

발연동鉢淵洞 ④185, 189

발연봉鉢淵峯 ④224

발연사鉢淵寺 ④180, 183, 184,
  187 ⑪241

발천撥川 ㉑52

발칸 ⑧58, 60

발칸반도 ⑧58, 59

발틱함대 ⑳95

발하슈 ⑧58

발해渤海 ②4, 215 ⑤18, 43, 44,
  51, 54~57, 67, 78, 82, 88,
  150, 204, 308, 311, 314, 332,
  398, 417, 419, 432, 433, 462,
  469, 471 ⑧36, 38 ⑫193 ⑬
  116, 183 ⑭71, 179 ⑰40, 53,
  59~61 ⑱18, 42~44, 56, 63,
  73

「발해고渤海考」 ⑤398, 401 ⑯92
  ⑰197

「발해국기渤海國記」 ⑤400 ㉑64

발해농장 ⑤49, 71

발해만 ⑤413, 458

발해유민 ⑤315

발해어공수渤海御供水 ⑤61

「발해행년기渤海行年記」 ㉑64

밥티즘 ⑫330

방각본坊刻本 ⑬34

방광대放光臺 ④74

방국진方國珍 ⑰112

방등산方等山 ⑬156 ㉓73, 190

방만춘方萬春 ㉓222

방사方士 ⑧37

방산석경房山石經 ⑰73

방생회放生會 ⑩290, 291, 292

방선교訪仙橋 ④89

방술方術 ③154, 221

「방술원론方術源論」 ⑬91

「방약합편方藥合編」 ⑯186 ㉓40

방의용方義鏞 ㉓288

방장方丈 ③81 ⑳254

방장봉方丈峰 ④63

방지용方之用 ⑳115

방첨탑 ⑫154

방패도防牌島 ⑳167, 168

방한덕方漢德 ⑯142

붉Pǎrk ①65, 66 ②209 ③109, 110, 140, 148, 153~160, 168, 206 ④46, 57, 72, 74, 125, 135 ⑧8~16, 19, 20, 23~30, 31, 35, 37, 38, 45, 48, 53~57, 62, 63, 97, 99 ⑰5

붉교 ③85, 87, 146, 147, 154, 163 168

붉도 ②38 ④120 ⑧50, 52 ⑩291, 292, 298

붉사상 ③8, 81, 86, 87, 106, 109, 133, 134, 138, 141~154, 162, 163, 173~178, 181, 189~195, 200~204, 207, 212, 214, 221, 228, 229, 234

붉은 ①65 ②148, 317 ③156, 161 ④20, 21, 62, 127 ⑩33, 236~243, 248, 251, 270, 271 ⑮288~295 ⑰5, 8

붉으늬 ②199 ⑰90

붉은Pǎrkǎn ④74 ⑧8~10, 15, 19, 32, 40, 48, 50~53, 57, 58, 60, 67, 76, 97 ⑩291

붉은애Pǎrkǎn-ai ⑧8~10, 15, 19, 20, 23, 27, 48

배달다倍達多 ⑮221

「배따라기」 ⑳273

배련裴連 ㉓282

배문중裴文中 ⑨54

「배비장타령」 ㉓91

배상개덕이 ②32, 39

배상문裴相文 ⑯186

배석拜石 ③78 ④46, 125

배소舟淵 ④200, 208, 210

배숫고개 ④199

「배심성훈拜心聖訓」 ⑬60

배인범裴仁範 ⑪147, 148

배일교拜日敎 ②157

배일법排日法 ⑳14

배자褙子 ⑮84

배재拜帖 ④46, 74

배재학당培材學堂 ⑯156, 158 ㉒193

배전裴瑱 ㉓289, 290

배천교拜天敎 ⑧181

배학산裴鶴山화상 ①61

백가白加 ⑮244 ㉓268

백가물白加勿 ⑳114

백가신白可臣 ㉓26

백계白鷄 ⑧54

백계 러시아인 ⑤123, 127

「백공육첩白孔六帖」 ⑨120

백광훈白光勳 ⑯179

「백구사白鷗詞」 ㉓88, 89

「백기민담기伯耆民談記」 ⑳123

백기주伯耆州 ⑳139, 140, 141, 144, 170

백길白吉 ⑳111

백낙천白樂天 ③121 ⑥67, 69 ⑬72

백단白檀 ⑥42

백달단白韃靼 ⑨23, 31

백달달白達達 ⑨25

백대붕白大鵬 ⑰214

백덕 ②79

백덕산白德山 ②52

백도납伯都納 ⑤156

백도눌 ⑤174

백두대천왕 ②265, 266, 267, 268

백두산 ②3~8, 79, 96 ④18 ⑤6, 17, 69, 88, 172 ⑥104, 150, 157 ⑦77 ⑧4, 21, 25, 61 ⑨ 177 ⑩204, 230, 240 ⑭50 ⑱ 10, 17 ⑳193~198, 201, 212~214, 229, 235, 250, 329, 330

「백두산기白頭山記」 ⑪63

「백두산지白頭山志」 ②8

백두산정계비 ②211 ⑤174 ⑳ 186

백두산탐검대白頭山探檢隊 ②39

백두암白頭岩 ②329

백두천왕白頭天王 ②187, 271, 280

백두천제白頭天帝 ②202~236, 239

백두화산맥白頭火山脈 ②329

백랑수白狼水 ⑤362 ⑰59

백련암白蓮菴 ①67

백령도 ⑳272

「백론百論」 ⑮188

백마白馬 ③87, 93, 110, 198 ⑥ 78 ⑧54

백마강 ③86 ⑥78~81, 151 ⑫

207, 235 ⑱37 ⑳246

백마교 ⑫185

백마봉 ③86, 97, 205, 206 ④47, 48, 61 144

백마산 ②52 ③86

백마산성 ③112 ⑪12 ⑰177

백마연봉白馬連峰 ④144

백명달白明達 ⑮247

백묘白妙 ⑨105

백문절白文節 ㉑75

백민白民 ⑰5, 10

백부자白附子 ⑰75

「백사집白沙集」 ⑤384, 407, 424, 456

백산白山 ①43, 50 ②297, 319, 322, 323 ⑤44, 46, 48, 49, 58, 65 ⑧35, 59, 60, 61, 97 ⑩240, 241, 242 ⑪60

백산서원白山書院 ⑤179

백산제白山祭 ②36, 37

백석담白石潭 ④208

백석사白石寺 ⑥73

백선장군百船將軍 ⑳90

백석상白石像 ④96

백성白城 ⑤110, 151

백수한白壽翰 ⑯39 ⑰83

백승종朴承宗 ⑮106

백아伯牙 ⑪200

백악白岳 ③205 ⑩204, 222

백악산白岳山 ⑩204

백안伯顏 ⑰105

백암白巖 ①65 ④266 ⑧9, 172

백암산白岩山 ①58, 65, 66 ④122

백암상각白岩上角 ②330, 331

백암성白巖城 ⑤434 ⑱35

백양사白羊寺 ①55, 58, 61, 64, 66 ㉒173

백양산 ①55, 65, 68

백오인사건105人事件 ⑭241 ⑲121

백운대白雲臺 ③52 ④99, 109, 114, 126, 127, 128, 231 ⑭241

백운도白雲渡 ⑬152

백운동서원白雲洞書院 ⑯66 ⑰154 ⑱143 ㉒150

백운산白雲山 ①22 ②18 ③6 ⑮294

「백운소설白雲小說」 ㉓94

백운암白雲庵 ④127, 153

백운자白雲子 ㉑23

「백운집白雲集」 ⑤53

백운천白雲天 ④137

백월비白月碑 ㉓133, ㉓134

백월산白月山 ㉑52

「백월산양성성도기白月山兩聖成道記」 ㉑25

백은배白殷培 ㉓288

백은탄白銀灘 ⑪10

백의관음白衣觀音 ⑦78

백의녀白衣女 ⑦78

백의도白衣道 ⑨107

백이정白頤正 ⑰108

백인걸白仁傑 ⑯68 ⑰156 ⑱144

백장 ⑰213, 214

백전봉柏田峰 ④149, 151, 153, 175, 194

백정白丁 ⑰213

백정봉百鼎峰 ④228, 229, 268

백정산白庭山 ⑩57

백제百濟 ⑥23, 66~75, 78, 146 ⑦69, 74, 116 ⑧18, 53 ⑨207 ⑬105, 190 ⑭51, 176~178, 183, 187 ⑮228, 229 ⑱20, 22, 27~30, 37, 41, 44, 45, 54, 56, 79, 97, 115 ⑳31, 47

백제금百濟琴 ⑮134 ㉓152, 157

백제선百濟船 ⑳59

「백제신집방百濟新集方」 ㉓21

백제악百濟樂 ㉓190

「백제열전」(「北史」) ⑨208

「백제전」(「周書」) ⑨252

백조처녀설화白鳥處女說話 ⑨134, ⑩162, 163

백조봉白鳥峰 ②52

백주柏舟 ⑬122

백중百中 ㉒84

백천百川 ③86, 87, 89, 110, 198, 204, 207 ④36

백천교百川橋 ④177

백천동 ③44, 45, 86, 91~93, 97, 128, 129, 132 ④33, 47, 48

백천리百川里 ④225

백촌강白村江 ⑥79

백추지白硾紙 ⑰76

백춘배白春培 ②224 ⑯122 ⑰242

18213, 215 20155

백탑白塔 393, 97, 115 452, 57
5319, 320, 321, 322, 323,
324, 325, 326, 384 11131

백탑동百塔洞 290 355, 62, 86,
116, 118 442, 52, 53, 55,
56, 57, 58, 85, 228

백탑보白塔堡 11132

백탑사白塔寺 5325

백파 샤먼 8127, 130, 131, 136

백학봉白鶴峰 3183

「백학선전白鶴扇傳」 1364

백합약대신百合若大臣 13181, 182

백현례白玄禮 17124 23247

백혜伯兮 13123

「백호통白虎通 」 7215 870 13
109, 112

백화담白華潭 4144

백화목白樺木 294

백화암白華庵 467, 68

백화피白樺皮 2150

백효덕白孝德 15247

뱌쿠신柏槙·柏心·白身·白心 7109

벅게 225

번찰樊察 5348

번초蕃椒 17173

번커Bunker, D. A. 18210

「벌곡조伐谷鳥」 1333 2374, 75

벌도왕伐屠王 9189

벌지지伐知旨 2152

범가둔范家屯 5195

범궁梵宮 15141

「범문정공충절언행록范文正公忠節
言行錄」 1364

범어梵語 827 1397 23136

범어사梵魚寺 12117, 217 21123
22174

범일凡日 2125

범조우范祖禹 2158

범지재范之才 2326

범찰凡察 59, 348

범천梵天 15206 3236

「법계도서인병략소法界圖書印并略
疏」 2127

법기보살法起菩薩 344, 81 467,
70~72, 74, 101

법기봉法起峰 3130 461, 69, 72,
88, 90, 94, 98, 99, 101, 104,
105, 108, 109

법기사法起寺 675

법기암法起庵 4112, 193

법랑琺瑯 9237, 238

법랑法朗 15188 22169

법륜法輪 130 39

법륜사法輪寺 5265 675

법륭사法隆寺 14130 675

법명法明 22168

법상종法相宗 135, 36 15194,
232

법악法樂 23143

법왕봉法王峰 159, 65

법운法雲 2138

「법원주림法苑珠琳」 3214 2122

법유法乳 23277

법음해조음法音海潮音 ⑮177

법장法藏 ⑮192, 193, 194 ㉓241

법정法定 ㉓267

법주사法住寺 ①35 ㉒173

법현法顯 ⑪286, 290

「법현서역전法顯西域傳」 ㉑22

「법화경法華經」 ⑬49 ⑮175,
    223, 229, 251, 266

법화사法華社 ④168

「법화영험전法華靈驗傳」 ⑬53

법화원法華院 ⑮234

법흥사法興寺 ⑬190 ㉒174

법흥왕法興王 ④34 ⑥94 ⑯19, ⑱
    32

베개봉 ②116

베니스 ⑥56 ⑭55

베다Veda ⑬16, 83, 125 ⑧64

베델Ernest T. Bethell ⑯159, 163
    ⑱234

베들레헴 ⑫358 ⑬6

베르너Abraham Werner ⑭62

베르길리우스Verglilius ⑭270

베르네 ㉓37

베르뇌Siméion-Françaois Berneux ㉒
    184

베르사이유 ⑫155 ⑲129

베르사이유조약 ⑱248 ⑲50,
    129, 145

베링해협 ⑧116

베스비우스산 ⑫141, 276

베실톨이 ②39

베이징고궁박물원도서관 ⑤260

베이징조약 ⑤195, 431 ⑱189

베조브라조프Bezobrazov, A. M. ⑱
    224

베토벤 ⑭61

벤담Jeremy Bentham ⑭105

벤츠辨通 ⑮233

벨Bel ⑧63

벨Alexander G. Bell ⑭66

벳푸別府 ⑥115

벽골군碧骨郡 ⑳52

벽도碧桃 ⑧33

벽락碧落 ⑧32

벽성碧城 ⑧32

벽소령碧霄嶺 ②29

벽암계 ⑳226

「벽온신방辟瘟神方」 ㉓39

벽파碧波폭포 ④88

벽파담碧波潭 ④92, 107

벽하담碧霞潭 ⑪77

벽한碧漢 ⑧32

벽해碧海 ④256 ⑧33 ⑳252, 268

벽허碧虛 ⑧32

변계량卞季良 ⑪309 ⑱163 ㉓84

변급邊岌 ⑤93 ⑰179, 180 ⑳232

변발辮髮 ⑨205, 215, 218, 219,
    221

변발문화권 ⑨220

변산 ①22 ⑳271, 272

변상벽卞尙璧 ㉓286

변성전變成殿 ③72

변신이야기Metamorphoses ⑩155

변卞씨 ⑪134, 135, 138, 139,

변이중邊以中 ⑯77 ⑰162 ⑱157

변장邊墻 ⑤358, 407, 410~412

변중문卞仲文 ⑯59 ⑰130

변학기卞鶴基 ⑯166

변한弁韓 ⑥69, 74 ⑭176, 193 ⑱ 16, 20

변헌卞獻 ㉓256

변효문卞孝文 ㉓59

「별건곤別乾坤」 ⑭217, ⑭223

별기군別技軍 ⑯117 ⑰237

별돌 ⑥54

「별미후경鼈彌猴經」 ⑩176

「별서효경別序孝經」 ⑰79

별주부 ⑩170, 178, 180 ⑮81

별초군別抄軍 ⑰92 ⑱95

병마우후兵馬虞侯 ⑰138

병마절도사兵馬節度使 ⑰138

병사兵使 ⑪147

병사봉兵使峰 ②330

「병설餠說」 ⑩288

「병요兵要」 ⑱124

「병원후론病源候論」 ㉓21

병인양요丙寅洋擾 ②224 ⑯113 ⑰ 234 ⑱201 ⑳77

병자수호조규 ⑲120, 123 ⑳155

병자수호조약 ⑲135

병자호란 ⑤220, 250, 407 ⑯80, 92, 103 ⑰176, 177, 178, 185 ⑳240 ㉒134, 137 ㉓137, 284

「병장도설兵將圖說」 ⑱183

병풍바위 ⑳163

보寶 ⑰68

보각普覺 ㉑8, 10, 11, 101

보각국존普覺國尊 ㉑85, 94

보감국사寶鑑國師 ㉑85

보개산寶盖山 ③7, 9

보광葆光 ③43, 156

보광암普光庵 ④197, 198

보굴인Vogul ⑦290

보나개保那蓋 ⑰74

보니파시오 사우어 ㉒189

보다산寶多山 ⑪61

보덕普德 ㉑25 ㉒177

보덕각시 ④97, 98

보덕관음普德觀音 ⑪76

보덕설화普德說話 ④97, 98

보덕굴普德窟 ④90~97, 99 ⑪76

보덕암普德庵 ④94, 98

「보덕전普德傳」 ㉑25

보란普蘭역 ⑤452, 458

보란점만普蘭店灣 ⑤459

보루각報漏閣 ⑰138, 139

보림사寶林寺 ①36

「보만재총서保晚齋叢書」 ㉓108

「보문품普門品」 ④160 ⑮177

보미寶米 ⑰68

보살계첩菩薩戒牒 ④159

보살나루 ③33

보새報賽 ⑬118

보석사寶石寺 ㉒173

보성학교普成學校 ②66

보승회保勝會 ④140

보양寶壞 ㉑38

보옥선인寶玉仙人 ⑦159, 161

「보옥편補玉篇」 ㉓112

보우普雨 ⑮145 ⑯68 ⑱168 ㉒ 171

보운普雲 ④190, 191, 193

보운암普雲庵 ④193

「보은기우록報恩奇遇錄」 ⑬64

보장봉로寶藏奉老 ㉑51

보장왕寶藏王 ⑤434 ⑯20, 22 ⑰ 29, 38 ⑱35

보적寶積 ③222

보적봉 ⑳226

보전읍保田邑 ⑲103

보조普照 ⑮158

보조비普照碑 ⑰124

보천교普天橋 ②66 ⑧52

보천보普天堡 ②66, 68, 343 ⑲ 103 ⑳235, 236

보카라Bokhara ⑧59

보타락산普陀落山 ③227

보태리寶泰里 ②71, 72, 73, 343

보태동寶泰洞 ②72, 77

「보태평保太平」 ㉓166

보통강普通江 ⑪11

「보통학교국사교수참고서조선사력교재」 ⑦39

보티악Votyak ⑧136, 137

보하이渤海 ③163 ⑰10

「보한집補閑集」 ㉑55, 74

보합단원普合團員 ⑲55

보허사步虛士 ③133

보현普賢 ⑧15

「보현달마이상권普賢達磨二像卷」 ㉓278

보현동普賢洞 ⑪44

보현사普賢寺 ⑭208 ⑮147 ⑳ 218, 219 ㉒174

「보현행원품普賢行願品」 ④96

보희寶姬 ⑮49

복건福建 ⑰32

복계역福溪驛 ③13

복당福堂 ⑮174

복두장幞頭匠(복주장이) ⑱52

복령茯笭 ⑰75

복릉福陵 ⑤208, 210

복릉신공성덕비福陵神功聖德碑 ⑤ 214

복산福山 ⑧35

복신福信 ①23 ③53

복주復州 ⑤453 ⑰109

복지福地 ③141, 203

「복지기福地記」 ③192

복초復初 ③189

복한僕漢 ⑩212

복흥사福興寺 ⑥204

복희伏羲 ⑧74, 82

「본리지本利志」 ⑱240 ㉓61, 62

「본생경本生經」 ⑩172, 173

본생담本生譚 ④96

「본원사구토本願寺仇討」 ⑬175

「본조신사고本朝神社考」 ⑧40

「본조여조本朝麗藻」 ⑳124

「본조편년강목本朝編年綱目」 ㉑75

본철사本哲寺 ⑬176

「본초本草」 ⑬91 ㉓38

「본초강목本草綱目」 ⑮23 ㉒51

「본초경本草經」 ㉓21, 23

「본초괄요本草括要」 ㉓25

본초학本草學 ⑯185, 186

볼가 ⑫133

볼란드Voland ⑧65

봇돌 ②25

봉고奉高(Pongko) ⑧35

「봉구황곡鳳求凰曲」 ⑥59

봉금封禁 ⑤22 ⑥141

봉길선奉吉線 ⑤175

봉늬 ②26

봉니封泥 ⑥58

봉덕사奉德寺 ⑥96, 157

봉래蓬萊 ③74, 81 ④185 ⑧27,
36 ⑳254

봉래산蓬萊山 ②323 ③45, 70,
117, 159, 183 ⑥104 ⑳267

봉래선蓬萊仙 ④200

봉래선원蓬萊仙園 ②132

봉래선자蓬萊仙子 ④185

봉래천蓬萊泉 ③22

봉래풍악원화동천蓬萊楓岳元化洞天
④80

봉로협정奉露協定 ⑤125

봉림대군鳳林大君 ⑤250

봉비탄鳳飛灘 ③33

「봉사고려기奉使高麗記」 ㉑64

봉산 ⑥17

봉상왕烽上王 ⑮123

봉생암鳳生巖 ⑬152

봉선封禪 ③143, 228 ④259 ⑦
228 ⑧30, 31, 33 ⑨176

봉선사奉先寺 ㉒172

봉선서封禪書 ④259

봉소奉蘇협정 ⑤116

봉수대烽燧臺 ④267

봉수산烽燧山 ③30 ⑥106

봉악蓬岳 ④271

봉암鳳岩 ④120

봉암사鳳岩寺 ㉓132, 243

봉암사비鳳岩寺碑 ⑰124

봉은사奉恩寺 ③20 ㉒172

봉의동鳳儀洞 ⑤37

봉직전奉直戰 ⑤206

봉천奉天 ⑤81, 164, 202~207,
216, 218, 228, 244, 262, 265,
270, 274, 275, 277, 279, 281,
283, 288, 302, 330, 358, 429,
432 ⑨42 ⑫129

봉천대회전奉天大會戰 ⑤283

봉천도서관 ⑤246, 247, 254

봉천부奉天府 ⑤204, 211

봉천성奉天城 ⑤10, 208, 209,
219, 226, 287, 368

봉치싸움 ⑮36, 37

봉현奉絃 ㉓292

봉형封衡 ⑩112

봉화대 ⑤462 ⑪129

봉황대鳳凰臺 ④61 ⑥87

봉황바위 ④213

봉황성鳳凰城 ⑤310, 391, 431,
437, 438, 439 ⑪127, 128

「봉황음鳳凰吟」 ②③84

뵈트거 ⑭101

부견符堅 ⑮184 ⑰24

「부계기문涪溪記聞」 ⑤446

부군府君 ③160, 161 ⑧48, 51 ⑩
269

부군굿 ⑧51 ⑮291, 293

부군당府君堂 ⑩211, 212 ⑮291

부남扶南 ⑰115

부동명왕不動明王 ③28

부로지扶老只 ③37

부루夫婁 ⑧53, 54, 99 ⑩202,
205, 212, 220, 245, 246, 271
⑬98 ⑮65, 287, 293 ⑯25 ⑰
8, 47 ⑱24, 25

부루나富樓那 ⑮149, 197

부루산分黎山 ⑩244

부르고布魯克 ⑧58

부르고스 ⑫147

부르글 ⑧58

부르칸산不兒罕山 ⑧58

부르하통강 ⑤27, 28

부르한burkhan ⑧98

부리夫里 ②127 ⑦137

부리물分剌水 ⑱18

부리아트인 ⑧71, 168, 174

부리칸burkhan ⑧98

부민회扶民會 ⑲45

부베Joachim Bouvet ②③37

부벽루浮碧樓 ⑥51 ⑪10

「부부고覆瓿藁」 ⑥18

부부봉夫婦峰 ②179

부부암夫婦岩 ④258

부분노扶芬奴 ②199 ⑩22

부사년傅斯年 ⑨13, 45

부사의암不思議庵 ④186

부산성富山城 ⑥90

부산포 ⑰130

부상扶桑 ⑳6

부상교扶桑橋 ③33

부상국扶桑國 ⑳254

「부상약기扶桑略記」 ⑬190 ⑮240

부석浮石(속돌) ②196

부석사浮石寺 ⑫212 ⑯25 ⑰48,
126

부성루浮聖樓 ⑥6

부소산扶蘇山 ⑥70, 77 ⑳246

부쏠Boussole=羅針儀 ⑳153, 154

부소효일扶蘇曉日 ⑥77

부시쌈지 ⑬5

부아산負兒山 ②323

부아한산不兒罕山 ②323

부암釜岩 ④263

부어잉다랑夫於仍多郎 ⑳112

부여 ②4, 127, 214 ⑤173, 398
⑥66~73, 78, 83, 94 ⑦116,
137 ⑧53 ⑨43 ⑬19 ⑭50,
51, 273 ⑮78 ⑰14, 18, 19
⑱12~14, 21

부여성夫餘城 ⑱37

「부여전夫餘傳」 ⑩110

부여팔경夫餘八景 ⑥76

부여현夫餘縣 ⑤156, 157

「부영신설婦嬰新說」 ⑱240 ②③42

부용개芙蓉蓋 ④194

부용면芙蓉面 ③144

부용봉芙蓉峰 ⑫253

「부의편婦儀篇」 ⑬39

부인符印 ⑦111

「부인대전婦人大全」 ㉓38

부제국浮提國 ⑪168

부젠豐前 ⑧14

「부젠국지豐前國志」 ⑧14

부젠굴豐前窟 ⑧15

부집게질 ⑭177

부칸 ⑧58

부쿱-카킥스Vukub-Cakix ⑧63

부하라捕噶(buchara) ⑧58

북간도 ②122, 224 ⑲25, 45, 91,
 127 ⑳231

북감자北甘藷 ⑰221

북경사변 ⑲70

북경인(북경원인北京原人) ⑨54, 55,
 56

「북경세화기北京歲華記」 ⑩286

북관北關 ②66 ③33 ⑮21, 22

북구신화北歐神話 ⑩92, 94, 98

북남양시北南兩市 ⑪65

북녕선北寧線 ⑤354

북두北斗 ⑭259

북두성신군北斗星神君 ⑬58

북량北涼 ⑰23

북룡사비北龍寺碑 ⑰124

북릉北陵 ⑤212, 219~222

북만주 ⑤110, 156, 295 ⑨69

북만주평야(북만평야) ⑤137, 155,

295

북만철도 ⑤95, 116

북명北溟 ④183

북방문화 ⑨69, 199

북방식 고인돌 ⑥106, 115

북방이동선 ⑨76

북번北蕃 ⑰66

북벌 ⑭32 ⑰178

북부어 ⑦69

북분北墳 ⑥39

「북사北史」 ⑤361 ⑦231 ⑨120,
 142, 208, 209 ⑩296 ㉑22

북4각北四閣 ⑤260

북산北山 ⑤169, 170

북상동北上洞 ④84 ⑳208

북순비주北巡碑注 ⑥221

북술 ②35

북악北岳 ②325

북안北安 ⑤136

북안로北安路 ⑤159

북안진北安鎭 ⑤139

북양해군北洋海軍 ⑤464

「북역건치연혁고北域建置沿革考」
 ⑥203

북연北燕 ⑰22, 23 ⑧55

「북위서北魏書」 ⑨123

북유럽신화 ⑨144, 165

북인北人 ⑰157, 175

북적北狄 ⑨210, 212, 213

「북적통사北狄通史」 ⑨40

북전北殿 ㉓84

「북정일록北征日錄」 ⑤174

북제北齊 ⑨192, 198

「북제서北齊書」 ⑨130

북주北周 ⑨192

북지사변北支事變 ⑲70

북창北倉 ③40

북청北靑 ②23, 28, 33, 66 ⑤4,
　51 ⑥114, 203

「북청가北靑歌」 ⑬68

북청사변北淸事變 ⑤341 ⑲6

북청진사北淸眞寺 ⑤279

북탑北塔 ⑤265

북풍회北風會 ⑲60, 95

북학北學 ⑤422, 425

북학론北學論 ⑤403, 421, 422 ⑭
　244 ⑮299 ⑯93 ⑰198, 199
　⑱183

「북학의北學議」 ⑤428 ⑯94 ⑰
　199

북학파北學派 ⑳324

북한Peukan ⑧22

북한산비 ⑥170, 178, 182, 185,
　191, 196, 199

「북한지北漢誌」 ⑥178

북호두北湖頭 ⑤86, 87

북화北畵 ④82

분려산分黎山 ②323 ⑧97

분로쿠文綠·게이쵸慶長의 역役
　⑬172, 180

분묘 ⑥53, 56, 57

분묘고고학 ⑥31

분설폭포噴雪瀑布 ④88, 100

분설담噴雪潭 ①17 ④93, 107

분순도分巡道 ②171

분원시憤怨詩 ㉑28, 29

분트Wilhelm　Maximilian　Wundt ⑦
　255 ⑭62

분황사芬皇寺 ⑥95, 96 ⑯25 ⑰48
　⑱41 ㉓272

분황종芬皇宗 ⑥96

불감佛龕 ⑮205

불거내弗矩內 ⑯30

불견산佛見山 ③9

불고륜佛庫侖 ⑤346

불구내弗矩內 ⑧43, 50 ⑩33, 34,
　39, 202, 212, 213, 220, 236,
　237, 242, 243, 271, 272, 291
　⑮293 ⑰9 ㉑19

「불국기佛國記」 ⑪286, 290 ㉑22

불국사佛國寺 ⑥96, 97, 158 ⑧29
　⑫215 ⑮205, 207, 299 ⑯25
　⑰48

불그내 ④240

불그늬 ⑩298

불긔purki ⑧95

불내不耐 ⑥217

불량답佛糧畓 ①19

불만주佛滿洲 ⑨9

불바라기재佛見峙·奮力峙 ①65

「불본생경佛本生經」 ⑩173

불사약 전설 ⑩286, 287

불아한不兒罕 ⑩212, 249

불안첩니不顏帖你 ⑰102

불이不而 ②126 ⑥216, 218

불이현不而縣 ⑥216

불일사佛日社 ②96
불일폭佛日瀑 ⑳210
불재 ①19
불정단佛頂壇 ⑦112
불정대佛頂臺 ④152, 153
불제祓除 ⑬82, 92
「불조통기佛祖統記」 ③72
불종전佛種田 ⑮150
불지동佛地洞 ④127, 131
불지암佛地庵 ④130, 131
불지촌佛地村 ②52
불카노Vulcano ⑧60 ⑭266
불함不咸 ⑧21, 82 ⑨176 ⑩242
⑮62, 63, 288
불함문화不咸文化 ⑤174, 351 ⑧
57, 58, 62, 70, 80, 87, 89,
98, 99 ⑩251, 274, 298, 312,
317 ⑮62 ②16
불함문화권不咸文化圈 ②4 ⑧59
⑮64
「불함문화론不咸文化論」 ⑭235
불함산不咸山 ②209 ⑨206 ⑩232,
233, 240, 243, 248
불화佛畵 ⑥75 ㉓291
불후화不朽化 ⑭250
「붉은저고리」 ⑪37, 51, 65, 73,
110, 342
브라만교 ③146
브라우닝Robert Browning ⑪232
브라운John Mcleavy Brown ⑱233
㉓179
브라이언트William Bryant ⑭66

브라흐마Brahma ⑧62
브래크 ⑨69
「브레멘음악대」 ⑩137
브루기에르B. Bruguiere ⑯102 ⑰
206
브르너 ⑳159, 160
브리튼 ⑫159, 160
블라디보스토크 ⑳25, 75, 152,
232
비각秘閣 ⑰78
비거, 비차飛車 ⑪169, 170, 171,
218, 302 ⑭101, 138 ⑯77,
192 ⑰161
「비거변증설飛車辨證說」 ⑪172
비격진천뢰飛擊震天雷 ⑭101, 138
⑯77 ⑰161, 162 ⑱157
비고산毘古山 ②323
비교신화학 ⑦245
비교언어학 ⑨235
비그리드Vigrid ⑧65
비다쓰제敏達帝 ⑮227
비도飛舠 ⑪227
비래정飛來亭 ④263, 264
비로毘盧 ④135 ⑩246 ⑬98
비로동毘盧洞 ④131
비로봉毘盧峯 ②345 ③41 52, 130
④61, 99, 113, 130, 131, 132,
134, 135, 136, 138, 139, 140,
142, 173, 176, 194, 201, 204,
214, 218, 223, 237, 239 ⑩
204 ⑭209 ⑳218, 219
비로자나불 ①34

최
남
선

한
국
학

총
서

비류沸流 ④212 ⑩69 ⑬145, 147 ⑭51, 176

비류국沸流國 ⑨155 ⑩21, 22, 23 ⑬147

비르글 ⑧58

비리卑離 ②126

비마라진제毗摩羅眞諦 ⑪291 ⑮221

비봉碑峰 ⑥178

비봉탄飛鳳灘 ③104

비봉폭飛鳳瀑 ④212

「비사秘詞」 ③106 ⑧50 ㉒132

비사벌比斯伐, 比自� ⑥184

비사성卑沙城 ⑤332, 434, 460

비색翡色 ⑰76, 88

비색秘色 ⑰76

비서각秘書閣 ㉑61

비서갑匪西岬 ⑳67

비서성秘書省 ㉑73

비스마르크Bismarck ⑫137 ⑭58

비스카야 ⑫150

비시누Visnu ⑩93

비여比余 ⑨204

비열홀比列忽 ⑥216

비운령飛雲嶺 ④271

비자와貔子窩 ⑨67

비장방費長房 ⑪250

「비전풍토기肥前風土記」 ⑲116

「비중명승고備中名勝考」 ⑬178

비파담琵琶潭 ④92, 107

비파폭포琵琶瀑布 ④88

비파행琵琶行 ⑬72

비풍匪風 ⑬123

비현역枇峴驛 ⑪12

비형랑鼻荊郎 ㉑53

빈강성濱江省 ⑤53, 99, 102, 117, 131

빈강역 ⑤136

빈강현濱江縣 ⑤131

빈발굴賓鉢窟 ④114

빈북선濱北線 ⑤134, 138

빈사賓射 ⑬99

빈수선濱綏線 ⑤95, 98, 118

빈주선濱州線 ⑤118

빈톤, C. G. ㉒193

빈현성賓縣城 ⑤149

빈호牝戶 ③155

빌헬름 1세 ⑭58

빙산사冰山寺 ㉑69

ㅅ

사고史庫 ⑪104, 107

「사고전서四庫全書」 ⑤244, 246, 259, 261~263 ⑰168, 169 ㉑3, 61

「사고전서회요四庫全書會要」 ⑤263

사공바위 ④257

사공암沙工岩 ④257

사과둔沙鍋屯 ⑨67, 69

사군四郡 ⑥12, 55 ⑬110 ⑰130

「사군지四郡志」 ⑯92

사군회인思君懷人 13132

「사기史記」 3178 5468 660, 157 724, 25, 71, 215 860 935, 42, 96, 119, 138, 144, 182, 203, 205 109, 85 1582 2121

사뇌詞腦 10315 13118, 121, 127, 128

사뇌가詞腦歌 13129

사뇌격詞腦格 13130

사니하サニハ 798

사담비Smdambi 989

사당 325 890 10261

사당패 10261

사도세자思悼世子 1690 17195, 205, 206

사라沙羅 3142

사라센 5281 9107 12150

사라수娑羅樹 2152

사라스와티 497

사라예보 1984

사랑師娘 7235

사례四禮 22197

사론호르스트 1463

「사룡蛇龍」 1333 2375

사루 1550, 52

사루메サルメ 798

사류沙劉 18100

사륜舍輪 788

사릉蛇陵 689 2152

사리舍利 1353

사리각舍利閣 11105, 106

사리봉射狸峰 790

「사리화沙里花」 1332 2375

사마광司馬光 23111

사마상여司馬相如 659 7233

사마의司馬懿 5306, 336

사마중달司馬仲達 11198, 199

사마천司馬遷 6157 7215 1429

사만Saman 798 8105 980

사명대사四溟大師 467 1497

사명당四溟堂 4165, 166, 167

사명신司命神 3179

사명주수司命主壽 3178

「사모곡思母曲」 2375

사모예드 1559 8109

사무도師巫道 3153

사무사思無邪 13122

「사미인곡思美人曲」 16177

사벌국沙伐國 10155 13106

사북 1199

「사불정토도四佛淨土圓圖」 15228

사비泗沘 669 1719

사비에르Francisco Xavier 1499

사비하沙沘河 673

사산Sasan 1726

사산비명四山碑銘 2379, 88, 132, 133, 300

사상설四象說 14105, 139

사생관死生觀 3162

「사생조품四生粗品」 4239

사서四書 1340, 42

「사서집주四書集註」 1651 17120

「사석집砂石集」 10184 15240

최
남
선

한국학

총
서

사선四仙 ④249, 253 ⑦91

사선교四仙橋 ④131

사선대四仙臺 ④90

사선봉四仙峰 ④269

사선악부四仙樂部 ⑬22 ⑰90

사선정四仙亭 ④251, 252, 253, 254 ⑪241

「사성통고四聲通考」 ⑯60 ⑰135

「사성통해四聲通解」 ㉓112

사소娑蘇 ⑦180

사소절士小節 ⑬39 ⑰217 ㉓215

「사시찬요四時纂要」 ⑰146 ⑯187 ㉓59

사신司神 ③179

사신史臣 ⑤255

사신도四神圖 ⑥164, 165 ㉓265, 266

사신총四神塚(용강군 호남리) ⑥128 ㉓265

사신총四神塚(용강군 매산리) ⑪208 ㉓265, 266

사쓰마薩摩 ⑰163, 220

「사씨남정기謝氏南征記」 ⑬64 ⑯178 ㉓96

사얀산맥 ⑧98

사여수似如樹 ㉑52

사와寺窪 ⑨65

사왕봉四王峰 ②99

사육신死六臣 ⑫44 ⑭98

사을師乙 ⑬101

사음법寫音法 ⑬120, 121

사이고 쓰구미치西鄕從道 ⑯125

사이메이제齊明帝 ⑮233

「사이열전四夷列傳」 ⑨206

사이초最澄 ⑩197

사이토 마코토齋藤實 ⑲53, 54, 62, 90, 91, 96, 97, 98, 99

사이토 시치로齋藤七郎 ⑳152

사이팔만四夷八蠻 ④239

사이호沙爾虎 ⑰181

사인암舍人巖 ⑳243, 244

사자곡獅子谷 ⑮212

사자국師子國 ⑰46

사임당師任堂 ㉓257

사자獅子-목 ④61, 231, 234~ 236, 242

사자獅子-바위 ④253

사자봉獅子峯 ③58, 66, 77 ④45, 109, 201 ⑪77

사자암獅子岩 ④88, 101, 104, 106, 108, 116, 125

사정沙井 ⑨65

사제司祭, Priest ⑧114 ⑨84

사조四洮철도 ⑤197, 343

사조구四爪鈎 ⑪174 ⑰160

「사중고기寺中古記」 ㉑23

「사중기寺中記」 ㉑23

「사중유기寺中有記」 ㉑23

사지舍知 ㉑44

사지寺誌 ㉑23

사지총서史誌叢書 ㉑79, 83, 116

사차泗沘 ⑥69

사찰령 ⑮147

사천대司天臺 ⑰140

사천왕四天王 15244

사천왕사四天王寺 696 15206 16
25 1748 1841 2153

사코 게이아키酒勾景明 6142

사쿠라이 요시우키櫻井義之 23
116

사타자沙陀子 5199

사토 노부히로佐藤信寬 20152

「사통史通」 2163

사하土河 5418

사하沙河 5302, 331, 334

사하라 970

사할린 20250, 254

사혁謝赫 15242

사회주의 14247

사회학 14255

사호히메佐保姬 1388

사황봉思皇峯 20224

삭가라爍迦羅 3169

삭가라심爍羯羅心 827

삭갈라爍羯羅 827

「삭로열전索虜列傳」 9206, 215,
216

삭리索離 9120

삭방朔方 95

「산거사요山居四要」 2360

「산경山經」 289

산남山南 2214, 217

산남면山南面 250

산당山黨 15106

산대山臺 10261, 313 1329

산둥山東 3163 969

산둥반도 835 2030, 34, 37, 38,
59, 63, 89, 96, 269, 274, 323

산디 15247

산령山靈 236, 38

산령産靈 13194

산령지신山靈之神 236

산로세존山路世尊 2104

산림山林 15127

「산림경제山林經濟」 18240 2360

산법算法 17164

「산부족편散不足篇」 9241

산북山北 2214, 217

산살바도르 1139

산상왕山上王 6139

「산수경山水經」 1692 17197

「산술관견算術管見」 16185 18241

산시성 627

산신産神 845 10220

산신山神 79, 29, 42, 43, 71, 77,
95, 98, 151, 192, 193, 210,
227, 244, 271, 300, 303, 304,
3169

산신루山神樓 582

산신제山神祭 10269

산악숭배 381 89, 20, 53 9
111

산악종교 820

산악散樂 23143, 196

산양山陽 3205

산연화총散蓮花塚 23265, 266

산영루山映樓 4158

산예狻猊 2142

최
남
선

한
국
학

총
서

「산유화山有花」 [13]19, 32 [23]90

산왕山王 [7]98

산음도山陰道 [20]123, 124

산인山陰 [8]16

산자고山紫姑 [2]198

산제山祭 [2]36

「산중신곡山中新曲」 [16]177 [23]80

「산천풍속총록」 [5]391

산천山川바위 [2]105

산천신山川神 [2]38

산천조山天祖 [2]98

산청山淸 [2]27

「산타령」 [23]89

「산학계몽算學啓蒙」 [17]164

「산학정의算學正義」 [16]184 [18]241

「산해경山海經」 [2]320 [7]106,
    215, 279, 282 [8]97 [9]5, 135,
    175 [10]97, 232 [14]96 [15]288
    [20]5 [21]48 [22]9

산해관山海關 [5]22, 334, 335,
    367, 378, 384, 387, 388, 406,
    411, 422 [9]12

산해위山海衛 [5]370

「산화가散花歌」 [21]44

살라미스해전 [20]70

살리타, 살리타이撒禮塔 [17]97 [18]
    89

살산薩珊 [9]191

살수薩水 [18]34 [19]121 [20]20, 238

살풀이 [8]94

살합량산薩哈亮山 [5]358

삼각Saippur [8]22

삼각산 [3]6 [6]178, 179 [11]66 [20]
    193

「삼갑전법三甲戰法」 [18]124

삼강구三江口 [5]354

삼강오상三綱五常 [13]62

「삼강행실도三綱行實圖」 [13]44, 45

「삼경의소三經義疏」 [15]230

삼계三界 [3]132, 134, 138 [7]56
    [13]167 [14]272 [15]195

삼과수三棵樹 [5]136, 145

삼교천三橋川 [11]12

삼국간섭 [5]431

「삼국사三國史」 [5]398, 437

「삼국사기三國史記」 [2]290 [3]51,
    52 [4]20 [6]62, 72, 82, 87,
    89, 97, 128, 139, 146, 184,
    196~199, 215~218, 221 [7]7,
    10, 14, 23, 26~29, 42, 44,
    48, 49, 69, 76, 79, 82, 88,
    89, 97, 119, 120 [8]48, 92 [9]
    132, 149, 150 [10]8, 9, 10, 34,
    36, 41, 42, 45, 54, 67~69,
    155, 171, 178, 181, 201, 202,
    207, 219, 261, 293, 300, 301,
    314 [11]334 [12]39 [13]28, 97,
    106, 107, 110, 133, 141, 142
    [15]78, 247 [16]52, 53 [17]33,
    122, 123, 142 [18]52, 82, 131
    [20]49, 50, 53, 54, 107~110,
    259, 322, 325 [21]2, 13, 14,
    19, 20, 25, 29, 30, 35~48,
    67, 72, 74, 80~83, 85, 106,

107, 112, 126, 127 [22]164 [23] 72, 91, 92, 98, 105~107, 112, 127, 144, 153~ 155, 186~195, 244, 245, 272, 299

「삼국사절요三國史節要」 [17]142 [21] 115 [23]94

「삼국유사三國遺事」 [1]32 [4]181 [5]444 [6]82 [7]7, 10, 22, 25, 29, 39, 40, 42, 44~49, 56~ 64, 70, 82, 88, 105, 106, 110~115, 120, 226, 243, 247, 270, 271, 275, 283, 296, 297 303 [8]70, 93 [9]157, 159, 162 [10]8~14, 31, 35, 36, 42, 54, 149, 163, 219, 221, 315 [11]328 [13]28, 30, 33, 53, 114, 118, 129, 133 [15]49, 52, 80 [16]53 [17]122, 123 [18]257 [20] 260 [23]22, 68~71, 92, 106, 107, 145, 153, 186~194 272, 273, 299, 301

「삼국지三國志」 [6]96, 114, 219 [7]79, 92, 106, 113, 256 [9] 103, 110, 120 [10]100, 273 [13] 18, 21, 31, 67 [14]28 [15]66, 122 [21]16, 58, 122 [23]144~146

「삼국지연의三國志演義」 [5]246 [18] 241

삼근三斤 [13]116

삼기三岐 [2]28

삼기화기도총관三旗火器都摠管 [17] 183

삼담비 [7]98

삼당三唐 [13]29

삼대바위 [4]53

「삼대목三代目」 [13]34 [18]57 [21]18, 39, 44, 45 [23]70

「삼대와집三大窩集」 [5]96

삼도三島 [4]259, 270

삼도수군통제사三道水軍統制使 [16] 72, 74, 75, 77

삼도구三道溝 [5]37

삼도대동청三道大同廳 [17]175

「삼도부三都賦」 [7]202, 219, 221

삼도육취三道六趣 [4]239

삼도천三塗川 [3]201, 207

삼독三毒 [15]176

삼랑사비三郎寺碑 [21]23

삼랑성三郎城 [2]112 [7]93, 201, 303 [20]67

삼령둔三靈屯 [5]72

삼령산 [2]75

삼례 [1]8

삼로三老 [8]106

삼론종三論宗 [15]187, 188, 189, 231, 232 [17]43

삼류하三流河 [5]393 [11]131

삼릉三陵 [5]73

삼만Samman [9]80

삼묘三墓 [6]62, 63

삼문三門 [8]88

삼방三防 [2]13 13, 15, 17, 18, 27, 28, 99

삼방역三防驛 [3]16, 21, 26

삼방폭포 ③27

삼방협三防峽 ⑤4

「삼백육십육치조366治條」 ⑪214

삼백회三百會 ③139

삼법인三法印 ⑬51

삼별초 ⑰92, 93

삼보三寶 ⑮224, 225 ㉑53

「삼보감통록三寶感通錄」 ㉑22

「삼보창조일기三寶創造日記」 ⑪68

삼봉 ③19, 23

삼봉도三峰島 ⑳119

삼봉산 ③17

삼분과경三分科經 ⑮223

삼불제三佛齊 ⑰150

삼사三司 ⑯63 ⑰137

삼서三誓 ③139

삼선杉扇 ⑰77

삼선국三仙局 ④80

삼선봉三仙峰 ②64

삼선암三仙岩 ④66, 67, 231

「삼설기三說記」 ③215 ⑬65

삼성三姓 ⑥89

「삼성교필독三聖教必讀」 ⑬60

삼성사三聖祠 ⑫200 ⑰7 ⑱12

삼성산三聖山 ②112

삼성암 ④201

삼성전三聖殿 ⑥6, 7, 8, 11 ⑭
211, 212

삼성혈三姓穴 ⑫224, 238

삼세三世 ⑬7

삼소관음三所觀音 ㉑51

삼수三數 ②79 ③179

삼수갑산 ②46, 52, 105

삼시신三尸神 ⑬58

삼신Ayisit ⑧133

삼신권현三神權現 ⑧19

삼신분치三神分治 ③139

삼신산三神山 ①22 ③80 ④127
⑩243 ⑳254, 255, 267

삼신산설三神山說 ①49

삼신인三神人 ⑦97

삼신일체三神一體 ②298

삼실총三室塚 ⑤240 ⑪208 ㉓265,
266

삼십육조도품36助道品⑮154

삼십리보 ⑤462

삼십삼불三十三身 ③139

삼십삼천三十三天 ③139

삼십일본산31本山 ⑮153

삼아승지겁三阿僧祇劫 ③139

삼암三岩 ②72, 73, 74

삼억동三億洞 ④61

삼오야월三五夜月 ⑩316

「삼운성휘三韻聲彙」 ㉓112

삼원三元 ③139

삼원포三源浦 ⑤101

삼위三危 ⑦8

삼위일체三位一體 ③139

삼위태백三危太伯 ②283 ③139 ⑧
70

삼일사건 ⑭164

삼일포三日浦 ②112 ③177 ④224,
247~255 ⑦91 ⑪240, 241 ⑫
211 ⑳204

삼자하三子河 ⑤359

삼장三藏 ⑮197, 201

「삼장三藏」 ㉓74, 75

삼장면 ②118

삼정三政 ⑰208

삼정사三井寺 ⑳61

삼조三調 ⑬116

삼조선三朝鮮 ⑦11 ⑱15

삼족오三足烏 ⑨134

삼존삼성三尊三聖 ③139

삼존상三尊像 ④64

삼종신기三種神器 ③139 ⑦114

삼주三周 ⑮283

삼중三重 ④22

삼중대사三重大師 ㉑95

삼지三池 ②112~114, 117, 120, 145, 339, 340, 342

삼차구三岔口 ⑤38

삼차태극三叉太極 ①33

삼차하三汉河 ⑤334, 353, 358, 359, 384 407, 420

삼천불三千佛 ③139

삼청三淸 ③132, 133, 139 ④186, 250 ⑬61

삼청옥계三淸玉界 ⑬61

삼층루三層樓 ⑪91

삼칠일三七日 ⑦9

삼태三態 ③178 ④22

삼태극三太極 ④47

삼태성三台星 ③178 ⑬58

삼포三浦 ⑰190

삼포왜변三浦倭變 ⑱141

삼학三學 ⑮196

삼학사三學士 ⑤250, 283 ⑩221 ⑭98

삼학사제三學四諦 ⑮154

삼한三韓 ⑥172 ⑦54 ⑧53 ⑬31 ⑭188 ㉒7, 94

「삼한고기三韓古記」 ⑩8 ⑬151 ㉑30

「삼한금석록三韓金石錄」 ㉓121

「삼한기략문적휘三韓紀略文籍彙」 ㉑80

「삼한습유三韓拾遺」 ㉓97

「삼한시귀감三韓詩龜鑑」 ⑰122, 123, 143, 164

삼합림三合林 ②71

삼현육각三弦六角 ㉓173

삼형제바위 ④65

「삼화상전三和尙傳」 ㉑25

「삼화자향약방三和子鄕藥方」 ㉓29

삼황三皇 ⑧76

삼황오제三皇五帝 ⑩217

삼회三會 ③139

삽량주 ⑱31 ⑲117

「삽신기揷神記」 ⑩85

상가桑哥 ⑰113

상가나대율사常伽那大律寺 ⑮221

상겸尙謙 ㉓292

상경上京 ⑤110 ⑦78, 80 ⑯24

「상경보승사보엄대사탑명지上京寶勝寺寶嚴大師塔銘誌」 ⑤149

상경용천부上京龍泉府 ⑤51, 52

상경회령부上京會寧府 ⑤110

상균商均 [13]41

상기동 [13]37

상놈 [17]212

상놈답교 [17]224

상달 [10]265, 273 [22]86, 87

상대上臺 [4]127

「상대별곡霜臺別曲」 [23]84, 88

상도계喪徒稧 [8]92

상두Sangtu [8]90

상두군香徒軍 [8]90

상두산象頭山 [1]43

상등봉上等峯 [4]239

상락시賞樂詩 [13]126

「상명산법詳明算法」 [17]164

「상무총보商務總報」 [16]159

상부지商埠地 [5]165, 232, 265

「상사별곡相思別曲」 [13]33 [23]88

상산제上山祭 [2]37

상삼봉上三峰 [5]11

상삼봉역 [5]12

상상과上上科 [21]7

상상궁上上宮 [13]176

「상서尙書」 [23]57

「상서대전尙書大傳」 [13]109

상서성尙書省 [18]64

상세국常世國 [17]32

상식尙植 [23]292

상악霜岳 [3]74, 142 195 [4]20

상여꾼 [8]91

상원上院 [4]193

상원上元 [13]56

상원祥原 [6]17

상원사上院寺 [11]105, 106, 107 [23]158

「상원군오총기祥原郡五塚記」 [6]18

「상정고금예문詳定古今禮文」 [17]87, 143 [18]92 [21]74, 75

상제上帝 [9]174 [10]238

상제보살常啼菩薩 [4]101

상제암常啼岩 [4]112

상제환인上帝桓因 [7]305

상좌암 [4]258

「상주분량기常住分粮記」 [4]71

상주체上奏體 [13]89

「상중기湘中記」 [10]96

상직동上直洞 [2]29

상진尙震 [11]74, 79

상천조선上天祖先 [2]187

상청上淸 [3]197

상청궁上淸宮 [3]132

상청대라천옥황상제上淸大羅天玉皇上帝 [2]200

「상촌수필橡村隨筆」 [20]263

상태上台 [3]179

상투 [9]205, 217

상투관 [14]144

상팔담上八潭 [4]217, 218, 219, 243

상평보常平寶 [17]69

상평창常平倉 [17]69 [18]64

상평청常平廳 [17]189

상평통보常平通寶 [16]87 [17]189 [18]177

상하이 [5]129, 260

「상한론傷寒論」 ㉓19, 25

상한의象限儀 ㉓15

상형문자 ⑪213 ⑭134

슬은 ②105, 148, 158 ④21 ⑦
91, 92, 94, 95, 99, 101 ⑧
106

새塞 ⑨34, 35

새납 ⑭268

새뮤엘 쿠울링Samulel Couling ⑨
16

「새벽」 ⑲139

새외塞外문화 ⑨36

새외塞外민족 ⑨36

「새타령」 ⑬33

「색경穡經」 ⑱240 ㉓60

색막간索莫杆 ⑧86, 88

색목인色目人 ⑰104

샌즈W. F. Sands ⑱233 ㉓179

샌프란시스코 ⑫176

샛섬間島 ⑤36

생계학生計學 ⑭255

생리학生理學 ⑭10

생물분포학 ⑭275

생생자生生字 ⑰169

샤머니즘, ⑧104, 111 ⑨80, 95
⑭275

샤먼 ⑧104, 116, 117, 121, 122,
127, 128, 130, 131, 132, 134,
136, 137, 157, 171, 172, 174
⑨79, 94 ⑬90

샤먼교 ⑧103, 123 ⑨80, 83, 90,
95

샤스탕Chastan ⑯102 ⑰206 ⑱
190 ㉒183

샤완즈 ⑤30

샹젤리제 ⑫152

서간도西間島 ⑥132, 141 ⑭257
⑲25, 45, 127 ⑳231

서거정徐居正 ⑤442 ⑭73 ⑯63,
178, 179 ⑰142 ⑱121, 131,
163, 164 ㉓54, 60, 94, 135,
258

서견徐甄 ㉓78

서경西京 ⑥ 50, 139 ⑩273, 333
⑰58, 60, 83, 91, 97

「서경西京」 ⑬32 ㉓74

「서경書經」 ⑧69 ⑨194 ⑩217 ⑪
89

「서경별곡西京別曲」 ㉓75

서경압록부西京鴨綠府 ⑤51, 471

「서경잡기西京雜記」 ㉑2

서경덕徐敬德 ⑦166 ⑪88 ⑯66
⑰154 ⑱142 ㉒147

서고청徐孤靑 ⑪25, 26

서광계徐光啓 ㉓61

서광범徐光範 ⑯122, 124, 125,
133, 134, 136 ⑰242, 243 ⑱
206, 208

서교西敎 ⑰204, 207

서긍徐兢 ⑰78 ㉑66

「서기書記」 ⑰122 ㉑30 ㉓299

서남아시아 ⑥102 ⑭267

「서남이전西南夷傳」 ⑨205, 219

서대西臺 ④127 ⑪106

서대묘西大廟(靈寶寺) ⑤33
서대문 ⑭240
「서도군신대연치어西都君臣大宴致
　語」 ⑦219
서도西道 ⑬36
서도수書度樹 ⑦108
서동요 ⑬30
서두수西豆水 ②227
서드리 ④133, 134
서라벌徐羅伐 ⑦138 ⑩33
서래각西來閣 ④167
서량西涼 ⑰27
서량기西涼伎 ⑰27, 28
서류庶類 ⑰210
서류소루流所 ⑤228
서리胥吏 ⑰211
서린瑞麟 ②50
서명사西明寺 ⑮190
서명응徐命膺 ⑪63 ㉓15, 60,
　108, 170
서백대徐百大 ⑬174
서번西蕃 ⑰66
「서법고書法考」 ㉓229
서병건徐丙建 ㉓290
서복徐福 ⑩243
서봉총瑞鳳塚 ⑥86
서북경략사 ⑳186
서북면행영도통사 ⑰60
서북초비사령부西北剿匪司令部 ⑲
　102
서분序分 ⑮223
서불徐市 ⑧37 ⑩243

서산대사西山大師 ④67, 79, 157,
　165 ⑦43 ⑮147 ⑯177 ⑳
　217, 219, 220 ㉒24
서상동 ⑳208
서상우徐相雨 ⑱215 ⑳156
서석瑞石 ②65
서선徐先 ㉓25
「서설書說」 ㉓238
「서성전西城傳」 ⑨40
서수동西水洞 ②38
서술성모西述聖母 ③143 ④98 ⑦
　92, 180 ㉑20
서안평西安平 ⑤313
「서약약석西藥略釋」 ㉓42
「서양국풍속기西洋國風俗記」 ⑯98
　⑰203
서양소리국西洋珦里國 ⑰151
서양포西洋布 ⑰151
서언왕徐偃王 ⑨138 ⑮48 ⑰12
서역西域 ⑨188, 191, 209, 213
「서역고지고西域古地考」 ⑨20
「서역구법고승전」 ⑰45 ⑳262
「서역기西域記」 ⑪286 ㉑22
「서역열전西域列傳」 ⑨166, 188,
　211
서연西燕 ⑰22
서연산西鳶山 ⑦92
「서왕가西往歌」 ⑬29
서왕모西王母 ②200 ④252 ⑩286
서요하西遼河 ⑤358, 361
서운관書雲觀 ⑰140
「서울신문」 ⑳325, 327

서울청년회 ⑲60, 93, 95

서원書員 ⑰211

서위西魏 ⑨192

「서유견문西遊見聞」 ⑯160

서유구徐有榘 ⑥182 ⑯187, 193
　　⑰220 ⑱240 ㉓39, 61, 62,
　　113, 120

「서유기西遊記」 ⑨14, 15 ⑭28 ⑮
　　271

서유본徐有本 ㉓15

서융西戎 ⑨212 ⑰11

「서융제융전西戎諸戎傳」 ⑨100

「서의약론西醫略論」 ⑱240 ㉓42

서이徐夷 ⑰11

서인西人 ⑮105~109, 117, 118,
　　126 ⑰156, 185~187, 204,
　　205

서장고원西藏高原 ⑨32, 39

서장족西藏族 ⑰24

서재필徐載弼 ②224 ⑯124, 125,
　　138, 139, 158 ⑰243 ⑱206,
　　208, 222 ⑲24, 48

서적소書籍所 ㉑75

서적원書籍院 ⑪212 ⑰165

서적포書籍舖 ⑰165 ㉑73

서조선만西朝鮮灣 ④271

서진西晋 ⑱20

서진강西津江 ③33

「서찬간이방徐贊簡易方」 ㉓29

「서칙서書則序」 ㉓229

서탑西塔 ⑤265

서탑대가西塔大街 ⑤209

서하곡栖霞谷 ③202

서학西學 ⑭100 ⑮282 ⑯99, 105
　　⑰202, 203, 208, 233 ㉒138

서해西海 ⑳250, 267, 268, 271,
　　331

서호西湖 ⑤4 ⑫103

서호구西湖溝 ⑤343

서호수徐浩修 ⑱240 ㉓15, 61

서호진西湖津 ②19

서호행궁西湖行宮 ⑤260

서흥瑞興 ⑪9

서희徐熙 ②215 ⑭193 ⑯34 ⑰60
　　⑱67

석가 ⑪271~277, 280, 281 ⑭130

석가님봉 ③66

석가모니 ③81 ④139 ⑱26 ㉒
　　163 ㉓85

「석가문상조상기釋迦文像造像記」
　　㉓237

석가봉釋迦峰 ③49 ④38, 45, 109

석가산石假山 ④18, 61

석가삼존釋迦三尊 ㉓279

「석가설법도釋迦說法圖」 ⑰126

「석가설상도釋迦說相圖」 ㉓279

석가세존釋迦世尊 ③59, 111,
　　225 ⑬50

석가제환인다라釋迦提桓因陀羅 ⑦
　　56

석가탄신일 ⑬24

석가탑 ⑮207

석각천문도石刻天文圖 ⑪215 ㉓
　　10, 15

석간수石澗水 [1]21

석경石敬 [23]282

석곽石槨 [6]31

석굴石窟 [6]131 [15]205

석굴사石窟寺 [6]96, 97

석굴암石窟庵 [6]158 [12]30 [15]299
　[17]48

석남본石南本 [21]123

석남사내石南思內 [13]129

석노石砮 [15]21

석담石潭 [4]50, 218 [20]208

「석담구곡가石潭九曲歌」 [16]177 [18]
　164

석도石島 [20]326, 327

석란도錫蘭島 [20]103

석문石門 [5]37

석문동石門洞 [4]186

석문폭포石門瀑布 [4]176

「석보상절釋譜詳節」 [13]50 [18]123

「석보양전釋寶壤傳」 [21]25

석불사石佛寺 [5]66 [16]25 [17]48

석선石船 [4]263

석성錫城역 [5]110

석신체石神體 [2]65, 66

석암리 [6]15, 38

석암리 9호분 [6]25, 227

석왕사釋王寺 [22]39, 171, 175

석우리石隅里 [2]51

「석원사림釋苑祠林」 [15]168, 218

석을수石乙水 [2]212, 230

「석이정전釋利貞傳」 [7]221

석장石葬 [6]117

석전石顚 [1]21, 58 6, 339 [3]97,
　99, 104, 112, 118, 123, 130,
　135, 144, 151, 158, 165, 177,
　182 [23]133

석정石亭 [1]16

석제환인釋提桓人 [4]120 [7]22, 43,
　273

석조전石造殿 [18]233

석천산石泉山 [6]64, 105

석탈해昔脫解 [4]257 [8]53 [21]19

석풍釋豐 [23]277

석행釋行 [23]277

석호石虎 [17]21

선仙 [7]26, 66, 84~86, 92, 96,
　98, 102, 154~159, 169, 173~
　178, 180, 193, 205, 207, 212,
　216~218, 225, 229, 234

선僊 [7]83~86, 96, 101, 157, 158

선禪 [7]86, 90, 99, 155, 169, 229
　[10]176, 189, 202, 238

선가仙家 [3]74, 149, 154, 203 [4]
　250 [7]217 [8]90

선과禪科 [4]68

선관仙官 [4]230, 239 [8]90

선교仙敎 [3]80, 87, 108, 153,
　175, 190, 212 [4]43

선교仙橋 [4]143

「선기도璇璣圖」 [13]71

선기옥형璿璣玉衡 [23]14

선녀우의仙女羽衣 [10]158, 161,
　325

선농제先農祭 [10]84

173
최
남
선
한
국
학
총
서
색
인

선달 ③115

선담船潭 ④102, 103, 107, 169, 171 ⑪77

선대구사先代舊辭 ⑬151

선덕왕善德王 ⑥93 ⑱38, 39, 40, 41, 42

선도仙道 ③133, 150, 156 ④23, 250 ⑦85, 100 ⑰67

선도僊道 ⑦96

선도산仙桃山 ③143 ⑦77

선도성모仙桃聖母 ⑧45

선돌 ⑥116, 117 ⑰7

선동仙洞 ③193

선등禪燈 ⑰77

선랑仙郞 ④250 ⑦92, 217 ⑬128

「선루별곡仙樓別曲」 ⑬68

「선록禪錄」 ⑮176

선만일여鮮滿一如 ⑤23, 30

선만척식鮮滿拓植 ⑤3, 22, 31, 197, 199, 342, 377

선만척식주식회사鮮滿拓植株式會社 ⑤101

선만척식회사 ⑤166 ⑤218

선명력宣明曆 ㉓9

선명체宣命體 ⑬89

선무대仙舞臺 ③21

「선문염송사원禪門拈頌事苑」 ㉑9, 10, 11, 102

「선문염송설화禪門拈頌說話」 ⑯193

선무제宣武帝 ⑰23

선미장選米場 ⑤184

선민先民 ⑮21, 45

선봉仙峰 ④264

선부宣府 ⑨36, 37

「선부仙賦」 ⑬115

선비鮮卑 ⑨43, 190, 192, 216 ⑭176, 274

선비야仙比也 ⑦86

「선사仙史」 ⑧50 ⑩8 ㉑36

선사고고학 ⑨71

선사언宣賜言(ノリタベゴト) ⑬88

선설언宣說言(ノリトキゴト) ⑬88

선성仙聖 ⑦96

선성설화仙聖說話 ⑦88

선솔仙率 ⑦217

선술仙術 ⑧26

선승禪僧 ④43

선신善神 ⑧164, 173 ⑩25

선암船庵 ④85, 113, 123~125

선암사仙岩寺 ⑮162, ㉒173

선앙 ⑦98

선왕목 ④190

선왕부인仙王夫人 ②104

선우추鮮于樞 ㉓236

선우협鮮于浹 ㉒147

선운사禪雲寺 ⑦90

선운산禪雲山 ②153 ⑦90 ⑬155 ㉓60

「선운산」 ㉓73, 190

선원지仙園池 ④131

선월사 ㉑95

선인仙人 ②200 ③74 ④98, 250 ⑦82~89, 95~97, 101~103,

208, 216, 218 ⑧19

선인교仙人橋 ⑪8

선인왕검仙人王儉 ⑦27, 29, 97, 122

선인석려仙人石閭 ③192

선장禪杖 ⑮150

선정국船政局 ⑳20

선제宣帝 ⑥27

선조 ⑬56, 82 ⑯68~79, 88, 98, 171, 179, 180~184

「선조실록」 ㉓207

선종禪宗 ③73 ⑮167 ⑱91

선죽교善竹橋 ⑥151 ⑫202

「선진일사禪眞逸史」 ⑬65

선창船廠 ⑤174

선춘령先春嶺 ②218, 220 ⑥171, 222

선船폭포 ④88

선풍仙風 ⑦97 ㉒125

선행仙行 ⑦96

선혜청宣惠廳 ⑰148 ⑱176

선화仙花 ⑦197, 217

「선화봉사고려도경宣和奉使高麗圖經」 ⑦39

설경성薛景成 ㉓28

설경수偰慶壽 ㉓249

설날 ㉒75

설렁 ⑰95

설렁탕 ⑨238, 240 ⑮85

「설문說文」 ⑥22 ⑭96 ㉓112, 247

설문학說文學 ⑥24

「설문해자說文解字」 ③154, 191 ⑦86 ⑨153 ⑬113

설봉雪峰 ㉓276

설산雪山 ④5 ⑩241

설선당說禪堂 ④191

설손偰遜 ⑰105

설순偰循 ⑬44

설악雪岳 ④18 ⑩245

설악산雪岳山 ③22, 142 ⑳206~209, 227, 256, 329, 330

설열한薛列罕 ②153

설옥동雪玉洞 ④131

설은령雪隱嶺 ③17

설인귀薛仁貴 ⑤416, 417, 435

「설인귀전薛仁貴傳」 ⑤416

설절작舌切雀 ⑬181, 182

설징신薛澄新 ⑱128

「설천도雪天圖」 ㉓281

설총薛聰 ⑭73 ㉒148 ㉓94

설형문자 ⑪213

설훈雪訓 ㉓292

섬라곡국暹羅斛國 ⑬111 ⑰115, 149 ⑱110, 136

섬진강 ⑳247, 331

섬학전瞻學錢 ⑰107

섭론종攝論宗 ⑮189

섭융례葉隆禮 ⑨14

섭지초葉志超 ⑯130

섭취불사攝取不捨 ⑮268

성 니콜라이 ⑤135

성가聖歌 ⑬106

성거聖居 ⑪9, 45

성거산聖居山 ⑦93 ⑪43

「성경星鏡」 ⑯184 ⑱241 ㉓16

성경盛京 ⑤204 ⑳24

「성경통지盛京通志」 ⑤62, 65, 66,
　　70, 71, 76, 284, 430, 461

성고령城高嶺 ⑥208

성고을城高乙(Syûngor) ⑥208

성골聖骨 ⑱40, 41, 42

성골장군聖骨將軍 ⑦93, 193

성공서省公署 ⑤25, 26, 169

성교聲敎 ⑭206

성균관成均館 ⑭70 ⑯38, 57 ⑰
　　129 ⑱115, 117, 118 ㉒156,
　　157, 158

성길사한成吉思汗 ⑩246, 249

「성길사한실록成吉思汗實錄」 ⑨
　　146 ⑩246

성길사한황제성지평은비成吉思汗
　　皇帝聖旨平銀牌 ⑤239

성능聖能 ⑥178

성단成丹 ③155

성당惺堂 ①44

성대중成大中 ⑬173

성덕왕聖德王 ⑱49, 57

성령聖靈 ③160 ⑨122 ⑮17

성례成禮 ⑮36

「성류聲類」 ㉓112

「성리대전性理大全」 ㉒150

성리설性理說 ⑳35

성리학姓理學 ⑬29 ⑭255 ⑯51,
　　67, 193 ㉒145, 146

성문동聲聞洞 ④114, 154, 174,

175

「성변록星變錄」 ㉓18

「성변측후단자星變測候單子」 ㉓18

성별식聖別式 ⑧142

성보城堡 ⑥90

성부산星浮山 ㉑52

성분도회 ㉒189

성불사成佛寺 ㉒174

성산聖山 ⑨111 ⑭209

「성산별곡星山別曲」 ㉓86

성삼문成三問 ⑭98 ⑯59, 60 ⑰
　　134, 135 ⑱121, 163

성생정省牲亭 ⑤214

성석린成石璘 ③31 ㉓249

성세창成世昌 ㉓284

「성소부부고惺所覆瓿藁」 ⑤409

「성실론成實論」 ⑮188

「성실론소成實論疏」 ㉒168

성실종成實宗 ⑮231

성왕成王 ⑥27, 69 ⑯19 ⑱22, 29

「성유식론成唯識論」 ⑮189

「성유식론요해의등成唯識論了解義
　　燈」 ⑮191

「성인교육 국사독본」 ㉓298

성인봉 ⑳108

성임成任 ㉓135, 257

성자산城子山 ⑤18

「성정휘람省政彙覽」 ⑤207

성조평省鳥坪 ⑪103

성조황고聖祖皇姑 ⑱40

성종成宗(고려) ⑯33, 34, 87, 88
　　⑱64~67, 78, 97

성종成宗(조선) ⑥135 ⑬31 ⑯62, 64, 178, 184 ⑱131~135, 137, 138, 162, 163, 165, 167, 213
성주사聖住寺 ㉓132
성준득成准得 ㉓162
성창聖娼 ⑩253, 255
성천강城川江 ②17, 19
성충成忠 ②335 ⑪304, 305
성친왕成親王 ⑰183 ㉓236
성하城下의 맹맹盟 ⑪157, 161
성해性海 ⑮253
성해응成海應 ㉓109
성현成俔 ⑥135 ⑬39 ⑯193 ⑱164 ㉓95, 168, 213, 216
성형문학成形文學 ⑬26, 28
「성호사설星湖僿說」 ⑤443 ⑥172 ⑭105 ⑰217 ⑱240 ㉓41, 209
성혼成渾 ⑪312 ⑱142 ㉒149
성혼영장成婚營葬 ⑬132
성홍盛弘 ⑱141
성황당城隍堂 ③13
성황도城隍島 ⑤471
성황사城隍祠 ⑩222
성황당산성 ③13
「성훈聖訓」 ⑤256
성희명盛熙明 ㉓229
세계대유포설화世界大流布說話 ⑩123, 155, 159
「세계문화지리사」 ⑳88
세군細君 ⑬138
「세대편년절요世代編年節要」 ㉑75

세도정치 ⑰199
세동細洞 ④244
세레스Seres ⑮90
세르반테스 ⑫148
세르비아 ⑲84, 128
세르숨Serisum ⑮90
세리와Seriwa ⑮90
세리혼Serihon ⑮90
세린어細鱗魚 ⑲116
세병世兵 ⑬115
세석기細石器 ⑨61, 67, 70
세석기문화 ⑨67
「세설신어世說新語」 ㉑2
세스페데스Gregorio de Cespedes ⑯98
세시풍속歲時風俗 ⑬56
「세시풍속부록」 ⑨230
세야다타라히메勢夜陀多良比賣 ⑬197
세오녀細烏女 ⑰16
세올Seolc ⑮90
세와키 히사토瀨脇壽人 ⑳152
「세원록洗寃錄」 ㉓55
세이잔헤이靑山坪 ⑭85
세익스피어 ⑪145 ⑫164 ⑬53 ⑭207
세인 ⑧107
세인트소피아 ⑫140
세인트조지 ⑫166
세조世祖 ③40 ④46, 82, 110, 130, 224 ⑬42, 50 ⑭98 ⑮50, 125 ⑯61, 62, 178, 186

⑱124~131, 137~139, 162, 166, 167, 171

「세조실록」㉓167, 220

세존봉 ④61, 191, 193, 198, 223

세종世宗 ③11 ⑥134 ⑬50 ⑭102, 136, 270 ⑮125 ⑯58~61, 69, 178, 182~186 ⑱118~122, 124, 126, 131, 134, 162~168, 171, 213

「세종실록」⑤348 ⑦13, 185, 303, 307 ⑳107, 118 ㉓167, 206

「세종실록지리지」⑦40

세지봉勢至峯 ④231, 239, 243

세책貰册 ⑬66

세키노 다다시關野貞 ⑥18, 35, 143, 144 ⑮30, 31

세포역洗浦驛 ③14

셀컥 ⑪14

셴양咸陽 ⑥27

셸링Schelling ⑭61

소[牛] ⑩80~85, 88, 89, 91, 92, 94, 96, 97, 101, 109

소 사다시게宗貞茂 ⑳114

소 요시자네宗義眞 ⑳141

소 요시토시宗義智 ⑱146 ⑳120

소가曾我형제 ⑬169

소가둔蘇家屯 ⑤302

소격서昭格署 ⑬56 ⑰166 ㉒179

「소경창저론小經瘡疽論」㉓23

소고석燒烤席 ⑨243

소광昭曠 ④107

소광암昭曠岩 ④141

소금 ⑤431, 458

소금강 ①68, 69

소기파蘇祇婆 ⑮247

소나素那 ⑰37

소네 아라스케曾禰荒助 ⑯167, 168 ⑱238 ⑲16

「소년少年」⑪93 ⑫90, 256, 257, 259, 261, 262, 265, 267, 269, 273, 275, 278, 280, 282, 284, 286, 289, 297, 301, 304, 306, 309, 312, 316, 318, 321, 330, 333, 336, 341, 343, 344, 346, 350, 352, 356, 363, 365, 380 ⑯160 ⑲26 ⑳321

「소대성전蘇大成傳」㉓95

소도蘇塗 ②335 ⑧87 ⑱16

소도간蘇塗杆 ⑧88

소동파蘇東坡 ⑪201 ㉓230, 280

소련 ⑰11

소로히ソロヒ ⑩311

소론少論 ⑮107, 112, 115 ⑰185, 187, 188, 194, 204

소릉昭陵 ⑤219

소마蘇摩 ③95

소무제昭武帝 ⑰22

「소문경素問經」㉓21, 23

소문제昭文帝 ⑰22

소미小眉 ㉓289

소밀疏密 ⑬118

소밀성蘇密城 ⑤51

소밀하蘇密河 ⑤51

소배압蕭排押 [16]34 [17]60 [18]69

소백小白 [2]113 [5]220 [8]9 [10]203

소백산小白山 [2]118, 122 [5]77, 170 [10]245 [11]61 [20]193, 329

소백산계小白山系 [1]21

소백연맥小白聯脈 [1]22

소부리所夫里 [6]69 [17]19

소북小北 [15]106 [17]175

소사素沙 [17]159

소상팔경瀟湘八景 [6]81

「소상팔경도瀟湘八景圖」 [23]276

소서少西 [15]106

소서관小西館 [5]277

소서노召西奴 [7]180

소서행장小西行長 [12]117

소손녕蕭孫寧 [16]34 [17]60 [18]66

소수림왕小獸林王 [5]314 [16]18 [17]18, 59, 106 [18]26

소수서원紹修書院 [12]213 [16]67 [17]154 [22]150 [23]279, 280

소슈摠集 [15]233

소식蘇軾 [17]77 [23]236

「소씨직금회문기蘇氏織錦廻文記」 [13]71

「소아小雅」 [9]180

「소아경험방小兒經驗方」 [23]41

소아대신蘇我大臣 [13]190

「소아소씨병원小兒巢氏病源」 [23]25

소아시아 [9]74 [20]31

「소아약증병원小兒藥證病源」 [23]25

소악蘇鶚 [17]80 [21]27

소야란蘇若蘭 [13]71

소양강 [20]243, 244

소연지봉小臙脂峰 [2]206

「소요사건개황」 [19]43

소요산 [3]6

소원방巢元方 [23]21

소이서국 [12]114

소이창蘇二昌 [2]211

소자운蕭子雲 [23]239, 240

소정방蘇定方 [6]76, 78, 79

소지왕炤知王 [17]49

「소춘향가」 [23]88

소충사昭忠祠 [5]33

소크라테스 [11]155, 156, 271, 273, 274, 276, 277

「소학小學」 [13]42, 47, 62, 64

소현세자昭顯世子 [15]110 [17]203

소홍단수小紅端水 [2]118

「속고승전續高僧傳」 [21]83

속고치束古赤 [9]235

「속대장경續大藏經」 [16]37 [17]87

「속대전續大典」 [20]102

속독束毒 [13]117 [21]42

「속동문선續東文選」 [17]143 [18]131

「속두류록續頭流錄」 [7]150

속리산 [2]153, 323 [15]294 [17]19 [20]193, 244, 329

속말부粟末部 [5]174

속명득續命得 [23]155

속부악俗部樂 [23]142

「속수신기續搜神記」 [3]209

속악俗樂 [13]34

「속열녀전續烈女傳」 [13]43

최
남
선
한국학
총서
색인

「속이견지續夷堅志」 ⑩107

「속일본서기續日本書紀」 ⑨124

「속일본후기續日本後紀」 ⑳54, 60

「속장경續藏經」 ⑮168, 212 ⑯
193 ㉑73 ㉒170

「속장잔부續經殘部」 ⑮168

「속한서續漢書」 ⑨186

「속홍루몽續紅樓夢」 ⑬66

속휴촌俗休村 ㉑53

손과정孫過庭 ㉓236

손병희孫秉熙 ⑯154, 155, 161 ⑱
229, 230 ⑲32, 88, 92, 93,
138 ㉒139, 140

손사막孫思邈 ㉓21

손성孫盛 ㉑63

손이巽二 ⑭87

손진태孫晉泰 ⑯224

손쵸호sonchoho ⑨202

손하遜河 ⑤412

솔거率居 ③111 ⑪100 ⑫215 ⑭
73 ㉓272

솔경체率更體 ㉓246, 248, 249,
250

솔고Solgo ⑨253

솔론Solon ⑫317 ⑮102

솔론인Solons ⑧110

솔트레이크 ⑫175

솟대 ⑧87, 88 ㉓144

솟대장이 ⑧90 ⑩261

송頌 ⑬101 ⑯198 ⑰71, 75, 77
⑱66~70, 72, 76, 78, 82, 90~
93, 98

송宋 ⑬58 ⑭131, 133 ⑯34,
36~38, 53

송가리강 ⑰181

「송간이록松澗貳錄」 ⑩155

송강松江 ⑬46

「송강가사松江歌辭」 ㉓79

「송강사松江詞」 ⑯177

송경인松京人 ⑪88

송계동 ㉓266

송관묘 ⑫200

송광사松廣寺 ⑫222, 238 ⑮222
㉒173

송대松臺 ①31, 32, 33, 40

송도松島 ④257, 268 ⑭214 ⑳
111, 139, 152, 153, 161, 175,
177, 327

송라동松蘿洞 ④58, 63

송라암松蘿庵 ④62, 63

송림굴 ④174~177

송림사松林寺 ③158 ④174, 175,
177

송막도독松漠都督 ⑰59

「송막기문松漠紀聞」 ⑨14, 196,
242

송만암宋曼庵 ①61

「송목관집松穆舘集」 ⑪56

송병선宋秉璿 ⑯153 ⑱227

송병준宋秉畯 ⑮147 ⑯153~156,
168 ⑱229, 230

「송사宋史」 ⑩114, 273 ⑰79 ㉓
229

「송산松山」 ㉓75

송산경松山鏡 13 181
송상宋商 17 74
송상래宋祥來 23 289
송상현宋象賢 10 222 18 148
「송서宋書」 9 206, 216 20 97
송석하宋錫夏 21 81, 88, 117
송선松扇 17 77
송설체松雪體 23 251
송수면宋修勉 23 290
송수역松樹驛 5 453
송순宋純 11 312 23 86
송시頌詩 13 127
송시열宋時烈 4 101, 255 13 29 15
107, 110, 114, 118 16 83~ 85
17 178, 186, 187 18 174, 178
22 149 23 108
송악군松嶽郡 18 56
송악산松嶽山 7 77, 92 12 33, 202
송악왕대부인松岳王大夫人 8 45
송양왕松讓王 10 23, 34, 63, 64
송연묵松烟墨 17 31, 75
송영년松永年 18 71
송운대사松雲大師 4 165
「송원통감宋元通鑑」 23 111
송월대送月臺 6 77
송이영宋以穎 23 14
송익필宋翼弼 17 214
송인宋寅 23 86
송인룡宋仁龍 16 184
송자宋慈 23 55
송전만松田灣 2 17
송절送節 10 283

송죽도松竹島 20 139
송준길宋浚吉 16 84 17 186 18 178
22 149, 157
송축체頌祝體 13 130
송판본宋板本 17 77, 78
송편松餠 10 295, 305
송평천松坪川 4 27
「송하보월도松下步月圖」 23 282
송학선宋學先 19 96
송화강松花江 2 127, 159, 160 5
50, 53, 110, 115, 117~119,
130, 132, 156, 157, 169, 170,
173~175, 411, 412
송화강대철교 5 136
송화방松花房 21 52
송흥록宋興祿 23 222
솥마실 1 58
솥터원[鼎峙] 1 43
솨미 12 175
쇠백衰白 7 94
쇼군將軍 13 173
쇼무제聖武帝 15 233, 234
쇼토쿠태자聖德太子 13 191 15 226,
228~231, 234, 244 17 42, 43
22 167 23 268, 270, 271
쇼토쿠태자상 23 268
쇼펜하우어Arthur Schopenhauer 14
61
수隋 14 51, 52, 97 16 19 17 29
수건암手巾岩 4 98
수건애手巾崖 11 76
수건천手巾遷 4 98

「수경水經」 ⑤336, 359, 360, 362

「수경주水經注」 ⑤304 ⑨223

수골문獸骨文 ⑥23

수구막이대 ⑧87

수구문水口門(광희문) ⑪282

수군우후水軍虞侯 ⑰138

수군절도사水軍節度使 ⑰138

수깐 ②27

수다사水多寺 ㉑71

수달달水達達 ⑨24

수동구水洞溝 ⑨61

수라水剌 ⑨235

수락산 ③6

수락촌水落村 ⑦90

수렴水簾 ④50, 52, 101, 102, 125

수렴동水簾洞 ③86, 118 ④49, 52,
    59, 262, 263 ⑳208

수로首露, 수로왕 ⑦114 ⑩37,
    38, 47, 58, 65 ⑮48

수로설화 ③204 ⑦113, 114 ⑧54

수리 ⑰50, 51

「수리정온數理精蘊」 ㉓13

「수리정온보해數理精蘊補解」 ㉓15

수리지數里地 ③10

「수리학잡지數理學雜誌」 ⑯159

수머 ⑦98

수메루 ④120

수문水文 ㉑24

수미須彌 ④120

수미동須彌洞 ④85, 138

수미봉須彌峯 ④84, 116, 118~
    121, 145

수미사천왕須彌四天王 ⑦55

수미산須彌山 ②141, 280 ④5,
    120, 242 ⑫334 ⑬6

수미암須彌庵 ④113, 119, 121,
    123

수미척須彌脊 ④122, 127

수미탑須彌塔 ③136 ④85, 86,
    104, 121

「수보록受寶錄」 ㉓165

수부守部 ⑬93

수분하綏芬河 ⑤95

수산보首山堡 ⑤328

「수서隋書」 ⑨142, 211, 212 ⑩
    113, 296, 301 ⑬113 ⑰32 ⑳
    62 ㉓21

수서원修書院 ㉑61, 75

수성輸城 ⑤5

수성암水成巖 ⑪182

수성평야輸城平野 ⑤4

수시력授時曆 ㉓9

수시탑垂示塔 ②4

「수신기搜神記」 ⑨241

수신도隨神道 ⑧48

수신사修信使 ⑰236 ㉓53

수신서修身書 ⑬42

수신제隨神祭 ⑩273

「수신후기搜神後記」 ⑤414 ⑨160

「수심가」 ㉓90

수암岫巖 ⑤341, 431

수양대군 ⑮125 ⑯61 ⑰136,
    165

수양동우회修養同友會 ⑭241

수양산首陽山 ②153 ⑳227, 330

「수양산가」 ㉓88

수양제隋煬帝 ⑤431 ⑮115, 245 ⑯19 ⑰28 ⑳57, 62, 237 ⑮ 115, 245 ⑯19 ⑳57, 62, 237

수왕대水王臺 ①17, 21

수왕암水王菴 ①21

수원단水源壇 ④258

「수월정가水月亭歌」 ㉓86

「수이전殊異傳」 ⑩43, 44, 45

수재水岾 ④144

수정봉水晶峯 ④194, 224, 226

수척水尺 ⑰213

수철水鐵 ⑮21

수충사 ⑫223

수충영각酬忠影閣 ④67

수태설Conception ⑧167

수토搜討 ⑳326

수토관搜討官 ⑱214

수표교 ⑰223 ㉒78

수풍댐 ⑳236

수하궁須賀宮 ⑬145

「수향편袖香編」 ⑰223

수험도修驗道 ⑧40 ⑮236

「수호전水滸傳」 ⑱241

「수호지水滸志」 ⑭28

수화綏化 ⑤101, 138, 139, 144, 145 451

숙가황귀비淑嘉皇貴妃 ⑰183

숙달叔達 ㉒177

숙덕宿德 ⑬117 ㉓189

숙신肅慎 ②4 ⑤18, 308 ⑨43 ⑫ 132 ⑭50, 277

숙신씨肅慎氏 ⑤203 ⑨111 ⑩232 ⑮21

「숙영낭자전」 ⑬64 ㉓91

「숙요경宿曜經」 ⑮248

숙종肅宗(고려) ⑯53, 88 ⑱75, 79, 83, 177

숙종肅宗(조선) ⑬30, 31 ⑮107, 111, 112, 114 ⑯84, 85, 87, 92, 99, 171, 181~183 ⑱ 176~178, 182, 184, 190, 194, 212~214, 240~242

숙종랑叔宗郎 ㉑44

숙피공熟皮工 ⑰42

「숙향전淑香傳」 ⑬65 ㉓96

순경順璟 ⑮191

순도順道 ⑰24

순릉純陵 ②21

「순수이성비판」 ⑭255

순영順英 ㉑24

순예순Sunyesun ⑧179

「순오지旬五志」 ⑪55, 148

순요醇醪 ⑮32

순원왕후純元王后 ⑯96, 97 ⑰201

순임금 ⑬41

순자荀子 ㉒145

순장殉葬 ⑥31

순제順帝 ④34 ⑨245 ⑱98

순조純祖 ④110 ⑯94~96, 101, 104, 121, 153, 181, 183

순주묵順州墨 ⑰76

순천 ⑥105

순천광장 ⑤16

술랑述郎 ④249, 250, 253

술루 ⑰95

술못 ⑦92

「술이기述異記」 ⑩85, 89, 96

숫폭포 ③28

숭가리강 ⑱42

숭녕전崇寧殿 ⑫199

숭덕전崇德殿 ⑤252

숭령전崇靈殿 ⑥6, 51

숭모각崇謨閣 ⑤254, 255

「숭문총목崇文總目」 ㉑61

숭산嵩山 ⑬32

숭정전崇政殿 ⑤250, 253

쉐량잔교學良棧橋 ⑤354

쉔부른 ⑫139

쉬저우徐州 ⑳50

쉴러 ⑫145

쉴레겔Gustav Schlegel ⑳254

「쉽고 빠른 조선역사」 ㉓298

슈루 ⑨238, 239, 240

슈리首里 ⑰114

슈펭글러Oswald Spengler ⑭221

슐레겔 ⑪157

스구나미카미노須久那美迦美能 ⑬
94

스기무라杉村 ⑳144

스메スメ ⑦98

스메라スメラ ⑦98

스메신スメ神 ⑦98

스메오야スメ親 ⑦99

스미스Elliot Smith ⑥118 ⑦211 ⑨
52, 73, 75 ⑪229, 236, 238, 240 ⑭89, 90, 92, 94, 102, 112

스바스티카 Svastika ⑮134

스사노오スサノヲ ⑦98

스사노오노미코토素盞鳴尊 ⑰17 ⑳98

스사노오노미코토須佐之男命 ⑨102 ⑩57, 245 ⑬188, 196, 197

스세리비메須勢理毘賣 ⑬137

스순제崇峻帝 ⑮227

스이코천황推古天皇 ⑬93, 116, 190

스진천황崇神天皇 ⑩207

스즈키 덴죠鈴木傳藏 ⑬173, 174, 175

스코트 ⑫165

스콜라철학 ⑮281

스크랜턴, W. B. ㉒193

스키타이Scythai ⑨27, 77, 178, 179 ⑭275 ⑮90

스키타이·시베리아문화 ⑩227, 228

스키피오Scipio Africanus ⑪202

스턴톤George Staunton ㉓49

스테파노프 ⑰180, 181 ⑱174, 175

스토우Harriet Stowe ⑭67

스트라보Strabo ⑩255

스트르히 ⑭62

최남선 한국학 총서

스티븐스Durham W. Stevens 16
150, 167 18226, 237 1916
스티븐슨George Stephenson
1495, 110
스틸네르 14221
스페예르Speyer 18222
「습유집拾遺集」 13104
승가사僧伽寺 6178
「승가사탐방기僧伽寺探訪記」 6
183
승냥이 10136, 162, 180
승덕현 5211
승두말蠅頭末 20256
승랑僧朗 15188
「승만경勝鬘經」 15229
승자총勝字統 17162
승전僧詮 15188
승전勝詮 2128
「승전僧傳」 2136, 38
「승정원일기承政院日記」 11215,
14136
승천부昇天府 18101
시가詩歌 1326, 67, 83
시게미쓰重光 1966
「시경詩經」 7106 9137, 154,
166, 174, 180 10217 1329,
109, 115, 121~123, 126, 134,
138
시공서市公署 5209, 210
시나노信濃 818, 40
시나이반도 2033
시누비シヌビ 13129

시덕施德 13116
「시대일보」 16220
시덕施德 13116
시데하라 히로시幣原坦 16150, 18
226
시동尸童 1386
시라무렌강 5361 1759
시라카와 기이치白川義一 1966
시라카와 요이치白川義一 19100
시라토리 구라키치白鳥庫吉 719,
23, 60, 69, 107 916, 18, 41,
43, 167, 204
시랑리侍郎里 793
시레Sile 9240, 1591
시로가시와촌白橿村 13199
시루봉 3142
시르길헤 1591
시림始林 689
시마네현島根縣 20152, 164,
171, 174, 176, 182, 328
시마즈島津 17162
「시명다식詩名多識」 16187
시모노세키馬關 5431 198 2016
시무염사施無厭寺 1745
시바신濕婆神 5268 1093, 258
시바우치時波赤 9235
시베리아 8116 976 1531, 288
시베리아철도 2025, 26
「시사신문時事新聞」 16159
「시사총보時事叢報」 16159
시샨지石柵子 968
「시악화성詩樂和聲」 23170

시왕十王 ③65, 67, 70~74, 79, 93, 162, 195

시왕동十王洞 ③86, 93

시왕백천동十王百川洞 ③86 ④47

시왕봉十王峰 ③58, 66, 86, 112, 162, 198, 205 ④38, 45, 47

시왕상十王像 ③73

시왕원내十王垣內 ③175 ④38

시왕전十王殿 ③71

시요詩謠 ③15

시월상달 ②37

「시정책요時政策要」 ㉑74

시조時調 ⑬29, 33, 34

시중대侍中臺 ④25, 252 ⑪240

시중호侍中湖 ④271 ⑪242

시체詩體 ⑬7

시치고산七高山 ⑧17

시타오카 다다하루下岡忠治 ⑲95

시태詩態 ⑬5

시텐노사四天王寺 ⑮225

시파時派 ⑰204, 205

「시헌기요時憲紀要」 ⑯184 ㉓16

시헌력時憲曆 ⑯99 ⑰203 ⑱187, 188 ㉓12

시황제始皇帝 ⑨181 ⑱17

「식경食經」 ⑨242

식독아式篤兒 ⑰106

「식료찬요食療纂要」 ⑯186

신간神杆 ⑧86, 87, 151

신간회新幹會 ⑲60, 97, 98, 144

신강新疆고원 ⑨32, 39

신경新京 ⑤161, 195, 196, 429

신경역新京驛 ⑤157, 159, 161, 163, 164, 165

신경준申景濬 ⑥176, 177, 178, 222 ⑦63, 191 ⑪169, 170 ⑯92 ⑰161, 197 ⑱182

「신경험방新經驗方」 ㉓40

신계동新溪洞 ④204, 205

신계사神溪寺 ③165 ④174, 190~193, 196~198, 200, 201, 204, 205, 213, 223

신곡神曲 ⑦120

「신곡神曲」 ③90 ⑬5 ⑭70, 91

신공황후神功皇后 ⑦54 ⑮5

「신공사뇌가身空詞腦歌」 ⑬129 ㉑43

신관申舘 ⑯89 ⑰194

신국神國 ②133 ④240 ⑨158 ⑩25

신국민단新國民團 ⑲44

신규식申圭植 ⑲25

신금강新金剛 ④149, 153, 154, 174

「신기천험身機踐驗」 ⑱192

「신기통神氣通」 ⑱192

신녀神女 ④230 ⑩257, 258, 259

「신놀이노래神あそびの歌」 ⑬104

신농神農 ⑧82 ⑩84 ⑪317

신다新茶 ⑰172

신단神檀 ⑦64, 99, 110

신단수神檀樹 ②283 ④240 ⑦8, 13, 110, 117, 252, 271, 283, 285, 270, 305, 306~308 ⑧71

　　10 12, 220

신단시新短詩 13 132

「신당서新唐書」 2 322 7 69 9
　　110, 213 10 259 20 52, 53, 62
　　21 22

신대神代 8 43 10 237 14 211

신대우申大羽 23 256

신덕린申德鄰 17 125 23 256, 277

신도神道 2 235 3 24 4 23, 44,
　　63, 72 7 75 9 113 10 77, 202
　　13 127 14 235

「신도가新都歌」 23 84

신도징申屠澄 21 27, 54, 80

신돈申旽 15 142 16 47

신돌석申乭石 16 153, 166 18 228

신라 2 214, 321 4 21, 61, 63,
　　69 5 50, 83 6 23, 73, 76,
　　85~90, 94, 138, 153 8 53 10
　　34, 41 236 13 28, 105 14 51,
　　53, 71, 133, 176~179, 181~
　　184, 187~190, 193, 214, 274
　　18 20~23, 29, 31, 35~39, 43~
　　48, 51, 53~58, 63, 67~72,
　　79, 82, 90, 97, 250, 251, 258

「신라고기新羅古記」 13 151 21 22,
　　30

「신라고사新羅古事」 13 151 21 30
　　23 94

「신라국기新羅國記」 8 49 21 64

신라금新羅琴 23 156, 164

「신라기新羅記」 21 30

신라도新羅道 18 27

신라방新羅坊 17 45 20 59

신라법사방新羅法師方 23 21, 22

「신라본기新羅本紀」 6 87

신라선新羅船 20 59, 60, 61

「신라수이전新羅殊異傳」,「수이전
　　殊異傳」 10 8 42, 44, 45 21 30
　　23 91, 94

「신라열전新羅列傳」 9 208

「신라진흥왕순경비고新羅眞興王巡
　　境碑考」 6 185

「신라진흥왕순수관경비고新羅眞
　　興王巡狩管境碑考」 6 186

「신라진흥왕순수비新羅眞興王巡狩
　　碑」 6 186

「신라추기新羅樞記」 21 30

신란親鸞 10 196 15 235

신류申瀏 5 174 17 181 20 232

신륵사神勒寺 17 124

신림암神林庵 4 73

신립申砬 6 171, 173 10 222 12
　　209 16 71 18 148

신만물초新萬物草 4 234, 235,
　　241~243

신만주국新滿洲國 9 77

신말평申末平 23 168

신면申沔 18 128

신명神明 3 143, 160, 204 6 56
　　13 101

신명연申命衍 23 289

신명준申命準 23 289

신목神木 10 220

「신몽고풍토기新蒙古風土記」 9 85

신묘神廟 ③25

신묘자辛卯字 ⑰166

신무神武 ②153, 154

신무성神武城 ②159

신무성당神武聖堂 ②151

신무왕神武王 ⑳51, 54, 323

신무치神武峙 ②145, 147, 150~
157, 161, 174, 181, 206, 339

신문관新文館 ⑭256

신문화운동 ⑭282

「신미록辛未錄」 ⑬65

신미양요辛未洋擾 ⑯114 ⑰235 ⑱
202 ⑳77, 240

신민信敏 ㉓292

신민부新民府 ⑲59, 95

신민회新民會 ⑱229 ⑲23

신부神符 ⑦299

신북청新北靑 ②23

신불神佛 ⑧98 ⑬109 ⑮236

신사神社 ③25, 106, 210 ⑦120
⑧16, 51, 88 ⑩220 ⑬86,
199 ⑭236

신사신총新四神冢 ㉓265

신사임당申師任堂 ⑯182 ⑰218 ㉓
282

신산神山 ②101, 162, 207 ③168
④46, 48, 125 ⑧9, 19, 25,
29, 58 ⑩56

신생설화神生說話 ②291

신서申西 ⑮106

신석기新石器 ⑥109, 110~113, 116
⑨59, 60~65, 68, 69 ⑩81

신선神仙 ③75, 80, 115, 126,
140, 141, 143, 203 ⑦96

신선가神仙家 ⑧36

신선국神仙國 ⑮87

신선도神仙道 ⑧48 ⑬55

신선동神仙洞 ⑤38

신선봉神仙峰 ④223

「신선전神仙傳」 ⑥104

신선종神仙宗 ③153

신성新城 ⑤218

신성굴神聖窟 ⑪105

신성사Sacra Historia ⑨118

「신세계」 ⑲139

신세림申世霖 ㉓282

신수神水 ③149, 195, 200, 204,
205

신숙주申叔舟 ⑮125 ⑯59, 60 ⑰
130, 135 ⑱121, 126 ㉓108,
280

신숭겸申崇謙 ㉓199

신시神市 ②96, 99, 124, 127,
138, 186, 295, 308, 316, 332
③204 ④239 ⑦229, 243, 251,
256, 270, 285, 287, 288, 295,
309 ⑧71 ⑩12, 55, 240, 250
⑫193 ⑭50, 228 ⑱9, 257 ㉓
5, 18

신시베리아족 ⑧47, 110, 125,
132, 134

신악神岳 ④57, 72 ⑧22, 58

신악神樂 ⑬32, 95, 102

신안新安 ③37

신안정新安町 ⑤33
신에이神睿 ⑮233
신연강新淵江 ④27 ⑳243
「신오대사新五代史」 ⑨22, 214
신오위장申五衛長 ㉓222
신요神謠(聖歌) ⑬130
신요양新遼陽 ⑪131, 132
신용개申用漑 ⑰143 ⑱131
신우균申羽均 ⑯137
신웅부인神熊夫人 ②201
「신원사新元史」 ⑨20, 147
신위申緯 ⑯183 ㉓288, 289
신유申瀏 ⑤93
신유교옥辛酉敎獄 ⑰205 ⑱190
신유림神遊林 ㉑52
신윤복申潤福 ⑯182 ㉓286, 287
신의별초神義別抄 ⑰93
「신의보구방神醫普救方」 ⑰78 ㉓26
신의주 ⑪12
신익성申翊聖 ④205, 224 ㉓284
신익희申翼熙 ⑮94
신인神人 ②100 ④267 ⑦58, 62,
84, 97, 101, 102, 103, 242,
306, 310 ⑧9 ⑩206
신인선자神人仙子 ②200
신임사화辛壬士禍 ⑮112 ⑯86, 89
⑰187, 188, 194 ⑱179
신작神鵲 ⑤348
신작申綽 ㉓255
신잠申潛 ⑯183 ㉓282
신장申檣 ⑥21 ㉓257
신재효申在孝 ㉓91

신적神迹 ②128 ③230 ⑭212,
213
신점辛店 ⑨65
「신정삼국유사」 ㉑117~119, 126
신정왕후神貞王后 ⑰231
신정정치Theocracy ⑩236
신정申珽 ⑬43
신정견모주神正見母主 ⑦97
신조神鳥 ⑧87
신조선新朝鮮 ②225 ⑤379 ⑭262
「신종두기법新種痘奇法」 ㉓50
신종진愼宗眞 ㉓29
신좌모申佐模 ⑤396
신중단神衆壇 ⑦112
「신증동국여지승람新增東國輿地勝
覽」 ③4, 13 ⑥135 ⑦303,
308, 139, 206, 207 ⑰142 ⑱
131 ㉑21, 71, 78, 80, 83 ㉓
125
「신증종두기법상실新證種痘奇法詳
悉」 ㉓49
「신증향약집성방新增鄕藥集成方」
⑯185 ⑰145
신지神誌 ②148 ③106 ⑧50 ⑭
217 ㉒132
신지神祇 ②208 ⑦99 ⑬102
「신지비사神誌秘詞」 ⑮292 ㉑17,
24, 30
신지씨神誌氏 ②131
「신집新集」 ⑰122 ㉑30
신차법神借法 ③221
「신찬벽온방新纂辟瘟方」 ㉓33,

39

「신찬성씨록新撰姓氏錄」 17 43

「신찬여지승람新撰輿地勝覽」 17 14

신채호申采浩 16 161 19 25

신천信川 6 105

신천간神天干 7 59

신충信忠 21 44

신탁神託 13 87

신탄설화神誕說話 2 219

신태인新泰仁 1 50

「신판조선역사」 15 297 16 221

「신편수륙의문新編水陸儀文」 21 10

「신편제종교장총록新編諸宗敎藏總

　錄」 15 218

신포新浦 2 22

신풍리新豊里 2 34 4 244

신한청년당新韓青年黨 19 46

신한촌민회新韓村民會 19 45

신할머니 6 103

신해영申海永 16 156 18 228

신해혁명 19 83

「신향온新鄉媼」 9 244 17 102

신허神墟 2 187

신헌申櫶 16 116 17 236 18 203

신혼설화神婚說話 7 252, 295,

　296 10 163

신화神話 8 23, 54, 63 9 116 13

　137

「신황정통기神皇正統記」 13 180

신흠申欽 11 315 16 179 18 241 23

　80

실객 15 84

실담悉曇 15 237

실담학悉曇學 15 221

실러Johann Cristoph Schiller 14 60,

　63

실레 17 95

실레데르 20 257

실리불서室利佛逝 17 150

실위室韋 14 53

「실위고室韋考」 9 18

「실위열전室韋列傳」 9 207, 208

「심가心歌」 21 44

심감心鑑 21 69

심기원沈器遠 16 79 17 175

심누 7 98

심대윤沈大允 14 105

심리학 14 10, 18

심봉원沈逢源 13 38

심사정沈師正 16 182 18 242 23 286

심상훈沈相薰 16 125

심순택沈舜澤 20 157

심양瀋陽 5 204, 250, 265, 287,

　311, 316, 422 11 132

심양가瀋陽街 5 118

심양성瀋陽城 5 212, 294 11 133

　12 129

심연원沈連源 13 38

심원心猿 14 218

심원암深源菴 1 26

「심원장心源章」 21 28

심유경沈惟敬 16 73 18 149, 150,

　151

심의深衣 11 188

최
남
선

한
국
학

총
서

심의겸沈義謙 15104, 105 1668, 69 17156 18144

심의성沈宜性 16159

심적굴心寂窟 4154

심전心田 548 15252~255

심전개발心田開發 522 10194, 195, 197~199, 207, 223

심전기沈佺期 5362

심정沈貞 18139

심주瀋州 5204

심진현沈晉賢 20165

「심청가」 1329 2391

「심청전」 10125 1364 1470 16160 2154

십리보十里堡 5462

십리장림十里長林 1110

십리하十里河 5302, 432

「십문화쟁론十門和諍論」 15202

십오야十五夜 10315

「십우도十牛圖」 3221

「십육국춘추十六國春秋」 5361 9128

십이인연十二因緣 1351

십이폭포十二瀑布 4152, 153, 174, 175, 176

십자산 12137

십주十州 380 4259

십현十玄 15283

「십훈초十訓抄」 13180

싯다르타 11271 1324

싱켈Karl Schinkel 1461

싸얀Zayan 8172

쌍개시雙開市 17193

쌍계루雙溪樓 159, 61, 62, 63

쌍계사雙溪寺 789 23132

「쌍금도雙禽圖」 23284

쌍기雙冀 1881

쌍두봉雙頭峰 2179

쌍둥이폭포 4199

쌍란국雙鸞菊 2182

쌍명재雙明齋 1652

「쌍명재집雙明齋集」 2174

쌍봉폭雙鳳瀑 3165

쌍성雙城 5156

쌍성보雙城堡 5155

쌍수산雙樹山 18

쌍수산성雙樹山城 20247

쌍수성雙樹城 12207

쌍영총雙楹塚 662, 128, 129, 166 11208 15242 1726 23266

쌍타자雙砣子 968

쌍하진雙河鎮 5139

쌍협구雙峽口 5360

쌍화점雙花店 2375

쐐기문자 14134

쑨원孫文 1964, 83~85

쑹화강 2210, 223, 331 20230, 232, 236

쓰보우치 쇼요坪內逍遙 11198

쓰보이 구메죠坪井九馬三 21116, 120

쓰에마스 야스카즈末松保和 6209

쓰이코제推古帝 15225~227, 230, 231, 247

쓰쿠바산筑波山 ⑧40
쓰쿠바筑波 ⑭85
쓰쿠시筑紫 ⑰63 ⑱29 ⑳55
쓰쿠젠국筑前國 ⑳56
쓰펑즈石棚子 ⑥115
씰John M.B. Sill ⑯139

ㅇ

아관파천俄館播遷 ⑯140 ⑱224
아구노마阿具奴摩 ⑬198
아구다阿骨打 ⑰62 ⑱76
아궁이 ⑨222
아극살성雅克薩城 ⑰179
아나우 수사Anau Susa ⑨70
「아난가섭화상阿難迦葉畵像」 ㉓
279
아난달阿難達 ⑰100
아누도무이Anoudomui ⑧109
아다치 겐죠安達謙藏 ⑯159
아달라왕 ⑰16
아담 샬Adam Schall ⑯99, 184 ⑰
203 ⑱187, 240 ㉓12, 41,
293, 29
아도阿道 ⑰24
아도비阿道碑 ㉑23
아두산蛾頭山 ③29
아디툼adytum ③230, 231
아라アラ ⑦76
아라기 ⑮85
아라랏산 ⑩235

아라비아 ⑨116 ⑭270 ⑮61,
132 ⑰46, 73, 74, 75, 222 ⑳
27, 33, 35, 37, 41
아라비아상인 ⑤277 ⑳261
아라이 ⑧59
아라이アライ ⑧93
아라카アラカ ⑦76
아란불阿蘭弗 ⑦23, 68 ⑩16, 67,
74
아란야阿蘭若 ⑦68
「아로합전물어鴉鷺合戰物語」
⑬180
아루지アルジ ⑦76
아르메니아 ⑩235
아르친산맥 ⑨32
아리阿里 ⑦77
아리阿利 ⑦135
아리나발마阿離那跋摩 ⑭99
아리랑 ⑬35, 187
「아리랑타령」 ㉓87
아리물阿利水 ⑱15
아리수阿利水 ⑦145
아리스토텔레스 ㉓41
아리아인종 ⑳43
아리안 ⑮61
아리야발마阿離耶跋摩 ⑪288 ㉒
170
아리영정娥利英井 ⑦146
아리요시 주이치有吉忠一 ⑲55,
95
아리후 주로蟻生十郞 ⑯159
아린 ⑦77

아마ァマ ⑦76, 77

아마기호天城號 ⑳153

아마쓰기히쓰기天つ日嗣 ⑦58

아마쓰히쓰기天津日嗣, 天津日繼
⑧55 ⑩250

아마쓰히코호노니니기노미코토
天津日番能邇邇藝命 ⑩57

아마테라스오미카미天照大神 ⑦
106, 299 ⑩28, 59, 73, 250,
299 ⑬196

아마항阿媽港 ⑰202

아막성阿莫城 ⑦78

아막회俄漠會 ⑤9

아말성阿未城 ⑦78

아메ァメ ⑦76

아메노누보코天沼矛 ⑩56

아메노미나가누시노카미天之中主
神 ⑬193, 194

아메노오시호미미天忍穗耳命 ⑩62

아메노와카히코天若日子 ⑩59

아메노우즈메天宇受女 ⑬196

아메노토리호네노카미天鳥船神
⑩59, 60

아메노호히노카미天比神 ⑩59

아메리카어족 ⑮59

아메리카자연박물관 ⑥99

아메리카니즘 ⑮285

아미 ⑦77

아미산峨嵋山 ⑦149

아미산阿彌山 ⑦149

아미장阿彌庄 ⑪131

「아미타경阿彌陀經」 ⑬52, 53

아미타불阿彌陀佛 ③59 ⑬49, 52,
54

아민阿敏 ⑧179 ⑯81 ⑰176

아발론Avalon ③95

「아방강역고我邦疆域考」 ⑥178 ⑦
186 ⑯92 ⑰198

「아방궁도阿房宮圖」 ㉓278

아베 노부유키阿部信行 ⑲107,
108

아보阿堡 ⑤79

아보진阿堡津 ⑤75

아부관노阿部關老 ⑳141

아부용阿芙蓉 ⑰222

아비거阿比車 ⑱127

아비담장阿毘曇藏 ⑮221

아사달阿斯達 ②295 ③143 ⑥112
⑦8, 13, 244, 250, 271, 303,
304, 305, 307, 308 ⑩24 ⑭
211, 212

아사달산阿斯達山 ⑦29, 43, 275
⑩13

아서 키스Arther Keith ⑨55

아성阿城 ⑤111, 149

아소카왕 ⑮181, 182

아송雅頌 ⑬102

아스카飛鳥 ⑥75 ⑬190, 191 ⑮
225~229, 231, 243, 246 ⑥75

아스트롤라베Astrolabe ⑳153

아승기阿僧祇 ④134

아시리아 ⑮29, 50, 179

아시리아학Assyriology ⑮29

아시아적 문화Asiatic culture

⑧103

아시아적 종교Asiatic religion ⑧
103

「아시조선兒時朝鮮」 ⑯8

아시카가足利 ⑮214, 215 ⑱104

아십하阿什河 ⑤110, 156

아십합달마애비阿什哈達磨崖碑 ⑤
184

아악雅樂 ⑬101 ⑰79

아악료雅樂寮 ⑬93, 147

「아악보雅樂譜」 ⑱122

아영성阿英城 ⑦78

아오이 마쓰리葵祭 ⑩290

아유시리다라愛歃識理達臘, Ayur
Schiridara ⑨245

아육왕阿育王 ④56

아이 오이나-가뮈a-i-oina kamui ⑮
51, 52

아이게우스Augeus ⑮79

아이누Ainu ⑦291 ⑧108, 130 ⑨
160 ⑮53, 61

「아이들보이」 ⑫389, 390, 394

아이야발마阿離耶跋摩 ⑰45

아이작 뉴턴Isaac Newton ⑭94

아이훈조약愛琿條約 ⑤195 ⑯97
⑰201 ⑱189

아인슈타인Albert Einstein ⑭244
㉒100

아일랜드 ⑩152

아잔타 ⑮207

아좌태자阿佐太子 ⑰43 ㉓268,
271

아직기阿直岐 ⑥74 ⑬114

아진포阿珍浦 ⑥89

아찬스크 ⑰179

아카츠카 마사스케赤塚正輔 ⑳
157

아칸서스Acanthus ⑮182

아켈로우스Achelous ⑩87, 88

아크로폴리스 ⑫140

아키나케스Akinakes 단검 ⑨178

아키바 다카시秋葉隆 ⑨87

아키쓰시마蜻蛉洲 ⑱29

아타리성俄朶里城 ⑤9

아테네 ⑭207

아트 스미스 ⑪233, 234 ⑭84,
85, 91

아틸라 ⑪300

아펜젤러Henry Gerhard Appenzeller
㉒193

아편 ⑰219, 221, 222

아폴로Apollo ⑧63 ⑮92 ⑱53

아프리카 ⑨59 ⑭228

아피스Apis ⑩109

악공樂工 ⑬119

악관樂官 ⑬126

악모회鄗謨會 ⑤347, 348

「악본樂本」 ⑱57 ㉑30 ㉓186,
187

악비岳飛 ⑪281

악소握塑 ㉓189

「악의론樂毅論」 ㉓235

「악장가사樂章歌詞」 ㉓75, 86

「악지樂志」(「삼국사기」) ⑩314 ⑬

32, 117, 122, 129, 150, 151
㉓152, 155, 195

「악지樂志」(「고려사」) ㉓71, 72, 73,
74, 160, 161, 189, 190,

「악지樂志」(「수서」「당서」) ㉓189

「악통樂通」 ㉓170

「악학궤범樂學軌範」 ⑩315 ⑬33,
34 ⑯63, 178, 193 ⑰143,
144 ⑱132 ㉑45 ㉓73, 86,
142, 168, 169, 171, 173, 300

안건영安健榮 ㉓289

안견安堅 ⑯182 ⑱164, 165 ㉓
280, 281, 302

안경수安駉壽 ⑯132, 135, 137

안귀생安貴生 ㉓282

안기安岐 ⑰184, 185

안남장군安南將軍 ⑬71

안네이천황安寧天皇 ⑬198

안녹산安祿山 ⑰44 ⑱44

안데르손J. G Andersson ⑨52

안도安燾 ㉓26

안독案牘 ㉑23

안동安童 ㉓28

안동도호부安東都護府 ⑤311

「안동자청安東紫靑」 ⑬32 ㉓75

안동준安東晙 ⑯115

안동현 ⑤341

「안릉회고시安陵懷古詩」 ⑪331

안명근安明根 ⑲23

안무재[內水岾] ④88, 138, 140,
144, 145, 149, 153

안문령雁門嶺 ③144 ④145

안민광장 ⑤161

「안민가安民歌」 ㉑43

안민영安玟英 ㉓81

안민후安民厚 ㉓247

안백산安白山 ⑤43

안변安邊 ②16

안변부安邊府 ⑥177

안보安輔 ⑰121

안봉선安奉線 ②230 ⑤302 ⑳186

안산鞍山 ⑤329

안산중학교鞍山中學校 ⑤329

안상安詳 ④249, 253

안서도호부安西都護府 ⑰44, 46

안성동 ⑥128, 166

안세고安世高 ③216, 217

안승安勝 ③53

안시성安市城 ⑤337, 434~438,
440~447, 450 ⑪127 ⑱35, 36
⑲121

안식국安息國 ③216

「안신사심론安身事心論」 ㉑27

안심安心 ㉓225

안악安岳 ⑥54, 105

안압지雁鴨池 ⑥90, 95

안양국토安養國土 ⑬52

안양암安養庵 ④63, 64

안예국安藝國 ⑳59

안용복安龍福 ②222 ⑱214 ⑳
124~127, 138~147, 326

안우安祐 ⑯46 ⑰109 ⑱100

안우기安于器 ㉑66

안유安裕 ⑯66, 89 ㉒146, 148,

150

안의주가진장安儀周家珍藏 17185

안장安長 23155

안전농촌 53, 100~102, 138~200, 372

안전부락 541

안정복安鼎福 5437 6177, 222 7105, 110 1692 17197 18182 20263 2120, 77, 78, 80, 81, 86, 88, 116, 117

안정복 수택본手澤本 2178, 80, 81, 88, 116, 117

안종화安鍾和 2178, 116

안주군 617

안중근安重根 16168 18238 1916, 67

안중식安中植 23289

안중태安重泰 2315

안지재安止齋 17164

안진安震 17121

안진경顏眞卿 16181 18164 23235, 243

안찬安瓚 23284

안창현 4163

안창호安昌浩 14239, 240 16157 18228 1923, 24, 49, 58, 85, 104, 142

안천雁川 18

안축安軸 4269 17121

안치민安置民 23276

안토니오 코레아 17171

안투현安圖縣 2174

안티네아Antinea 1372

안평대군安平大君 16180 23119, 252, 280, 281, 283

안학궁安鶴宮 651, 53

안향安珦 17107, 108, 120 1897, 98, 143 23279, 280

안혜安惠 15189

아홍安弘 15221 2123

안흥령 5370

안희제安熙濟 543, 56, 71, 72

알금적挖金賊 2160

알난하斡難河 777

알동斡東 536

알라 5279

알란Alan 9131

알레산드르 드 고베아Alexandre de Gouvea 22182

알렉산더대왕 6127 1425, 68, 192 15180 1727 2040

알렉세이프K. A. Alexeiv 16145, 147 18225

알렌Horace Newton Allen 16139 2343

알류트Aleut 8108

알목하斡木河 777

알바진성 17179

알씨閼氏 2207

알영閼英 689 769 2119

알영정閼英井 689 7146

알지閼支 116 2206 7113, 114 854

알천閼川 688 777, 146 1841

알타리幹朶里 ⑤348

알타미라동굴 ⑩81 ⑭251

알타이산맥 ⑧98

알프레드 클로버Alfred Louis
  Kroeber ⑨73

알프스 ④5 ⑫284

알하嘎呀강 ⑤37

암스트롱William Armstrong ⑭102

압두록鴨頭綠 ⑳233

압량군押梁郡 ㉑72

압록강 ②6, 55, 60, 61, 127,
  331, 344 ⑤10, 12, 16, 51,
  370, 383, 387, 390, 398, 399,
  400, 434~460, 471 ⑥132~
  134, 138~141, 154, 158, 166,
  197 ⑦77 ⑪117, 126, 128 ⑭
  51, 129, 191, 213 ⑳230~238,
  243, 330

압유사鴨遊寺 ㉑52

앙방장경昂邦章京 ⑤205

앙베르L.M.J. Imbert ⑯102

앙부일구仰釜日晷 ⑰138

앙소仰韶 ⑨64, 65

앙앙계昂昂溪 ⑤197

앙지대仰止臺 ④203

애니머티즘Animatism ⑬82

애니멀리즘animalism ⑨95

애니미즘Animism ⑧103, 104 ⑨
  95 ⑬82

애단선인挨丹仙人 ⑦90

애담스 베이 ⑤459

애로소년단愛路少年團 ⑤13

애신각라愛新覺羅 ⑤9, 56 ⑳23

「애씀」 ⑭282

애악哀樂 ⑬118

애주식리달랍愛猷識理達臘 ⑰101

애하艾河 ⑤418

애호촌愛護村 ⑤13

앤더슨Johann Gunnar Anersson ⑨
  52, 61, 63, 66, 69, 74

앤드루 랭Andrew Lang ⑨117

앤드류스Ray C. Andrews ⑨52

앵무鸚鵡 ⑬53

앵베르Imbert ⑰206 ⑱190 ㉒183

야곱 ⑭62

야기 쇼자부로八木奘三郎 ⑨64

야나이 와타리箭內亘 ⑨20 ⑩232

야노 진이치矢野仁 ⑨13

야란若蘭 ⑬71

「야뢰夜雷」 ⑯160

야리가온也里可溫(에르케운)
  ㉒180

야마 시게토시丸山重俊 ⑱226

야마가타 이사부로山縣伊三郎
  ⑲83

야마나지 한조山梨半造 ⑲97,
  98

야마다노후히토미카타山田史御方
  ⑮233

야마지 아이잔山路愛山 ⑨80

야마토大和 ⑧17, 41 ⑩73, 206
  ⑬188, 190 ⑱29

야마토국大和國 ⑬199

야마토설화大和說話 ⑬158

야별초夜別抄 17 93
야불사耶不斯 16 41 17 85
야블로노이산맥 8 98
야성野聲 13 25
야소교당耶蘇敎堂 2 3
야스쿠니安國 18 71
야쓰이 세이이치谷井濟一 6 18
야오야오시치八百屋お七 13 169
야인野人 2 17 14 179 15 61
야쿠트Yakut 8 127, 131~134,
    141, 147, 162 10 159
야헤코토시로누시八重言代主 10 60
야훼 10 238
약사여래藥師如來 13 49
약사전藥師殿 4 74
약왕천藥王泉 3 22
약천藥泉 3 16
양梁 6 75
양거원楊巨源 11 200
양견楊堅 18 33
양계兩界 18 64
양고椋庫 4 225
양곡涼谷 13 134
양광楊廣 18 33, 34
양군綾陽君 17 175
양규楊規 16 34 17 60 18 68
양근환梁權煥 19 55
「양금신보梁琴新譜」 23 170
양기성梁箕星 23 285
양기탁梁起鐸 16 159 19 23
양기훈楊基薰 16 183 23 289, 290
「양당이승전梁唐二僧傳」 21 22

양렴부楊廉夫 17 100
양만춘楊萬春 5 445~447, 450
    20 11
양명학陽明學 22 147
양반兩班 14 117, 149, 154~157,
    244 17 209, 210, 211
양반답교兩班踏橋 17 224
양반심兩班心 14 147, 148, 151,
    157
양반향兩班鄕 14 141
양복楊僕 20 89
양봉래楊蓬萊 3 184 4 264 11 32,
    75
양사언楊士彦 3 127 4 80, 185,
    195, 204, 228, 229, 249, 263
    11 241 16 180 17 99 18 163,
    164
양산楊山 2 284 6 87, 88, 114 10
    32, 33 14 213 18 31
「양산가陽山歌」 13 150 23 91
양산백梁山伯 13 65
「양서梁書」 7 73 9 100, 120 10
    68, 112 20 97
양서순무사兩西巡撫使 17 200
양성지梁誠之 18 121 23 11, 108
양수梁水 5 306
양수경楊守敬 11 332
양안원養安院 21 79, 86
양양襄陽 13 71
「양양가襄陽歌」 23 88
양어두羊魚頭 6 132
양어지養魚池 5 62

양역진梁嚇鎭 16166
양예수楊禮壽 2335
양원楊圓 2056
양원왕陽原王 6217
양자령亮子嶺 597
양재梁載 471
양재건梁在騫 16160 23114
양재덕梁在德 164
양저우楊州 5260
양전兩銓 15126
양전장적量田帳籍 2123
양종건楊鐘健 954
양종립楊宗立 2326
양주揚州 6106 1332
「양주揚州」 2374, 75
양주동梁柱東 689
양주학揚州鶴 1482
양지론良知論 2035
「양지법사전良志法師傳」 2125
양춘 1282
양패良貝 1850
양팽손梁彭孫 23282
양한묵梁漢默 16155 18230
양헌수梁憲洙 16112 17234 18201
양현고養賢庫 2175
양화陽化 222
양화나루 17233
양화도楊花徒 117 1768
「양화소록養花小錄」 16187 2359
양휘楊輝 17164
어가초자御伽草子 13181
어라於羅 1741

어라산於羅山 12206
어라하於羅暇 7258 1740
어루물[鴨綠江] 1813, 14
어륙於陸 1740
어몽룡魚夢龍 16182 23283
「어법집語法集」 2125
「어부가漁父歌」 11311 2386, 88
「어부사漁父詞」 16177
「어부사시사漁父四時詞」 2380
「어비역대통집람御批歷代通輯覽」
9 19
어빙Washington Irving 1466
어서방御書房 1778 2161
어수산漁水山 4269
어숙권魚叔權 1343 2354
「어우야담於于野談」 9160 10182
11117 2395
어원御苑박물관 698
어유소魚有沼 512 18130
어윤중魚允中 2224, 225, 227 5
23 16134, 136, 172 17237 18
212, 213, 221, 243 20186
어을동산성於乙洞山城 664
어음정御陰井 13199
어재연魚在淵 16114 17234 18202
「어제경직도御題耕織圖」 5236
「어제팔순만수성전도御題八旬萬壽
盛典圖」 5236
「어제평이리사부전도御題平伊犁四
部全圖」 5236
「어제평정양김천득승도御題平定兩
金川勝圖」 5236

「어제평정대만전도御題平定臺灣全
　圖」⑤236
「어중문전於中文傳」⑩113
어환魚豢 ㉑63, 123
억인億仁 ㉓20
언기彦機 ④67
언냥 ⑦140
언더우드Horace H. Underwood ㉒
　192, 193 ㉓115
언문諺文 ⑬38, 50
언문소설 ⑬63, 64, 65
언사偃師 ⑪249
언어고고학 ⑮56
언어질병설Deceased language
　theory ⑨147
얼다오강二道江 ②210
엄리수奄利水 ⑦77
엄사수淹㴸水 ⑩63
「엄씨효문청행록嚴氏孝門淸行錄」
　⑬64
엄자릉嚴子陵 ③102
엄주익嚴柱盆 ⑯157
엄천화상嚴川和尙 ⑦97
엄체수淹滯水 ⑩20
「엄화약수변증설罨畵藥水辨證說」
　㉓294
업경대業鏡臺 ③48, 50, 77, 205
　④37~40, 42
에네닐리트Enenilit ⑧117
에니세이Enesai ⑨60
에도江戶 ⑬169, 174
에두믈라Aedhumla ⑩92

에드워드 제너Edward Jenner ㉓47
에디슨Thomas Alva Edison ⑪145
　⑭66, 92, 94, 102, 110, 112
에라エラ ⑦76
에를리히Paul Ehrlich ⑭62
에머슨Ralph W. Emerson ⑭66
에미시蝦夷 ⑧58
에밀 리쌍Emile Licent ⑨60,
　61, 64
에스키모Eskimo ⑧108, 116 ⑩
　159 ⑭228 ⑮50
에우프라트강 ⑪178
에우헤메로스Euh meros ⑦16,
　269
에우헤메리즘Euhemerism ⑦269
　⑨147
에이사이榮西 ⑩196
에케르트Franz von Eckert ⑱233
　㉓179
에코 ④97
에트루리아Etruria ⑮88, 180
에파미논다스Epaminondas ⑮103
엑소시즘Exorcism ⑬82
엔닌圓仁 ⑩304, 306 ⑮234 ⑳63,
　323
엔도 류사쿠遠藤柳作 ⑲107
엔랴큐사延曆寺 ⑮234, 235
엔친圓珍 ⑮235
엘람Elam 문명 ⑨74
엘러스Annie J. Ellers ㉓44
엘렌 셈플Ellen Churchill Semple ⑨
　236

최
남
선
　
한
국
학
　
총
서

엘리어트 스미스G. Elliot Smit 7
  211, 276
엘리자베스여왕 15119
여강驪江 20243, 244
여강부廬江府 1369
「여계女誡」 17216 1340
「여교女敎」 1342
여근곡女根谷 2153
여나산余那山 13154 2371, 191
「여남유사汝南遺事」 212
「여논어女論語」 1340 17216
여도麗島 4271
여도령黎道令 13182
「여령부지汝寧府志」 10115
「여민락與民樂」 23167
「여범女範」 1343 17216
「여범첩록女範捷錄」 1341
여병呂昞 2326
「여복지輿服志」 9254
여불與佛 15170
「여사서女四書」 1339, 40, 41, 43,
  45, 62, 64 17216, 217
「여사잠도女史箴圖」 15242 17185
  23266
여산참閭山站 1119
「여산폭포廬山瀑布」 328
여시귀신女是貴神 9143
여옥麗玉 23158, 159
여요汝窯 5234
여운형呂運亨 1950, 51, 58, 91,
  142
여위장군厲威將軍 1723

「여유당전서與猶堂全書」 2349
「여유당전집與猶堂全集」 1693 17
  198
「여유당집與猶堂集」 23109
「여조운석인영與趙雲石寅永」 6183
여준呂準 1925
「여지고輿地考」 6177
여지구輿地球 17203
「여지승람輿地勝覽」 474, 144,
  152, 190, 250, 251 59, 437
  760, 183, 193, 196, 200 17
  99 20107, 118, 122, 123,
  124, 137
여진女眞 24 944, 217 12196
  14191 1635~37, 46, 58, 78,
  171, 194, 197 1758~62, 65,
  66 1873~79, 119, 128, 129,
  170, 171, 251
「여칙女則」 1343
「여학독본女學讀本」 1339
여학서女學書 1343
여항어餘項魚 11104
「여헌女憲」 1343
여호呂湖 221 54
여환선사如幻禪師 164
「여효경女孝經」 1341
「여훈女訓」 1343
「역경易經」 550 772, 80, 81 10
  217
역군役軍 1464
「역대가歷代歌」 2125, 2174
「역대명화기歷代名畵記」 23273

「역림易林」 ⑬115

역사교과서 편정위원編訂委員 ⑭232

「역상고성曆象考成」 ㉓13

「역상고성후편曆象考成後編」 ㉓13

「역상신법曆象新法」 ⑭105

「역어유해譯語類解」 ㉓183, 215

「역옹패설櫟翁稗說」 ⑰122

역참驛站 ⑨194

연燕 ⑰21 ⑱14

연가戀歌 ⑬28, 86

연감류함淵鑑類函 ⑩279

연개소문淵蓋蘇文 ⑮115 ⑯20, 22 ⑰29, 38 ⑳11, 54 ㉒105, 110, 177

연경燕京 ⑪117 ⑰93

연광정鍊光亭 ⑥51 ⑪10 ⑳239, 240

연기설화緣起說話 ③62, 74 ④98, 163

연길延吉 ⑤20~24, 26, 27, 37

연길변무공서延吉邊務公署 ⑤23

연남생淵南生 ⑭53

연단술煉丹術 ⑬56

연담蓮潭 ④166

연담교淵潭橋 ④213, 217

연대煙臺 ⑤302

「연대기휘찬年代記彙纂」 ⑨144

연대봉燕臺峯 ④269

연도羨道 ⑥28

연등회燃燈會 ⑰89

「연려실기술燃藜室記述」 ⑤444 ⑯

92 ⑰197

연맥燕麥 ②77

연복정延福亭 ⑰83

연산관連山關 ⑤391 ⑪130

연산군 ⑯64, 67 ⑱138, 139

연암燕巖 ⑭33 ⑳82

「연암외전燕巖外傳」 ㉓97

연애설화 ⑩87 ⑬136

연양延陽 ⑬156 ㉓189

「연양가延陽歌」 ㉓72

연어대鳶魚臺 ⑪102

「연연蠕蠕」 ⑨210

연오랑延烏郎 ⑰16

「연운기행燕雲紀行」 ⑤425

연잉군延礽君 ⑰188

「연재경전서研齋經全書」 ㉓109

연조椽曹 ⑰211

연주담連珠潭 ④210, 211

연주대聯珠臺 ④111

연주자鉛鑄字 ⑱93

연지臙脂 ②206 ⑥45 ⑨247

연지봉臙脂峰 ②206, 207, 231 ⑪60, 63

연천漣川 ③9

연초煙草 ⑰172

연추烟秋 ⑤32

연통랍자煙筒磠子 ⑤32

연통제聯通制 ⑲49

연평茵坪 ②50

연해주沿海州 ②220 ⑤31, 32 ⑳24, ⑳25, ⑳232 ⑳250

「연행가燕行歌」 ⑬67 ⑯178 ⑱241

23 87

「연행록燕行錄」 5 391

「연행일기燕行日記」 5 285, 387

「연형제곡宴兄弟曲」 23 84

연화대蓮花臺 3 234

연화봉蓮花峰 12 101

연화사蓮花社 3 144

연화총蓮花塚 6 62

연회緣會 21 25

「연희식延喜式」 8 17, 39, 41 13 89, 96

「열국지列國志」 13 66 15 122 18 241 23 95

열나자悅羅慈 17 74

「열녀전烈女傳」 13 42~45, 64 23 282

「열반도涅槃圖」 17 126 23 279

열석列石(Alignement) 6 117

열선봉列仙峰 3 128

「열선전列仙傳」 4 233, 259 7 218

열수列水 6 51 7 77

「열양세시기洌陽歲時記」 10 294, 295

열어구列禦寇 11 167 12 292

「열왕기列王記」 10 109

「열자列子」 3 191 7 84, 86, 215

「열조통기列朝通紀」 16 92 17 197

열하熱河 5 234, 260 9 42

「열하일기熱河日記」 5 287, 302, 324, 325, 387, 403, 439 11 133, 141, 255 16 94 17 199 18 183 20 83 23 41, 175, 294

염계달廉季達 23 222

염근廉勤 13 42

염난수鹽難水 7 77

염라국閻羅國 3 162

염마閻魔 3 72

염문閻文 20 56

염부閻復 23 277

염승익廉承益 21 97, 98

염장閻長 20 51, 52

염제비 12 199

염제신廉悌臣 23 278

염철론鹽鐵論 9 165, 241

「염헌집恬軒集」 5 445

엽권마獵權魔 15 147

영가대 12 118

영가둔榮家屯 5 199, 201

영고迎鼓 9 109 10 111, 300, 303, 306 13 21 16 29 17 9 18 25 22 123 23 146

영고탑寧古塔 2 220, 224 5 51, 53, 70, 79, 81, 91, 93, 174 17 40, 181

「영고탑기략寧古塔記略」 9 226

「영고탑지寧古塔志」 8 87, 95

영구營口 5 341~345, 352~355, 372, 379, 429, 431, 452

영구營口 농촌 5 372, 375~378

영구항營口港 5 334, 343, 371

영구항정국營口港政局 5 355

영국동양함대 5 459

영국학술협회 11 113

영귀 12 113

영규靈圭 18169

영단靈丹 4215

영덕산靈德山 227

영동嶺東 14273

「영락대전永樂大典」 23108, 299

영락태왕비永樂太王碑 7119

영락호태왕永樂好太王 6127

영랑永郎 4249, 250, 253

영랑선인永郎仙人 4119, 121
　　791

영랑대永郎臺 4121

영랑봉永郎峰 479, 86, 127, 131,
　　134, 137, 138, 244 20203

영랑재永郎岾 3136 4145

영랑호永郎湖 4252, 263 20204

영령공永寧公 1796

영로嶺路 11102

영류왕營留王 1759

영림보호구營林保護區 266

영림창營林廠 255, 70

영명령永明嶺 1332

영명사永明寺 22174

영묘사靈廟寺 1841 2143

영벽루映碧樓 334

「영변가寧邊歌」 2389

영봉서원迎鳳書院 23280

영빈映嬪 17195

영사시咏史詩 2125

영새寧塞 1766

영산회상靈山會上 1349

영서굴靈棲窟 4154

영선교迎仙橋 466

영성永瑆 17183

영성자英城子 5436

영신암靈神庵 4189

영아지映娥池 3123 490, 92

영안寧安 591

영안왕榮安王 17101

「영안현지寧安縣志」 560, 66

영양왕嬰陽王 1728 1619 1833

영웅설화 2289 13131 13135

영원靈源 346, 149, 150, 157,
　　160, 174 181, 193, 198

영원설화靈源說話 365, 216, 217,
　　220, 222

영원조사靈源祖師 364, 66,
　　212, 213, 220~224 443, 45

영원동靈源洞 290 347, 55, 58,
　　61, 65~69, 74~78, 85~91, 93,
　　103, 110, 112, 126, 129,
　　132~134, 138, 140, 164, 169,
　　174, 175, 190, 195~198, 203,
　　206~210, 213, 218, 222, 225,
　　227~236 436, 38, 40~49, 52,
　　61, 125, 144 826

영원암靈源菴 347, 58, 62, 64,
　　65, 69, 86, 91, 93, 112, 223
　　442~47, 125

영월대迎月臺 677

영은부원군永恩府院君 17201

영일동맹 198

영자구營子口 5343

영잠塋岑 4181

영조 15111, 112 1688~94, 99~

204
최
남
선
한
국
학
총
서

102, 109, 178~183 ⑱180~
185, 190, 192, 199

영주瀛洲 ④271 ⑳254

영주營州 ⑰59 ⑱33

영주英州 ⑰62 ⑱76

「영주벽상기英州壁上記」 ⑥222

영지靈地 ②153 ④43

「영지가靈芝歌」 ⑬115

영창대군永昌大君 ⑯78 ⑰174

영창흥인대로永昌興仁大路 ⑤166

영취산靈鷲山 ⑮181

영치靈時 ②157

영통사비靈通寺碑 ⑰124

영평永平 ④24

영호映湖 ③4, 45

영화담映花潭 ④89

「영환지략瀛環志略」 ⑯122 ⑰242

영흥永興 ②17

예濊 ⑧22 ⑩74 ⑭144, 273 ⑰
14, 18 ⑱2, 17, 20

예겸倪謙 ㉓207

예계몽艾啓蒙 ㉓295

「예기禮記」 ⑥60 ⑨199, 203 ⑩
84, 289, 297, 316 ⑬101, 109
⑰216

「예당금석과안록禮堂金石過眼錄」
㉓121

예링Jhering ⑭62

예맥濊貊 ③18 ⑤203 ⑥197 ⑨43,
45 ⑭172

「예문유취藝文類聚」 ⑨120

「예성강禮成江」 ㉓74

「예성강도禮成江圖」 ⑰125 ⑱83
㉓275

예송禮訟 ⑮110, 111

「예수시왕생칠경預修十王生七經」
③72

예수회 ⑨28 ⑮284

예언자Prophet ⑧114 ⑨84

「예원지藝畹志」 ⑱240 ㉓61

「예의지禮儀志」 ⑩84

예종睿宗(고려) ⑯35, 36, 39, 88
⑰75, 76, 80,

예종睿宗(조선) ⑯62, 186 ⑱130

「예지禮志」 ⑨101

예흔랑譽昕郎 ㉑44

오가작통五家作統 ⑯102 ⑰206 ㉒
184

오경五京 ⑤51, 52 ⑱45

오경석吳慶錫 ⑯116, 122, 223 ⑰
236, 242 ㉓121, 290

「오경자양五經字樣」 ㉓248

오고도 ⑩230

오고타이 ⑨146 ⑯41 ⑰84

오관산 ⑫33

「오관산五冠山」 ㉓74, 75

오구라 신페이小倉進平 ⑦42

오국성五國城 ⑤10 ⑫196

오기호吳基鎬 ⑯154

오吳 ⑬123 ⑭213

오노고로시마淤能碁呂島 ⑩56

오노로쿠 이치로大野綠一郎 ⑲
102, 106

오다 쇼고小田省吾 ⑥209 ⑦41

오다키 도미조大瀧富三 ㉓53

오달제吳達濟 ⑤250

「오대사五代史」 ⑤361 ⑨214

「오대사궐문五代史闕文」 ㉑4

「오대사보五代史補」 ㉑4

오대산五臺山 ③227 ⑧21 ⑪102
⑳193, 206, 209, 227, 242,
329, 330

오대산사고五臺山史庫 ⑤256

「오대산문수사석탑기」 ㉑23

오대십국5代10國 ⑰58, 71

오대징吳大澂 ②171 ⑤23 ⑯126,
172 ⑳185 ㉓236

「오도답파기五道踏破記」 ⑪267

오도리吾都里 ⑤9, 36

오도자吳道子 ㉓280

오도전륜五道轉輪 ③72

오동진吳東振 ⑲59

오딘Odin ⑧64 ⑩238

오라烏喇 ②219

오라영고탑烏喇寧古塔 ⑤175

오라총독烏喇總督 ⑤174

「오락후열전烏洛侯列傳」 ⑨209

오랑도五浪島 ⑳125

오레아드oread ③94

오례五禮 ⑬99

「오례五禮」 ⑰143

「오례의五禮儀」 ⑯63 ⑰144 ⑱
183

「오례의주五禮儀注」 ⑰144

「오례편고五禮便攷」 ⑰144

오로치인Oroches ⑧110

오로크족Orochons ⑧110, 179

오룡거五龍車 ②284 ⑩16, 17

「오륜가五倫歌」 ⑬29, 47, 68 ㉓
84

「오륜행실五倫行實」 ⑯93 ⑰
198 ⑱184

「오륜행실도五倫行實圖」 ⑬45,
46

오르도ordo ⑨234

오를레앙 ⑫151

오릉五陵 ⑥89

오리봉이 ④37

오모オモ ⑦76

오모노누시노카미大物王神 ⑬
197

오모회 ⑤9

오목대梧木臺 ①10

오몬オモん ⑦76

오미近江 ⑧17

오바 쓰네키치小場恒吉 ⑥36

오바쿠판黃檗板 ⑮211

「오백수기품五百授記品」 ⑮251

오보鄂博 ②208, 231 ⑧85, 181
⑨113

오봉五峰 ①50 ④226

오봉루五鳳樓 ⑤60

오봉산五峰山 ②15 ④231, 237,
239, 243, 244 ⑥17, 34, 57

오비디우스Publius Naso Ovidius ②
279 ⑩155

오산문학五山文學 ⑬180

「오산설림초고五山說林草藁」 ⑥

170 ⑦166

오산판五山板 ⑰167

오삼갑吳三甲 ②226

오삼불五三佛 ④156, 159, 162~ 164, 257, 258, 264

오상룡吳祥龍 ㉓289

오선보법五線譜法 ㉓178

오선봉五仙峰 ④61, 80

오선암五仙庵 ④200, 201

「오성통궤五星通軌」 ⑯184

오세문吳世文 ㉑25, 30, 74

오세창吳世昌 ⑯159

오송구吳淞口 ⑪91

오수전五銖錢 ⑥20

오스본H. F. Osborn ⑨52

오스탸크Ostyak ⑦290, 291

오스트리아 ⑲84, 85, 87, 88

오스티악Ostiak ⑧109

오시리스Osiris ⑩83

오시마 요시마사大鳥義昌 ⑯131

오시천 ②79

오십삼불五十三佛 ④263

오쓰大津 ⑳55

오아烏鴉 ⑤348

오아자요시다大字吉田 ⑬199

오악五嶽 ②325 ③163

오악五嶽 숭배 ⑧30

오어사吾魚寺 ㉑52

오언후吳彥侯 ⑰124 ㉓249

오연룡吳延龍 ⑭193

오연총吳延寵 ⑰78

오와리尾張 ㉑79, 83, 85, 116

오우관烏羽冠 ②284

오원吳瑗 ④181, 182

오월吳越 ⑰77, 79 ⑱72

오월왕吳越王 ⑰71, 72, 74

오위五衛 ⑮126

오위도총부五衛都摠府 ⑰137

오유산五楡山 ③31

오음회吾音會 ②162 ⑤9, 11

오이烏伊 ⑩20

오이라트 ⑱129

오이세누산不老山 ⑧16

오이켄Rudolf Eucken ⑭64

오장烏長 ⑰46

오장경吳長慶 ⑬60 ⑯119 ⑰239

「오장도五臟圖」 ㉓37

오재영吳在英 ②226

오제지신五帝之神 ⑩300

오조유吳兆有 ⑯119 ⑱205

오족협화五族協和 ⑭285

「오주연문장전산고五洲衍文長箋散 稿」 ⑧91 ⑪172 ⑭105 ⑯122 ⑰242 ⑱192 ㉑78, 116 ㉓50, 178, 294

오준吳俊 ㉓236

「오진편悟眞篇」 ⑬56

오채난吳彩鸞 취득설화 ⑩287

오천간五天干 ⑦59

오카다 다케마岡田猛馬 ⑤22

오카미大神 ⑨143

오카핫쿠岡白駒 ⑩184

오쿠니누시노미코토大國主命神 ⑩ 40, 62

오쿠니누시카미大國主神 ⑩60, 61, 63, 65, 75, 322 ⑬144, 148, 188

오쿠니메시노가미大國主神 ⑬137, 139

오쿠메大久光 ⑬197

오케아노스 ⑩87

오키섬隱岐島 ⑳170

오키구루미Oki-kurumi ⑮50, 51, 52

오키나와沖繩 ⑥102 ⑮61, 290 ⑰114, 150, 219, 220, 298

오토 프랑케Otto Franke ⑨172

오토리 게이스케大鳥圭介 ⑯131, 133

오페르트Ernst J. Oppert ⑯113 ⑰234 ⑳275

오함吳晗 ⑨12

오혁吳赫 ⑯161 ㉒131

오현봉五賢峰 ④89

오호게츠히메オホゲツヒメ ⑬197

오호도烏湖島 ⑤470, 471

오호바고大葉子 ⑲118

오호십육국5胡16國 ⑨190 ⑰20, 21, 23, 44

오호해烏湖海 ⑤471

오환烏丸 ③180, 190 ⑧97 ⑨43, 44, 190 ⑭274

「오환선비열전烏桓鮮卑列傳」 ⑨215

옥경玉京 ④239

옥경대玉鏡臺 ③48 ④39

옥계수玉溪水 ⑪105

옥교암玉橋岩 ④263

옥기도玉岐島 ⑳139

옥녀세두분玉女洗頭盆 ④89, 97, 98, 221, 243 ⑪30

옥녀봉玉女峰 ④138, 201, 204, 223, 239, 242, 243

「옥련몽玉蓮夢」 ⑯178

「옥룡집玉龍集」 ㉑25

「옥루몽玉樓夢」 ⑭28 ⑯178 ⑱241 ㉓96

옥류동玉流洞 ①14 ②90 ③165 ④53, 88, 190, 194, 201, 203, 205~211

옥문관玉門關 ⑪168

옥보고玉寶高 ③101 ⑦88, 89, 159, 160, 168 ⑬23 ⑱27 ⑳210 ㉓155

옥보대玉寶臺 ⑦88, 89

옥부선인玉府仙人 ⑦159,

옥부선인玉浮仙人 ⑦159, 161

옥순玉筍 ③128 ④55, 59

옥순봉玉筍峰 ⑳244

옥저沃沮 ②66 ⑥216, 218 ⑫194, 231 ⑬19, 21 ⑭172, 176 ⑰14, 18 ⑱17, 18, 21 ⑳255

「옥저고沃沮考」 ⑥178

옥전봉 ④194

옥지玉池 ③149

옥지玉之 ⑱110

옥천玉泉 ⑤109

옥청玉清 ③193

옥청궁玉清宮 ③126, 132

옥초대沃焦臺 ③66, 68, 70, 91,
112, 198 ④45

옥초지옥沃焦地獄 ③195

옥충주자玉蟲廚子 ⑮243, 244

옥침서玉琛瑞 ㉓277

옥패玉佩 ④230

옥해玉海 ㉑65

옥황각玉皇閣 ⑤177, 178

옥황정玉皇頂 ⑧32, 35

온달溫達 ⑬151 ㉓93

온돌 ⑨221~226, 228, 230, 231

「온신방辟瘟新」 ㉓39

온씨溫氏 ⑰66

온정溫井 ④224 ⑪30

온정령溫井嶺 ④25, 26, 224, 226,
230, 244

온정리溫井里 ④25, 223~226, 247,
266, 267

온정천溫井川 ④224, 226

온조溫祚 ⑫204 ⑯16 ⑰15

온죠사園城寺 ⑮235

올량합兀良哈 ⑳185

올리버 크롬웰Oliver Cromwell ⑮
119

올림푸스 ⑬23

「옹고집타령」 ㉓91

옹곤Ongon ⑧173, 174

옹관翁觀 ⑮53

옹도瓮島 ⑳167, 168

옹문호翁文灝 ⑨52

옹방강翁方綱 ㉓236

옹천瓮遷 ④229, 268

와대월臥待月 ⑩277

와룡담臥龍潭 ⑪76

와방역 ⑤453, 458

와요瓦窯 ⑰133

와우臥牛 ③21

「와유록臥遊錄」 ③4

와카和歌 ⑬192

와케노 기요마로和氣清麿 ⑮7

와트James Watt ⑭76, 95, 110,
144, 153, 244

「완당집阮堂集」 ⑥174, 175, 183

「완당척독阮堂尺牘」 ⑥174, 183

완산(완산주) ①11, 14 ⑥216 ⑱
55

완산칠구完山七丘 ①14

완안홀도完顔忽都 ⑨245

「완월시서翫月詩序」 ⑩288

완자홀도完者忽都 ⑰101

완전亂田 ①15

왕가훈王可訓 ⑱83 ㉑28 ㉓275

왕거인王巨仁 ㉑28

왕건王建 ①37, 38 ③51 ⑯27 ⑰
52 ⑱56 63, ⑳90

왕검王儉 ②131 ⑦10, 18, 29,
71~76, 82, 103, 122, 260,
261 ⑬103 ⑮51, 52

왕검성王儉城 ⑦303 ⑱10, 11 ⑳
89

왕경오王儆傲 ㉓275

왕계王季 ⑬101

왕고汪古 ⑮53

왕관산王冠山 ⑬33

왕국유王國維 ⑨20, 30

「왕궁만타라도王宮曼陀羅圖」 ⑰
126 ㉓279

「왕대종록王代宗錄」 ㉑24

왕대해王大海 ⑳266

왕덕림王德林 ⑤58

왕도王燾 ㉓21

「왕랑반혼전王郎返魂傳」 ⑬53,
54

왕릉리 대분大墳 ㉓270

왕립아시아협회Royal Asiatic Society
㉓115

왕망王莽 ⑥114 ⑨197

왕발王勃 ⑨135 ⑭75

왕사궤王思机 ⑬54

왕사례王思禮 ⑰44 ⑱44

왕사정王士禎 ⑰45 ㉑62 ㉓292

왕산악王山岳 ⑱27 ㉓155

왕석곡王石谷 ⑤237

왕수인王守仁 ㉓230

왕숙화王叔和 ㉓20

왕심리枉尋里 ⑥181

「왕씨전증王氏箋證」 ⑨218

왕양王襄 ⑦181

왕양명王陽明 ④136 ⑮75

「왕오천축국전往五天竺國傳」 ⑪
290 ⑰46 ⑱49 ⑳103 ㉒170

왕우군王右軍 ㉓244

왕우묘王旰墓 ⑥123 ㉓264

왕유王愉 ㉓25

왕유王維 ③101 ㉓280

왕유릉타王有陵陀 ㉓20

왕인王仁 ⑥74 ⑬192 ⑰42 ⑱29

왕절부王節婦 ⑬41

왕준王綧 ⑰96

왕지아세王稼穡 ⑲73

왕징웨이汪精衛 ⑲105

왕청汪清 ⑤37

왕충王充 ⑦59 ⑨118

왕칙정王則貞 ⑱71

왕탁王鐸 ㉓236

「왕포귀범王浦歸帆」 ⑥81

왕헌지王獻之 ㉓235, 250

왕험王險 ⑦10, 72~75, 78~82,
122, 123, 128~130

왕험성王險城 ⑦26, 27, 82, 124,
125

「왕형공집王荊公集」 ⑰166

왕환王環 ⑳113

왕흥사王興寺 ⑥72

왕희지王羲之 ⑥91, 96 ⑯181 ⑱
57, 164 ㉓235, 239, 248,
250, 301

왜, 왜구 ⑭176, 177, 178, 179
⑱29~32, 43, 45, 71, 78, 79,
101 ⑲119, 120

왜감자 ⑰221

왜개자倭芥子 ⑰173

왜관倭館 ⑰190, 191

「외국열전外國列傳」 ⑨214

외금강外金剛 ③10 ④19, 25, 88,
117, 144, 149, 174, 194, 201,

202, 211, 224, 225, 244

「외대비요外臺祕要」 23 21

외몽고外蒙古 9 251

외산팔담外山八潭 4 219

외선담外船潭 3 151 4 169

외원통外圓通 4 174

요고토ㅋゴト(壽詞) 13 84

요극일姚克一 23 248

요遼 14 131 16 34, 36, 37, 41

요녕遼寧 11 117

요동遼東 5 287, 355, 359, 406
6 133 9 37 11 131, 132 13 136
17 111

요동동부변장遼東東部邊牆 5 411

요동벌, 요동벌판 5 293~297,
300, 301, 378, 383, 388, 391,
393, 395, 396, 398, 402~404,
407 5 422, 435

요동군 5 309~313, 335, 336,
369

요동성 5 203, 311, 313, 314,
318, 324, 328, 434 18 34, 35

「요동지遼東志」 5 330, 418, 419,
471

요문窯門역 5 156

「요사遼史」 5 52 9 15, 101, 130

「요산당외기堯山堂外記」 5 474

요수遼水 5 335 17 39 18 14, 35,
42

요수姚燧 17 98 23 277

요수성遼隧城 5 336

요시노쵸吉野町 5 165

요시다 도라지로吉田寅次郎 20 152

요시히토嘉仁 16 164 18 235

요양遼陽 5 287, 308, 315, 432
11 132

요양대회전遼陽大會戰 5 306

요양성遼陽城 5 366 11 132

요원지姚元之 5 348

요족獠族 13 111

요철법凹凸法 23 291

요택遼澤 5 336, 337

요하遼河 5 334, 343, 353~361,
364, 365, 369, 370~373, 376,
413

요하투遼河套 5 360

요해遼海 5 413, 414~420

요헬슨Vladimir Ilich Jochelson 9 84

요흑黝黑 3 196

욕패辱牌 15 29

「용감수경龍龕手鏡」 17 72

용강龍岡, 용강군 6 17, 64, 105
14 129, 269

용강군 화상리 감총龕塚 6 128

용강군 매산리 대총大塚 6 128

용곡담龍谷潭 4 82

용골산龍骨山 11 13

용광龍光 9 134

용광검龍光劍 7 113 10 16

「용기론」 14 283

용담산龍潭山 5 170

용두리 1 55

용명대화상龍溟大和尙 1 28

용문龍門 11 98 15 242

용문재龍門齋 ②28

용봉단龍鳳團 ⑰33

용봉상마차선龍鳳象馬車船 ⑰90

「용비어천가龍飛御天歌」 ⑤240,
370, 418 ⑥134, 137 ⑫33 ⑬
31, 33 ⑰135 ⑱123 ㉓84,
85, 167

용상담龍象潭 ④82

용선전龍船殿 ④191

용성龍城 ⑤314 ⑰18

용수龍樹 ⑮187~189, 195, 197,
199, 231

용수폭포 ①58

「용수보살약방龍樹菩薩藥方」 ㉓21

용수석龍鬚席 ⑰76

용신龍神신앙 ⑨72

용안대龍顔臺 ①24

용암龍嵓 ㉑52

용암포龍巖浦 ⑪90 ⑲8, 9

용연龍淵 ②22 ③34 ㉑52

용연폭龍淵瀑 ⑳246

용왕굿 ⑩269

용왕담龍王潭 ②57 ⑪61

용왕묘龍王廟 ②331

용월면 ⑥17

용유담 ⑳210

「용의 진화The Evolution of the
Dragon」 ⑦276

용장산성龍藏山城 ⑰92

「용재총화傭齋叢話」 ③219 ⑥1
⑧95 ㉓9535

용정龍井 ⑤14, 17~24, 26 ⑲44

용주사龍珠寺 ⑮153 ㉒172

용천龍川 ⑰174

「용천담적기龍泉談寂記」 ㉓95

용천사涌泉寺 ㉑8, 96

용추龍湫 ③200

용추연龍湫淵 ④82

용표龍票 ⑤302

용풍廊風 ⑬122

용화향도龍華香徒 ⑧89, 91 ⑰67

우가장牛家庄 ⑤341, 407

우가키 가즈시게宇垣一成 ⑲99,
102

우가하丂哥下 ⑱86, 87

우교무소宇交懋昭 ⑨14

우군체右軍體 ㉓250

우군칙禹君則 ⑯95 ⑰200

우낭간Unangan ⑧108

우돌于咄 ⑬38

우두천왕牛頭天王 ⑩245

우두국牛痘局 ⑤228

「우두단기문牛頭檀記文」 ⑦60

우두봉牛頭峰 ③50, 66 ④40, 45

우두술牛痘術 ⑯99 ⑰203

「우두신설牛痘新說」 ㉓53

우두전단牛頭栴檀 ⑦21, 22, 55,
314

우라얼烏拉爾 ⑤150

우랄알타이 ⑧103, 116, 127,
170, 173, 174

우랄알타이어족 ⑨38, 175 ⑭
272 ⑮59, 131 ⑨175 ㉒201

우르마섬ウルマノ島 ⑳111

우르시스Sabbathino de Ursis ㉓61

우륵于勒 ⑦159 ⑬23 ⑭73 ⑱28
　㉓156

우륵선 ⑫209

우릉于陵 ⑰63 ⑱79, 80 ⑳110,
　119

우릉도芋陵島 ⑳111, 113, 124

우릉성주羽陵城主 ⑳112

「우리나라역사」 ⑱254, 255

「우마의방牛馬醫方」 ㉓31, 54

우명월芋明月 ⑩316

우문씨宇文氏 ⑨43 ⑰21, 23

우문일두귀宇文逸豆歸 ⑰21

우미인초虞美人草 ②198

우바리優婆離 ⑮149

우발수優渤水 ⑩18, 33

우부ウブ ⑧85, 86

우부스나産土 ⑧85 ⑨113

우부스나노카미産土神 ⑧85

우부스네爲産根 ⑧85

우부스미바産住場 ⑧85

우사雨師 ②283 ④240 ⑦8, 99,
　219, 243, 256, 270, 286~288,
　306 ⑧71 ⑩12

우사憂思 ⑬124

우산국于山國 ⑥219 ⑰63 ⑱79
　⑳110, 112, 118, 165, 325,
　326

우산도于山島 ⑳116, 119, 139,
　326

우산무릉등처안무사于山武陵等處
　按撫使 ⑳116, 117

우상虞裳 ①44

우상하禹向夏 ㉓289, 290

우샤스曉天紅光여신 ⑩92, 93

우세남虞世南 ㉓235

우세승통대각국사祐世僧統大覺國師
　⑮160

우수리우수리스크 ⑪221

우수리강 ⑳232

우스펜스키사 ⑫133

우시바 다쿠조牛場卓三 ⑯120

우야소鳥雅束 ⑰66 ⑱75

우에다植田 ⑲66

우여천禹餘天 ③132

우왕禑王 ⑯48 ⑱102~105, 107,
　108, 110

우용정禹用鼎 ⑳107, 157

우우임于右任 ㉓236

우윤문虞允文 ⑰116

우은대사愚恩大師 ④167

우의설화羽衣說話 ④222 ⑩162 ⑬
　181

우의동羽衣洞 ④85

우의봉羽衣峯 ④243

우장牛莊 ⑤334, 335, 341, 343
　352

우전虞傳 ⑬109 ⑮182

우전국于闐國 ⑮187, 245

우정국郵政局 ⑰243 ⑱208 ㉓43

우정총국郵政總局 ⑱231

우좌도宇佐島 ⑳111

「우초속지虞初續志」 ㉓97

우치노와키이라쓰코菟道稚郎子 ⑰

42

우치다內田 [19]66

「우치습유물어宇治拾遺物語」 [10]
125 [15]240

우카산御崎山 [8]16

우키다 히데이에浮田秀家 [21]80,
86

우키타 히데이宇喜多秀家
[17]157, 158

우타ウタ [13]84

우탁禹倬 [11]306 [14]73 [17]108 [23]78

우태인右泰仁 [1]43

우통于筒 [20]242

우통수于筒水 [11]107

「우해이牛海異」 [16]187

「우해이어보牛海異魚譜」 [18]240

우현리遇賢里 [6]163 [14]129 [15]242

욱리수郁利水 [7]77

욱면郁面 [21]25

운거사雲居寺 [11]46

운금폭雲錦瀑 [4]212

운남전惲南田 [5]237

운데르 덴 린덴 [12]137

운룡강雲龍江 [2]52

운무봉雲霧峰 [6]203~206, 232

운문화상雲門和尚 [21]97

운문사雲門寺 [21]8, 23, 68, 96,
102

운문암雲門菴 [1]59, 64

운사雲師 [2]283 [4]240 [7]8, 99,
243, 270, 286, 288, 306 [8]71
[10]12

운상원雲上院 [7]88, 89

「운석집雲石集」 [6]183

「운양집雲養集」 [11]247

운요호雲揚號 [16]115 [17]236

운전면雲田面 [2]19

운종가雲從街 [11]134

운종산雲從山 [6]112

운주문雲住門 [3]44, 45

운초雲楚 [13]38

운칸雲觀 [15]233

운코프스키Unkovski [20]154

운해사雲海寺 [21]8

운향포運餉浦 [20]247

「운회옥편韻會玉篇」 [23]112

울거미 [5]25

울결鬱結 [13]4

울도군鬱島郡 [20]326

「울도기鬱島記」 [20]107

울릉도 [2]90, 200 [18]80 [20]108~
135, 137~141, 145~158, 161,
162, 164, 165, 168, 169, 170,
174~182, 326~328

울연鬱淵 [4]64

울지경덕尉遲敬德 [5]340, 384 [11]
131

울지을승尉遲乙僧 [23]291

울진현 [20]118, 119

웅녀熊女 [4]240 [7]9, 243, 252,
253, 271, 272, 295, 296, 303,
321 [10]24, 163

웅문선熊文燦 [5]149

웅심산熊心山 [2]284, 319 [3]143

7 96 8 24 10 16, 24, 56

웅악성熊岳城역 5 451, 452

웅정필熊廷弼 5 366

웅좌치熊坐峙 11 103

웅주熊州 7 73

웅진熊津 6 78 17 19 18 22 20 246

웅치雄雉 13 122

워단Wodan 8 64

워싱턴 11 47, 48 12 169 14 65

워싱턴해군조약 19 101

워즈워드Wordsworth 3 101 12 165

워털루Waterloo 12 157 14 56

원院 17 71

원元 4 34 14 130, 194, 274 16 44,
　45, 46, 47, 48 18 96, 97, 99,
　102, 107

「원각경圓覺經」 17 166 23 134

원각사圓覺寺 14 130 16 62, 67 17
　136, 155 18 168 22 172 23 224

원각사탑 11 174 12 204 22 99

윈강雲崗석굴 15 205, 241

원경충조圓鏡冲照 21 8, 98

원광圓光 22 168

「원광사전圓光師傳」 21 25

「원궁사元宮詞」 17 100, 101

원균元均 16 74, 76 18 152

원납전願納錢 16 110

원당原黨 15 106

원대규元大圭 16 157

원료궤袁了几 13 59

원명선元明善 23 277

원명원圓明園 5 260

「원명원서양건축도圓明園西洋建築
　圖」 5 236

「원부사怨婦辭」 23 86

「원사역문증보元史譯文証補」 9
　19, 144

원산元山 2 13 3 12 4 25, 225,
　267

원세성元世性 18 229

「원수가怨樹歌」 21 44

원숭환袁崇煥 5 367

「원시原始의 실록」 13 169

「원씨물어源氏物語」 13 163, 182~
　184, 186

원인류原人類 9 51

원암면 6 17

「원왕생가願往生歌」 21 44

「원위석담시전元魏釋曇始傳」 21 22

원정圓淨 4 107

「원조비사元朝秘史」 9 19, 28,
　146 10 246, 247, 249

원종元宗 16 43, 44 18 95

「원종문류圓宗文類」 15 168, 218

「원중기元中記」 10 85, 86

원진圓珍 20 60, 61

원천석元天錫 11 307 23 78

원측圓測 14 73 15 190, 191 22 169

원탕구元湯垢 23 275

원통암圓通庵 4 82, 110, 117,
　118, 121, 122, 131, 174

원평院坪 1 42, 43

「원평성쇠기源平盛衰記」 15 240

원표元表 22 170

215
최
남
선
한
국
학
총
서
색
인

「원해합전猿蟹合戰」 13 181, 182

「원형석서元亨釋書」 23 268

원화源花 7 225 8 49, 50, 90, 92
10 201, 261

「원화군현지元和郡縣志」 10 285

「원화기原化記」 10 105

원효元曉 6 94, 95, 96 10 197 14
73, 119 15 147, 158, 166,
193~197, 199, 200~203, 283
16 25, 193 17 47, 48 18 39, 40
21 26, 27 22 99, 168, 169 23
107

「원흥元興」 23 74, 75

원흥사元興寺 15 146

월광月光 3 222

월당月塘 1 12

「월령광의月令廣義」 10 109

월명月明 18 57 23 69

월명사月明師 21 44

「월봉기月峰記」 13 64

월병月餅 10 295

「월사집月沙集」 5 409

월산대군月山大君 13 42

월상루月上樓 13 149

월석月夕 10 288, 315

월성月城 6 89, 90, 93

월송선사月松禪師 4 110

월송정越松亭 11 243

월식月食 8 174

「월식주고月食籌稿」 23 13

「월왕효경신의越王孝經新義」 17 79

「월인천강지곡月印千江之曲」 13 33,

50 16 178 18 123 23 84, 85

월전月顚 21 41

월정교月精橋 13 152

월정리역月井里驛 3 10

「월정만필月汀漫筆」 5 445

월정사月精寺 11 104, 107 20 223
22 174

「월정화月精花」 23 74, 75

월지月氏(월지국月氏國) 4 162, 163,
263, 264 9 44 11 285

월출봉月出峯 4 61, 138, 176

월출산月出山 20 193, 329

월파루月波樓 11 9

웨베르Carl R. Waeber 16 127~
129, 135, 137 18 215, 216,
219, 221, 222

웨스트민스터 12 162

웰링턴 12 161

위魏 6 20, 56, 114 13 29

위구르 15 183

위국蔿國 9 135

위나암尉那岩 6 144 214

위담魏澹 21 58

위덕왕威德王 17 42

「위략魏略」 21 63, 123

위례성慰禮城 7 73 10 69 106 18
22

위르효 14 62

위만衛滿 6 55, 121 7 8, 11, 24,
72 16 13, 14 17 12, 13 18 14,
15, 18 22 94, 100

위만조선衛滿朝鮮 6 55 7 11, 40,

214 ㉑123 ㉒6, 101

위봉루威鳳樓 ⑬23 ⑰90

위봉사威鳳寺 ⑮151 ㉒173

위부인衛夫人 ㉓235, 250

「위생방衛生方」 ⑯186 ㉓35

「위서魏書」 ⑤361 ⑦8, 25, 58,
243 ⑧97 ⑨40, 98, 103, 108,
120, 128, 132, 140, 207 ⑩
110, 231, 239 ㉑22, 57~64,
122, 123

위성화魏聲龢 ⑤349

위속韋續 ㉓238

위수渭水 ⑪199

위수魏收 ㉑57

위씨조선衛氏朝鮮 ⑥55

「위씨춘추魏氏春秋」 ㉑61, 63

위안스카이袁世凱 ⑨3 ⑯119,
125~131 ⑰239 ⑱205, 208,
209, 216~218 ⑲84, 86

위연리渭淵里 ②62

위요삼잡圍繞三匝 ③139

「위전魏典」 ㉑61

「위지魏志」 ⑤361 ⑦260 ⑩214
⑬141 ㉑21, 63

「위지魏志」 동이전東夷傳 ⑧87

위지발질나尉遲跋質那 ⑮245

위지을승尉遲乙僧 ⑮245

위징魏徵 ⑪203

위풍衛風 ⑬122, 123

위풍魏風 ⑬123

위하韋河 ⑤98

위화韋花 ⑩16

위화도威化島 ⑪13 ⑯49 ⑰111

위화도회군 ⑬31

윈난雲南 ⑰115

윌리엄 리버스William Halse Rivers ⑨
71

「윌리엄 텔」 ⑯160

윌리엄 페리W. J. PerryPerry ⑨71

윌리엄 프리스Sir William Henry
Preece ⑪112

윌슨Thomas Woodrow Wilson ⑯
207, 212 ⑱246 ⑲48, 50,
86~88, 95, 128, 131

「윌슨 미대통령에게 보내는 의
견서」 ⑲141

유가종瑜珈宗 ⑮189

「유견자방劉涓子方」 ㉓23

유겸有謙 ㉓292

유공권柳公權 ⑰124 ㉓229, 236,
248

유과자油果子 ⑨253

유구琉球 ⑰113, 114

유근柳瑾 ⑯161

「유금강내외산제기遊金剛內外山諸
記」 ④111, 205, 224

「유금강산기遊金剛山記」 ④65,
96, 110, 150

유금필庾黔弼 ③24

「유기留記」 ⑰122 ㉑106 ㉓299

유길준俞吉濬 ⑯136, 137, 157,
158, 160 ⑱229

유남柔男 ⑧123

유니하游泥河 ⑤340

유달柳達 ㉓38

유담년柳聃年 ⑱141

유당柳黨 ⑮106

유대치劉大致 ②224, 225 ⑮171
　　⑯122~125, 223 ⑰242

유덕사비有德寺碑 ㉑23

유덕승劉德昇 ㉓233, 235

유덕장柳德章 ⑯183 ㉓286, 287

유도幽都 ⑨5, 7

유두流頭 ⑰91 ㉒83

「유두류록遊頭流錄」 ⑦165

유득공柳得恭 ⑤398, 403 ⑯92,
　　179 ⑰197 ⑱182, 242 ⑳165
　　㉓62, 209, 251

유랴쿠천황雄略天皇 ⑬93, 149 ⑮
　　244

유루劉累 ⑪249

유리명왕瑠璃明王 ⑩210, 237

유리왕瑠璃王(琉璃王) ②308 ⑥139
　　⑦68, 119 ⑬28, 133, 147~
　　149 ⑮78 ⑰51 ㉓72, 98

유리설화遊離說話 ⑩61, 123, 155

유리이사금儒理尼師今 ⑬28, 97

「유림가儒林歌」 ㉓84

유마維摩거사 ④128, 211

「유마경維摩經」 ⑮223, 229

유마암維摩庵 ④223

유명국柳明國 ⑯166

「유명록幽明錄」 ⑩114

유명비留名碑 ③24

유몽인柳夢寅 ⑦165 ⑩182 ⑮106
　　㉓95

「유문사실柳文事實」 ㉑74

「유문익공가장금석록俞文翼公家藏
　　金石錄」 ⑥175

유방자劉房子 ⑤195

유방제劉方濟 ㉒183

유벌流筏 ②63

「유변기략柳邊記略」 ⑨227, 228

유본정柳本正 ㉓289

유봉석劉奉石 ⑳139

유사납柳思納 ㉓166

유사눌柳思訥 ㉓86

「유산가遊山歌」 ㉓89

유산국流山國 ⑳114, 115

유서劉恕 ㉑58

「유선사遊仙詞」 ③127

유성룡柳成龍 ⑮106 ⑯79 ⑰174

유성준俞星濬 ⑯157

유소柳韶 ⑭193 ⑱74

유수濡水 ⑱14

유수도留守道 ⑫102

유숙劉淑 ㉓288, 290

유승간劉承幹 ㉓121

「유식간정唯識刊定」 ㉑28

「유식삼십송唯識三十頌」 ⑮189

유식종唯識宗 ⑮190, 191

유신惟神 ⑥6

유신維新 ⑯125, 143, 164

유신柳伸 ⑰124

「유심안락도遊心安樂道」 ⑮198

「유씨삼대현행록劉氏三代賢行錄」
　　⑬65

유아사 구라헤이湯淺倉平 ⑲96

유암사楡岩寺 ③6

유양幽壤 ③196

「유양잡조酉陽雜俎」 ⑨242 ⑩94, 95, 144, 313 ⑳255

유어우柳於于 ⑪117

유엔, 유엔군 ⑭238, 246

유연柳衍 ㉑66

유영경柳永慶 ⑮106 ⑱170

유영모柳永模 ⑪87

유영표劉英杓 ㉓289

유용劉墉 ㉓236

유우柳藕 ⑱142 ㉓284

유운공乳雲公 ③182

유응규庾應圭 ⑪18

유이손柳耳孫 ⑬43

유인석柳麟錫 ㉒147

유인원類人猿 ⑨50, 51, 56, 58, 73

유인원劉仁願 ⑥78

유일부劉日夫 ⑳139

유일선柳一宜 ⑯159

유자광柳子光 ⑱138 ㉓168

유자량庾資諒 ⑰67

유재소劉在詔 ㉓288

유적俞廸 ㉑66

유점사楡岾寺 ④140, 145, 149, 150, 153~158, 162, 163, 165~169, 190, 216, 225, 257 ㉒174

「유점사기楡岾寺記」 ④162

유정惟政 ④165 ⑱169 ㉒171

유정관流精觀 ③133

유정현柳廷顯 ⑱119

유제한도미법有制限渡米法 ⑳14

유조변柳條邊 ⑤411

유중림柳重臨 ㉓60

유지幽摯 ③196

유지기劉知幾 ㉑63

유진동柳辰仝 ㉓258

유차儒茶 ⑰33

유채油彩 ㉓291

유척기俞拓基 ⑥174

유천庾闡 ⑦233

유천간留天干 ⑦59

유최진柳最鎭 ㉓288

유카기르Yukaghir ⑧109

유통분流通分 ⑮223

유한돈俞漢敦 ⑥173~175

유한준俞漢雋 ㉓287

유항柳沆 ⑬43

유향劉向 ⑬43

유헤메로스Euhemeros ⑨118

유헤메리즘Euhemerism ⑨118

전유형全有亨 ⑱163

유형원柳馨遠 ②335 ⑭105 ⑯92, 100 ⑰197, 204 ⑱182, 190 ㉓209

유호인俞好仁 ⑯66 ⑰154

유홍규劉鴻逵 ⑱206

유화柳花부인 ⑤157 ⑩33 ⑩16, 17, 24, 33 ⑬148

유효통俞孝通 ㉓32

유훈율柳勳律 ㉓246

유휘문柳徽文 ④261

최남선 한국학 총서 색인

유흥도遊興道 [13]36

유희柳僖 [16]187

유희춘柳希春 [16]66 [17]154

유희해劉喜海 [6]185 [23]121

육대사六大師 [10]221

육도六塗 [13]7

육동六同 [13]100

육반산六盤山 [11]180

육부六部 [14]193 [18]64

육북肉北 [15]106

육성六星 [14]259

육소형陸紹珩 [11]190, 226

육신六臣 [10]221

육십치 [20]329

육영공원育英公院 [16]129 [18]210

육영당育嬰堂 [5]228

육예六藝 [14]144

육왕해귀陸往海歸 [4]25

육율六律 [13]100

육이오사변6·25事變 [14]241 [15]70

「육자배기」 [13]31 [23]89

「육전조례六典條例」 [23]174

육정육갑六丁六甲 [13]57

육진六鎭 [5]16, 32, 29

육창六窓 [14]218

육체Oyeye [8]179

육취론六趣論 [3]181

육화암六花岩 [3]172 [4]228

육화형六花形 [2]177

윤관尹瓘 [2]17, 218 [6]198, 206,
213, 214, 222, 223 [12]194 [14]
193 [16]35 [17]62 [18]75 [20]231

윤달규尹達圭 [11]173

윤덕영尹德榮 [16]157

윤덕희尹德熙 [23]285, 288

윤두서尹斗緒 [16]182 [23]285

윤백남尹白南 [23]224

윤백호尹白湖 [11]218

윤봉길尹奉吉 [19]66, 67, 100

윤사국尹師國 [4]141

윤사웅尹士雄 [11]216 [14]137 [16]59,
183 [17]134 [18]121

윤서尹西 [15]106

윤선거尹宣擧 [15]107, 114

윤선도尹善道 [16]177 [23]80, 169

윤세복尹世復 [19]26

윤수겸尹守謙 [20]121

윤순尹淳 [16]181 [18]242 [23]285

윤승훈尹承勳 [15]106

윤시병尹始炳 [16]153

윤신지尹新之 [23]284

윤안지尹安之 [17]121

윤용尹熔 [23]288, 286

윤원형尹元衡 [16]65 [17]153 [18]139

윤의립尹毅立 [23]283

윤인첨尹麟瞻 [7]219

윤임尹任 [16]65 [17]153 [18]139

윤자승尹滋承 [16]116 [17]236

윤정현尹定鉉 [6]176

윤증尹拯 [11]173 [15]107, 114 [16]85
[17]187 [18]178

윤지완尹趾完 [20]146

윤지충尹持忠 [16]101 [17]205

윤집尹集 [5]250

윤치호尹致昊 [16]139, 141, 155, 158 [19]23

윤태준尹泰駿 [16]123, 124 [17]243

윤평尹泙 [23]277

윤필상尹弼商 [18]130

「윤하정삼문취록尹河鄭三門聚錄」 [13]66

윤해尹侅 [23]278

윤효정尹孝定 [16]155 [18]230

윤후익尹後益 [23]38

윤휴尹鑴 [14]139 [15]107, 110, 111, 114 [16]84 [17]186 [18]178

「율계낭인징록栗溪浪人徵錄」 [6]203

율고栗糕 [9]254

율곡栗谷 [15]114 [21]52

「율려정의律呂正義」 [23]13, 178

「율려정의후편律呂正義後編」 [23]178

「율려통의律呂通義」 [23]16

율종律宗 [4]180

융량소隆良所 [5]229

융릉 [12]104

융은전隆恩殿 [5]215, 216, 221

융적戎狄 [14]50

융족戎族 [14]177

융천사融天師 [21]31, 35, 44

은고륜恩古倫 [5]346

은구어銀口魚 [11]115

은군자隱君子 [14]265

「은대집銀臺集」 [21]74

은몽고銀蒙古 [9]17

은병銀瓶 [17]189

은사국隱士國, Hermit Nation [15]178

은상殷商 [9]45

은선대隱仙臺 [4]152~155, 175

「은세계銀世界」 [16]160

은율殷栗 [6]105, 106

은진미륵恩津彌勒 [10]184

은해사銀海寺 [22]174

은허殷墟 [9]105

을밀대乙密臺 [5]228 [6]51 [11]10

을사조약(을사보호조약) [16]151 [18]227 [19]11, 14, 24

을사사화乙巳士禍 [16]65 [17]153 [18]140

을사오적乙巳五賊 [16]154

을실乙室 [6]42, 43

을유자乙酉字 [17]166

을지문덕乙支文德 [2]199 [6]61 [12]198 [15]245 [16]19, 83 [17]28, 178 [18]33, 34 [20]11, 28, 54 [22]105

을파소乙巴素 [11]304, 305

을해예송己亥禮訟 [15]110

을해자乙亥字 [17]166

음마하飮馬河 [5]168

음부陰府 [3]193

음산陰山 [9]22~25, 32, 34, 38, 182

음성봉音聲峰 [7]90

「음악지音樂志」(「舊唐書」) [23]217

음즐문陰騭文 [13]58, 60

읍루挹婁 [5]18 [9]217, 219

응덕령鷹德嶺 [2]42, 44, 50

응암鷹岩 ④266

「응제시應製詩」 ⑦12

「응제시주應製詩註」 ⑦303, 306

「의경요람醫經要覽」 ㉓35

의군강습소義軍講習所 ⑲45

의기儀器 ⑥131

「의기집설儀器輯說」 ⑯184 ⑱241
⠀⠀㉓16

의덕義德 ⑳60

「의례儀禮」 ⑥60

「의림촬요醫林撮要」 ㉓35

의문義文 ⑰35

「의방신서醫方新書」 ㉓35

「의방요록醫方要錄」 ㉓34

「의방유취醫方類聚」 ⑰145 ⑱122
⠀⠀㉒99 ㉓32~36, 108, 299

「의방활투醫方活套」 ⑯185 ㉓40

「의산문답醫山問答」 ⑭105

의상義湘 ④110 ⑥94 ⑩197 ⑪
⠀⠀215 ⑫118 ⑮192, 193 ⑯25
⠀⠀⑰47 ⑱41 ㉑27 ㉒169

「의상전義湘傳」 ㉑25

의순意恂 ㉒171 ㉓62

의신義信 ⑪289

「의약론醫藥論」 ㉓33

의열단義烈團 ⑲54, 55, 62, 66,
⠀⠀99

「의옥집疑獄集」 ㉓25

의왕천醫王天 ②139

의용단 ⑲45

의우담義牛談 ⑩114

의운선사義雲禪師 ⑦91

의이산旖旎山 ⑰81

의자왕義慈王 ⑥69, 73, 76, 82 ⑯
⠀⠀22 ⑰37, 38

의정義淨 ⑪286, 290 ⑰45, 46 ⑳
⠀⠀262

의종毅宗(고려) ⑮123 ⑯40, 52 ⑱
⠀⠀80, 82, 84, 93

의종毅宗(명) ⑯111

「의종금감醫宗金鑑」 ㉓39, 49

의죽礒竹 ⑳137

의죽도礒竹島 ⑳111, 120, 124,
⠀⠀127, 134, 135, 153, 173

의창義倉 ⑰69 ⑱64

의천義天 ⑮160~166, 212, 217,
⠀⠀218 ⑯193 ⑰72, 87 ⑱91 ㉑
⠀⠀73 ㉒170 ㉓110

의천속장義天續藏 ⑮161, 168

의친왕義親王 ⑲39, 90

「의학요감醫學要鑑」 ⑯92

「의학요람醫學要鑑」 ⑰198

「의학입문醫學入門」 ㉓38

「의학정전醫學正傳」 ㉓38

의화설화義和說話 ⑨133

의화군義和君 ⑬165, 167

의화단義和團 ⑤260 ⑯173

이가환李家煥 ⑭104 ⑯101 ⑰205

이각李恪 ⑱120

이간李偘 ⑥172 ㉓120, 277

이갑李甲 ⑯157 ⑲24

이강李岡 ㉓250

이강년李康秊 ⑯166

이건명李健命 ⑯86 ⑰188 ⑱179

이건승李建昇 ⑲25

이건창李建昌 ⑤388, 395, 396, 448

이견대利見臺 ⑬154 ㉓71, 191

이경李敬 ⑱158

이경립李慶立 ㉓290

이경방李經芳 ⑯134

이경석李景奭 ④143, 154 ⑪77

이경윤李慶胤 ⑯182 ㉓283, 284

이경전李慶全 ⑮106

이경화李景華 ㉓39

이계李烓 ⑮117

이계복李繼福 ㉑76, 82, 85, 115

「이계집耳溪集」⑤425, 438 ⑥173

이곡李穀 ④29 ⑯52 ⑰102, 121 ㉓204

이공린李公鱗 ㉓280

이공수李公遂 ⑪19

이곽李廓 ⑤250, 251

이관李官 ㉓284, 289

이관용李灌鎔 ③29

이괄李适 ⑯79, 80 ⑰175, 176, 184 ⑱170, 171 ㉓37

이광려李匡呂 ⑤422, 425 ⑯179 ⑰220 ㉓61

이광부李光溥 ㉓257

이광사李匡師 ⑯181 ⑱242 ㉓255, 287, 288

이광수李光洙 ⑪85, 92, 125, 207, 267, 285 ⑫91

이광좌李光佐 ⑯89 ⑰194

이광필李光弼 ⑱83 ㉓276, 301

이교익李敎翼 ㉓288

이구충당李求忠堂 ⑪68

이군해李君侅 ㉓250

이귀李貴 ⑱170

이규경李奎景 ⑪172 ⑭105 ⑯122, 223 ⑰242 ⑱192 ㉑78 ㉓50, 178, 294

이규보李奎報 ⑨132 ⑩68 ⑯52 ⑰87, 121 ⑱90 ㉑74 ㉓94, 204

이규원李奎遠 ⑱215 ⑳155

이극용李克用 ⑨22, 24, 25, 152

이근택李根澤 ⑯152

이긍익李肯翊 ⑰197 ⑱182

이기李琪 ⑰125

이기동李起東 ⑯143

이기붕李起鵬 ⑮94

이기양李基讓 ㉓49

이나바 이와키치稻葉岩吉 ⑦33 ⑨12 ⑩232 ⑬188

이나부네ヰナブネ ⑳58, 59

이녕李寧 ⑯53 ⑰125 ⑱83 ㉓275, 276, 279, 301

이노우에 가오루井上馨 ⑯115, 125, 133 ⑰236, 245, 258, 259 ⑱208, 220

이노우에 가쿠고로井上角五郎 ⑬164 ⑯121 ⑰241

이노우에 코바이井上紅梅 ⑨243

이노크 아든Enoch Arden ⑬72

이누카이犬養 ⑲66

이능화李能和 ㉑125

이달李達 16179

이달伊達 13169

이대정李大楨 16183

이덕李德 13116

이덕무李德懋 5293~295, 321 6 179, 180 11172 1339, 40 16 94, 179 17199, 217 18183, 242 2082 23288

이덕형李德馨 15106 1677 18155

이도구二道溝 5163

이도영李道榮 329

이도철李道徹 16137

이동무李東武 11218, 220 2299

이동휘李東輝 16157 1944, 58, 142

이두국伊豆國 2058

이두, 이두법 86 13124 18122

이락봉耳洛峰 228

「이륜행실도二倫行實圖」 1345, 46

이마가와 사다오今川貞世 15214

이마니시 류今西龍 6186 724, 38, 71, 123 2179, 86, 116, 117, 120

이마이다 기요노리今井田淸德 1999, 102

이마지李馬智 23170

이만李萬 20115

이만부李萬敷 4143

이만영李滿榮 1955

이만운李萬運 1692 18182

이만주李滿住 98 18130

「이맥열전夷貊列傳」 9210

이명기李命基 23286

이명민李命敏 18167

이명영李命榮 1925

이명원李命源 2335

이명한李明漢 11316 2380

이목정梨木亭 314

이무림李茂林 16183

이문전李文田 928

이문진李文眞 17122 2130

이민철李敏哲 2314

이방실李芳實 18100

이방운李昉運 23286

이배련李陪連 23283

이백李白 23150

이백사李白沙 11147

이범윤李範允 2227 523 16166, 173, 174 18244 1944

이범진李範晉 16135, 137

「이법방의론異法方宜論」 2318

이베리아 2031, 35, 37, 38, 39

이벽李蘗 22181

이병모李秉模 1345

이병무李秉武 16155

이병수伊秉綬 23236

이보李補 23134

이복상李福祥 20165

이봉창李奉昌 1966, 99

이불란사伊弗蘭寺 1724

이불해李不害 23282

이붕구李鳳九 16124

이븐 코르다드바 11287

이사 켈레메치Isa Kelemechi 2310

이사李斯 23232

이사금尼師今 758 850 13103

이사부異斯夫 1763 20110, 325

이산본泥山本 21123

이산해李山海 15106 18146 23284

「이상귀휴도二相歸休圖」 23276

이상설李相卨 16163 18Z234 19 14, 25

이상수李象秀 4128, 242

이상은李商隱 565

이상재李商在 16139, 142, 161 19 63

이상적李尚迪 5322 16180 18242 23121

이상좌李上佐 1343, 45 16182 18 165 23282, 283

이색李穡 159 5393, 442, 443 7200, 204 11307 1652 17 108, 121 1898 2268 2358, 78, 107

「이생록顚生錄」 16186

이서李曙 1679 17175 18170

이서구李書九 16179 18242

이석李碩 18161

이선李僐 2124

이선부李善溥 279, 222, 227 16172 20145

이성계李成桂 6135 15116 16 47~50, 171 17110~112 18 102~105, 107, 109 2296

「이성고기利城古記」 6202

이성길李成吉 23283

이성량李成梁 5317

이세伊勢설화 13158

이세민李世民 5435, 440 15115 1835, 36

이세적李世勣 5434

「이소離騷」 1329

이소불李小佛 23283

이소정李少貞 2055, 56, 60

이솝 10278 14270 16160

이수광李睟光 5475 6136 10186 15106

이수산李壽山 11331

「이수산전李壽山傳」 23162

이순몽李順蒙 18120

이순신李舜臣 4116, 165 10221, 309 14138 15117 1672, 74, 75, 77 17158~160 18149, 151, 152, 156 2028, 95, 101

이순지李純之 16183 18121, 126

이순풍李淳風 14223

이숭인李崇仁 5364 1652 17121

이숭효李崇孝 23283

이스라엘 9109 10238 14205 15283, 284

이승기伊升其 18126

이승만李承晚 1594 16158, 224 19 24, 47, 48, 58, 106, 142

이승훈李承薰 7275, 305 15282 1652, 101 17121, 123 17205 1923 2175 22181

이시애李施愛 1661 17136 18128~

최
남
선
한
국
학
총
서
색
인

130

이시영李始榮 14257 1925
이시진李時珍 2251
이시합李施合 18129
이시화李時華 2315
이식李植 16179 18241
이심전李心傳 914
「이십일도회고시二十一都懷古詩」
　13168
「이아爾雅」 835 23112
이안눌李安訥 16179
이암李嵓 16183 17124 2357, 60,
　250, 284
이양실李陽實 20112
이양연李亮淵 16179 2079
이양원李陽元 11313
이어암鯉魚岩 4258
이언적李彦迪 11311 1666 17154
　18142 22148
이언진李彦瑱 144 13173 16179
　18241 23288
이엄李嚴 23282
이여李畲 20131
이여송李如松 5317 1672 17158,
　169 18149, 150
「이역열전異域列傳」 9140, 207
이연경李延慶 1338
이연덕李延德 23170
이연효李延孝 2061
이영李瑛 6172
이영상李令翊 23288
이영윤李英胤 23284

이오李俁 23285
이오니아 15182
이완李浣 11316 1432 1683 17178
　18174 2084
이완용李完用 15146, 147, 153 16
　135, 152, 155, 163, 165, 170
　18234, 238 1914~19
이왕李娃 5250 644
이요李滽 23285
이요헌李堯憲 1695 17200 18186
이용李瑢 16180 18164 23119,
　252, 280, 283
이용구李容九 16154, 155, 168 18
　229, 230, 238 22139
이용림李用霖 23290
이용익李容翊 16146, 149, 156 18
　225
이용직李容稙 16170 1938
이우李瑀 6172 23119, 284
이우상李虞裳 1156
「이운지怡雲志」 6182, 221
이원긍李源兢 16161
이원명李源命 2397
이원부李元符 23249
이원익李元翼 11313 15106 1687
　17188 18176 20156 2386
이원풍李元豐 2339
이위종李瑋鍾 16163 18234
이유원李裕元 16120 17224, 240
　18206
이율곡李栗谷 1338
이은찬李殷瓚 16166

이음부異音符 ⑬114

이의李義 ㉓284

이의립李義立 ⑪65, 66 ⑭83, 100

이의민李義旼 ⑮124

이의방李義方 ⑮124

이의복李義復 ②211

이의양李義養 ㉓288, 289

이이李珥 ⑬38 ⑯66~69, 177 ⑰
154, 156 ⑱142~145, 164 ㉒
147, 149, 157 ㉓79, 257, 284

이이다 가쿠베에飯田覺兵衛 ⑰163

이이명李頤命 ⑯86 ⑰188 ⑱179

이이첨李爾瞻 ⑮106 ⑱170

이익李瀷 ⑭105 ⑮282 ⑯92 ⑰
197 ⑱182, 240 ⑳147 ㉒147
㉓41, 60

이인로李仁老 ⑯52 ㉑74 ㉓245,
276

이인문李寅文 ⑯182 ㉓286, 287

이인복李仁復 ⑰121

이인상李麟祥 ㉓286

이인성李仁成 ⑳139, 140

이인영李麟榮 ⑯166

이인임李仁任 ⑫34

이인좌李麟佐 ⑯88 ⑰193 ⑱179

이인직李人稙 ⑯159, 160 ㉓224

이잉李仍 ㉓285

이자겸李資謙 ⑱80

이자나기伊耶那岐(伊邪那岐) ⑩56
⑬194~196

이자나미伊邪那美 ⑬96 ⑩56 ⑬
194~196

이자덕李資德 ㉓275

이자성李子晟 ㉓276

이장손李長孫 ⑪218 ⑭138 ⑯77
⑰161 ⑱157

이재李縡 ④262 ㉓285

이재곤李載崑 ⑯155

이재관李在寬 ㉓288

이재면李載冕 ⑯135

이재명李在明 ⑯168 ⑱238 ⑲16

이재선李載先 ⑱204

이전李佺 ⑰125 ㉓276

이전직李全直 ⑰164

이정李霆 ⑯182

이정李楨 ⑱165 ㉓283, 284

이정李霆 ㉓282

이정구李廷龜 ⑯179 ⑱241

이정규李廷珪 ⑰31

이정기李正己 ⑰44 ⑱44

이정민李鼎民 ㉓289

이정보李鼎輔 ㉓80

이정운李鼎雲 ⑤447

이정청釐整廳 ⑰209

「이제가기李磾家記」 ㉑22

이제마李濟馬 ⑪220 ⑭105, 139
⑯186 ⑱239 ㉓40

이제현李齊賢 ⑫34 ⑬32 ⑯52 ⑰
98, 108, 121 ⑱98 ㉓249,
277, 280

이조년李兆年 ⑪306 ㉓78, 280

이조묵李祖默 ㉓121, 289

이조선裏朝鮮 ⑳329

이조연李祖淵 ⑯123, 124 ⑰243

이존부李存夫 ㉓276

이존오李存吾 ⑪306 ㉓78

이종관李鍾觀 ②227

이종무李從茂 ⑯58 ⑰130 ⑱119

이종우李鍾愚 ㉓256

이종인李種仁 ㉓50

이종준李宗準 ㉓282, 284

이종태李鍾泰 ㉓258

이준李儁 ⑯155, 163 ⑱128, 230, 234 ⑲14

이준경李浚慶 ⑬38

이준명李浚明 ⑳151

이준이李俊異 ㉓275

이중부李仲孚 ⑦221

이중하李重夏 ②227 ⑯173 ⑱243, 244

이중환李重煥 ②329 ④253, 255 ⑪245 ⑯92 ⑱182

이즈모出雲 ⑧16, 17, 40 ⑨155 ⑬198

이즈모대사出雲大社 ⑧16

이즈모산出雲山 ⑧16

이지강李止堈 ⑱167

이지나飯綱신사 ⑧41

이지란李之蘭 ⑪309

이지용李址鎔 ⑯149, 152 ⑱225

이지함李之菡 ③127 ⑪26 ㉒132

이진李瑱 ㉑66

「이진가夷振歌」 ⑬144

이진룡李鎭龍 ⑯166

이진영李眞榮 ⑰164 ⑱159

이집트 ⑥102 ⑨74, 75, 109,

116 ⑩83, 151, 154 ⑭134, 214, 251 ⑮50

이집트학 ⑮29

이징李澄 ㉓283

이징옥李澄玉 ②199 ⑥137 ⑱128

이차돈異次頓 ⑮147 ㉒164, 165

이창령李昌齡 ⑬58

이창영李敞榮 ③45

이창진李昌珍 ⑳56

이천李蕆 ⑰166 ⑱120, 121, 167

이천伊川 ⑥103

이철만주伊徹滿洲 ⑨9

이청천李靑天 ⑲59

이추李樞 ⑳113

이충李忠 ⑳56

이치무라 산지로市村瓚次郎 ⑨12

이칙정李則禎 ㉑24

이케가미 시로池上四郎 ⑲97, 98

이케다 코엔池田晃淵 ⑳148

이케우치 히로시池內宏 ⑥198, 222

이키壹岐(이키섬) ⑰93 ⑱71 ⑲119

이키나가 다라시息長帶 ⑲116

이탈리아 ⑪37 ⑭55, 68 ⑳38

이탈리아반도 ⑳27, 37, 39, 40, 41

이탕개尼湯介 ⑥171

이태백李太白 ③28 ⑥67, 69 ⑭5, 6

이태왕李太王 ⑬165, 166, 168

이택李澤 ⑪317

최
남
선

한
국
학

총
서

이텔멘Itullmen or Itelmes ⑧108
이토 도우가이伊藤東涯 ㉑80
이토 스케유키伊東祐亨 ⑯131
이토 히로부미伊藤博文 ⑤135 ⑯
  125, 134, 149, 151, 154,
  163~168 ⑱209, 226, 227,
  234, 235, 238 ⑲10, 15, 16
이통하伊通河 ⑤155, 157, 197
이통현伊通縣 ⑮194
이퇴계李退溪 ⑫213 ⑯67 ㉒99
이팔룡李八龍 ㉓287, 289
이표李彪 ㉑58
이하응李昰應 ⑯109, 152, 183 ㉓
  290
이학규李學逵 ⑯101 ⑰205
이학사李學士 ⑯166
「이한림집주李翰林集注」 ㉑74
이한복李漢福 ③29
이한철李漢喆 ⑯182 ㉓288, 289
이항복李恒福 ②23 ⑤424, 456 ⑳
  201 ㉓14, 284
이해룡李海龍 ㉓258
이해조李海朝 ⑯160
이행李行 ⑰146 ㉓58
이허대李許臺 ②90 ④143
이허주李虛舟 ⑪100
이현李袨 ㉓256
이현곤李顯坤 ㉓286
이현보李賢輔 ⑪311 ⑯177 ㉓169
이현일李賢逸 ㉓258
이형익李馨益 ㉓38
이홍장李鴻章 ⑯117, 119, 126,

  128, 130, 134, 143 ⑰238,
  239 ⑱205, 206, 216
이화학당 ㉒193
이환상李奐相 ㉓246
이환추李奐樞 ⑰124 ㉓246
이황李滉 ⑬29 ⑭73 ⑮114, 283
  ⑯66, 68, 177, 193 ⑰
  154~156 ⑱142~144, 164 ㉒
  145, 147, 149, 150 ㉓79, 258
이후원李厚源 ⑬46
이휘준李羲準 ㉓97
이흥효李興孝 ㉓282
이희수李喜壽 ㉓254
이희수李喜秀 ㉓290
이희저李禧著 ⑯95 ⑰200
이히쓰나산飯綱山 ⑧40
「익재난고益齋亂藁」 ⑰122
익종翼宗 ⑰201
익주益州 ⑭131
인각사麟角寺 ㉑8, 70, 78, 91,
  93, 98, 101, 120, 124, 125
인교천황允恭天皇 ⑬116
인당印瑭 ⑱99
인도 ④85 ⑨76, 199 ⑩227 ⑭
  61, 117, 130, 205, 232
인도게르만어족 ⑮59
인도신화 ⑩92, 94
인도중국어족 ⑮59
인도네시아 ⑩157, 227
인도네시안 ⑮47
인도라 ⑨109, 134
「인도지나서지Bibliotheca Indosinica」

23115
인동리仁洞里 228
「인두략引痘略」 2349
「인두비전법人痘鼻傳法」 2349
인드라Indra 10238
인류학 14256, 267
「인류학상으로 본 우리 상대의 문화人類學上より見たる我が上代の文化」 7105
「인명정리문론因明正理門論」 15190
인목왕후仁穆王后 4160 17174
인문신화人文神話 7269 106, 7
인문신人文神 1083, 221
「인문연원고人文淵源攷 23114
인물조신人物祖神」 13132
인번주因幡州 20125~128, 143, 144
인봉印峯 489
인빈印份 2175
인사나아因斯羅我 15244
인삼좌人蔘座 13177
「인생과 신앙」 15300
「인생과 종교」 15300
인수대비仁粹大妃 1341, 42 17216
인왕산仁王山 6181 133
인왕상仁王像 15206
인의현仁義縣 150
「인정론人政論」 14105
「인제지仁濟志」 2339
인조 1331, 44 15110, 211 1653, 79~84, 87, 99, 117, 179, 182,
184 18171~174, 184, 187
인조반정 17175
「인조실록」 23210
인종(고려) 1639, 40, 52, 53 1880~84
인종(조선) 1665, 182 18139, 168
인종학 10226
인주麟州 6140
인지의印地儀 6131 17141 18126
인타라因陀羅 864 1093
인풍루仁風樓 12197
인현왕후仁顯王后 1330
인홍사仁弘社 217, 96
인황人皇 876
일광日光 9122, 124, 125
일광日光 임신설화 9132
일기정一旗亭 255
일년감 17173
일념一念 2123
일등경거도위一等輕車都尉 17184
일라日羅 15246 22167
일람각一覽閣 133
일러전쟁, 일로日露전쟁 5158, 205, 285, 302, 306, 326, 328, 329, 338, 341, 352, 355, 430, 431, 458, 465 20240, 269
일련종日蓮宗 17164
「일리아드」 9133
일만문화협회日滿文化協會 5255
일만이천봉 4247, 258, 262
일본속장경日本續藏經 2179
일본신도日本神道 894 10203

일본신화 ⑨117, 154 ⑩6, 28 40, 48, 51, 55, 62, 70, 75, 78, 98, 206, 207 ⑬189

「일본정부에 대한 통고」⑲141

일본가日本街 ⑤118

「일본기日本紀」⑬139 ⑳97

「일본기략日本紀略」⑳60

「일본서기日本書紀」⑧10 ⑨143 ⑩55, 73, 206 ⑬88, 91, 93, 94, 114, 116, 131, 133, 135, 188, 191, 198 ⑰32 ⑳98 ㉓267

「일본서지Bibliotheca Japonic」㉓115

「일본세기日本世紀」㉒167

「일본신도론日本神道論」⑧44

「일본영이기日本靈異記」⑬53, 187 ⑮240

「일본제기日本帝紀」㉑27

일부다처제 ⑧131

일성정시의日星定時儀 ㉓10

「일승법계도一乘法界圖」⑮193

「일식주고日食籌稿」㉓13

일신학교日新學校 ②75

일심회一心會 ⑲45

「일십팔론一十八論」㉓25

일엄사日嚴寺 ㉑56

일연一然 ⑦7, 44, 57, 243, 270, 298 ⑩8, 9 ⑯52 ⑳144 ㉑13, 18, 70, 72, 78, 82, 85, 94, 96, 106, 120, 121 ㉓106

일요日遙 ⑱159

일요상인日遙上人 ⑰164

일월壹越 ⑬116

일월교식추보법日月交食推步法 ⑱126 ㉓11

「일월교식표日月交食表」㉓13

일월봉 ④175

「일월오성표日月五星表」㉓13

일종日種설화 ⑦65

「일지록日知錄」⑨225

일진회一進會 ⑯154, 155, 163, 166, 168 ⑲14

일청전쟁日淸戰爭 ⑤195, 228, 283, 338, 431 ⑫105 ⑯132 ⑳269

「일체경음의一切經音義」⑮220

일출봉日出峰 ④61, 138, 151

일타지litharge ⑮89

임경업林慶業 ②199 ⑩222 ⑯81 ⑰177 ⑱173

임나任那 ⑲116, 118, 143

임도대감任道大監 ㉑24

임둔臨屯 ⑤310 ⑥55 ⑧22 ⑭172, 176 ⑰13 ⑱19

임병찬林秉瓚 ⑯153

임사홍任士洪 ⑱138

임산林産 ②39

임선준任善準 ⑯155

임숙林淑 ⑰102

임신자壬申字 ⑰166

임안臨安 ⑰75

임어당林語堂 ㉓230

임언林彦 ⑥199

임오군란(임오군변) ⑯118, 119 ⑰
238, 242 ㉒179
「임원경제지林園經濟志」 ⑯187 ⑱
240 ㉓61
「임원십육지林園十六志」 ⑥182 ⑯
193
임원준任元濬 ㉓34 108
임윤지당任允摯堂 ⑬38 ⑯180
임의任懿 ㉓26
「임장군전林將軍傳」 ⑬65
임제林悌 ⑪314
임제종臨濟宗 ⑮146
「임주도적林州圖籍」 ㉑23
임중林重 ⑱167
임진강 ⑤70 ⑳242
「임진록壬辰錄」 ⑬65
임진왜란 ④34 ⑤317, 446 ⑥171
⑫112 ⑯69, 74~77, 92, 103,
197 ⑰157, 161, 163, 164,
169~174, 185, 190, 232 ⑲
143 ⑳95, 101, 240 ㉒70, 99,
105, 134, 137, 171, 179, 180
㉓14, 36, 208
임천각臨川閣 ⑰78 ㉑61
임최수林最洙 ⑯137
임춘林椿 ㉑74
「임치설림臨池說林」 ⑥172
임해전臨海殿 ⑥90, 91 ⑬149
임호林顥 ㉓247
「임화정연林花鄭延」 ⑬66
임황臨湟 ⑰59
임희지林熙之 ⑯183 ㉓286, 287

「입당구법순례행기入唐求法巡禮行
記」 ⑩304, 305 ⑳63, 64, 323
입대월立待月 ⑩277
입석立石 ⑭285 ④257
입석리立石里 ④256
입석면立石面 ⑥17
입석포立石浦 ④257
입암산笠巖山 ①49
입암산笠巖山 ①49
「입학도설入學圖說」 ⑰164
잉게盈哥 ⑰66 ⑱75

ㅈ

자煮 ⑰30
자각대사慈覺大師 ⑮234 ⑳63
자격루自擊漏 ⑯184 ⑰138, 139
⑱121 ㉓10
자공子貢 ⑬101
자금성紫金城 ⑤260
자단紫檀 ⑦111
자라바위 ④61
자란紫卵 ⑧54
자금종紫金鐘 ⑰80
자마석自磨岩 ④258
자말루아딘札馬剌丁 ㉓10
「자문일기紫門日記」 ㉑23
자바 ⑨59 ⑰149, 150
자바원인Ape-man ⑨51, 55
「자복사수장문資福寺繡帳文」 ㉑23
「자산어보玆山魚譜」 ⑭106 ⑯187

⑱240

「자성록自省錄」 ⑰164

자연신화自然神話 ②289 ⑦269 ⑩
6

자연교自然敎 ④20 ⑮39

자연신自然神 ⑩221

「자열서自列書」 ⑭285 ⑯219

자온대自溫臺 ⑥81 ⑳246

자우慈雨 ㉓292

자운담紫雲潭 ④85, 124, 125

자유子由 ⑪201

자유공단自由公團 ⑲45

자유당自由黨 ⑮93, 95, 96

자의대비慈懿大妃 ⑮110

자장慈藏 ①33 ④114 ⑥94 ⑮147
⑱39, 41 ㉒169

「자장전慈藏傳」 ㉑25

「자정경紫庭經」 ③150

자정비慈淨碑 ⑰124

「자조론自助論」 ⑪155

「자지가紫芝歌」 ㉓251

자천대自天臺 ③108

자충慈充 ⑰40

자취정紫翠庭 ③133

「자치통감資治通鑑」 ⑤336, 438
⑨22 ⑮98 ㉑75 ㉓111

「자치통감강목資治通鑑綱目」 ⑤34,
446 ⑰166

자코뱅 ⑮103

「자타카Jataka(闍多伽, 闍陀伽)」 ⑩
172 ⑭270 ⑱52

자하동紫霞洞 ⑪8

「자하동紫霞洞」 ㉓74, 75

자하배紫霞杯 ⑰81

자혜의원慈惠醫院 ②55

작가라斫迦羅 ③169, 180 ⑧27,
28

작갈라灼羯羅 ③169

「작몽록昨夢錄」 ㉒51

작보은사雀報恩事 ⑩125

작암鵲岩 ②22

잠모蠶母 ⑱117

「잠미집蠶尾集」 ㉑62

잠상공사蠶桑公司 ⑱210

「잠서蠶書」 ⑱162

「잠서주해蠶書註解」 ⑱125

잠소蠶所 ⑱117

잠유헌蟄留軒 ⑤179

잡가雜歌 ⑬33 ㉓89

「잡록雜錄」 ⑳263

「잡전雜傳」 ㉓94

「잡화집雜和集」 ⑬140

장희빈 ⑬30 ⑰186

장가노두아莊稼老頭兒 ②171

장가량자張家樣子 ⑤77

장가체長歌體 ⑬47

장갑선裝甲船 ⑭138

장건張騫 ⑥60, 126 ⑨139, 187,
188 ⑪285 ⑮180 ⑯119 ⑰
239 ⑱205

장경왕후章敬王后 ⑯65 ⑰153

장경각藏經閣 ⑭131

장경대長慶臺 ④116

장경봉長慶峰 ④30, 35

장경암藏經岩 ③109 ④35, 103

장계유莊季裕 ⑤241

장고봉張鼓峰 ⑲74, 104

장고산杖鼓山 ⑤184

장군將軍설화 ④125

장군봉將軍峰 ②71, 72, 75, 157, 239, 248, 330, 332 ④62, 124, 125

장군수將軍水 ④124

장군암將軍岩 ④120, 124

장군총將軍塚 ⑥144

장기張機(張仲景) ㉓19

「장끼타령」 ㉓91

「장끼전」 ㉓95

「장단長湍」 ⑬32 ㉓75

장단열張端說 ⑰124 ㉓246

장당경藏唐京 ⑦9

장도릉張道陵 ⑤274 ⑬55, 57

장드르Le Gendre ⑱216

장득만張得萬 ㉓285

장량張良 ⑪53, 54, 55 ⑱18

장려莊厲 ④107

장령자長嶺子 ⑤32

장령전長齡殿 ㉑61

장륙상丈六像 ④70

장릉 ⑫209

장만張晩 ⑪316 ⑯80, 81 ⑰176 ⑱171, 172

장면張勉 ⑮93, 94

장목張穆 ⑨17

장미선녀薔薇仙女 ③143

장박張博 ⑯136, 137

장발국長髮國 ⑳255

장방호구長房壺口 ④213

장백산長白山 ②160, 171, 322, 323 ⑤9, 170, 173, 346, 347, 370 ⑧58 ⑨38, 111, 177 ⑩230~235, 240

장백산맥 ⑤358 ⑳201

장백산휘長白山彙 ②329, 330

장백신묘長白神廟 ②331

장백현長白縣 ②60, ②62

장병겸長柄鎌 ⑰160

장보고張保皐 ⑩304 ⑮234 ⑯26 ⑰48 ⑱49 ⑳50, 52~57, 63, 64, 86, 260, 262, 322~ 324

「장빈조선궁중이야기」 ⑬164, 165, 168

장사長沙 ㉑52

장사도張思道 ⑰149

장사성張士誠 ⑰112

장산군章山郡 ㉑72, 94

「장생포長生浦」 ㉓74, 75

「장생표탑공문長生標塔公文」 ㉑24

장서도張瑞圖 ㉓236

장서암藏書岩 108

장석영張錫英 ⑲39

장수산長壽山 ⑳224, 225, 226, 227, 330

장수왕長壽王 ⑤432 ⑥53, 128, 215, 217 ⑨122 ⑫199 ⑯18 ⑰19 ⑱22, 31, 32

장순용張舜龍 ⑰105

장쉐량張學良 ⑤206, 232, 244,

245, 247 ⑲65

장승업張承業 ⑯182 ⑱243 ㉓ 289, 291

「장씨의방張氏醫方」 ㉓35

장안長安 ⑦93

장안사長安寺 ③40, 44, 45, 65, 74, 86, 104 ④33~36, 46, 47, 63, 80, 88, 224, 244

장안성長安城 ⑰20

「장암長巖」 ㉓74

장약허張若虛 ⑪266

장양호張養浩 ⑤4

장언원張彦遠 ㉓273

장연長淵 ⑥105

장연리長淵里 ③40

장연사長淵寺 ③40 ④27, 28

장영실蔣英實 ⑪216 ⑭104, 137 ⑯59 ⑰134 ⑱121, 167

장예사掌隷司 ⑰213

장예원掌隷院 ⑰213

장욱張旭 ㉓236

장유張維 ⑪64 ⑯179 ⑰172 ⑱ 241

장육금불丈六金佛 ⑳47

장육미륵상丈六彌勒像 ①34

장육불丈六佛 ⑮228

장육삼존상丈六三尊像 ㉑43

「장윤제전張允濟傳」 ⑩113

장의長衣 ⑰216

장인환張仁煥 ⑯167 ⑱237 ⑲16

장일현長日縣 ⑬156

장자莊子 ③140 ⑦155

「장자莊子」 ⑦83, 86, 133, 141, 158, 159, 174, 213, 215, 234

장전長箭 ④25, 225, 267

장전만長箭灣 ④266

장전포長箭浦 ④267

장전항長箭港 ④244, 267

장제스蔣介石 ⑲64, 67, 73, 79, 94~97, 101, 102, 105

장조莊祖 ⑰195

「장중경오장론張仲景五臟論」 ㉓25

장지張芝 ㉓234, 235

장지연張志淵 ⑯155, 161 ⑱230

장진長津 ②23

「장진주사將進酒辭」 ㉓79, 86

장쮀린張作霖 ⑤206, 219, 234, 244, 262 ⑲98

장책업裝册業 ⑪93

장천藏川 ③72

장춘長春 ⑤157, 160, 162, 166, 195

장춘랑長春郎 ㉑53

장춘성長春城 ⑤164, 190

장춘역長春驛 ⑤158

「장타령場打令」 ⑬29

장탄長灘 ⑤359

장탑藏塔 ⑰72

장태소張太素 ㉑58

장평리長坪里 ②51

「장풍운전張豊雲傳」 ⑬64

장하현莊河縣 ⑤453

「장한가長恨歌」 ⑬72 ㉓293

장한상張漢相 ⑳131

장한성長漢城 ⑬154 ㉓71, 191

장한웅張漢雄 ㉓35

장한종張漢宗 ㉓286, 287

장항리獐項里 ②23

장헌세자莊獻世子 ④191

장화루壯化樓 ②24

장화이江淮 ⑰10

「장화홍련전」 ⑬64

장환상張煥相 ⑤126

장황章潢 ⑤472

장흥리獐興里 ②28

장흥역章興驛 ⑤5

재령벌 ⑪9

재만조선인통신 ⑤227

재미한족연합회 ⑲105

재반방齋班房 ⑤214

재속대장再續大藏 ⑮219

재송평栽松坪 ③11

쟁연설화爭娟說話 ⑩261

「저마무전楮馬武傳」 ③91

저명부猪名部 ⑳98

저수량褚遂良 ⑥76 ㉓235

저승(저승관) ③192, 195, 196 201

저우언라이周恩來 ⑲73, 102

저폐楮幣 ⑰189

적광전寂光殿 ①34, 35

적금자赤金字 ③107

적룡담赤龍潭 ④85

적멸寂滅 ⑮196

적멸봉寂滅峰 ④149, 153

적멸암 ④153

적벽赤壁 ④256

「적벽가赤壁歌」 ㉓89, 91

적벽강赤壁江 ④255 ⑪9

「적벽도赤壁圖」 ㉓281

「적벽부赤壁賦」 ㉓251, 293

적산赤山 ②319, 323 ③180, 190, 217 ④44 ⑧97 ⑨177

적산명신赤山明神 ⑮234

적산신赤山神 ③180

적산원赤山院 ⑩304

적상산 ①22

적성積城 ⑦78

적성의翟成義 ④215

「적성의전翟成義傳」 ⑬55, 64 ㉓95

적수루吊水樓 ⑤77

적유령 ⑳237

적전천赤田川 ②16

전가田家역 ⑤458

전가전傳家旬 ⑤118, 130

전계군全溪君 ⑰201

「전공지展功志」 ⑱240 ㉓61

전곽塼槨 ⑥27, 28, 30

전곽분塼磚槨墳 ⑥37, 58

「전국통도全國通圖」 ⑱192

전다煎茶 ⑰33

전단栴檀 ⑦107, 108

전단신진栴檀薪盡 ⑦107

「전단향화성광묘녀경栴檀香花星光妙女經」 ⑮222

「전당시全唐詩」 ㉑28

「전당유사錢塘遺事」 ㉑3

전덕기全德基 ⑯158 ⑲24

「전등록傳燈錄」 ③214

전등사傳燈寺 ⑮149 ㉒172

「전등신화剪燈新話」 ㉓94

전류錢鏐 ⑰72

전륜성왕轉輪聖王 ⑮183

전륜왕轉輪王 ③9 ⑮183

전명운田明雲 ⑯167 ⑱237 ⑲16

전모氈帽 ⑰216

전발剪髮 ⑨206

전봉준全琫準 ⑯130 ⑱217 ㉒138

전서篆書 ⑥23

전설학傳說學 ④23

전숙錢俶 ⑰71, 81

전순의全循義 ㉓32

전씨錢氏 ⑰74

전양석全洋席 ⑨243

전연前燕 ⑰22

전우田愚 ㉒147

전우치田禹治 ④249

「전우치전田禹治傳」 ⑬57

「전운옥편全韻玉篇」 ⑯93 ⑰198
　　⑱183 ㉓112, 113

전원발全元發 ⑰124 ㉓249

전원용鄭元容 ⑰223

전위田瑋 ⑯182

「전위서前魏書」 ㉑62, 122

전유치錢惟治 ㉓229

전유형全有亨 ㉓37

전의감典醫鑑 ⑰147 ㉓29, 37

전자篆字 ⑭134

전종인田宗仁 ㉓275

전주 ①8, 9, 11, 12, 16, 19, 28

전진前秦 ⑬71

전진교全眞教 ⑤271, 273, 275

「전체공용문답全體功用問答」 ㉓44

「전체신론全體新論」 ㉓42

전파설Theory of Diffusion ⑨71

전폐箭幣 ⑰189

전한前漢 ⑥23, 24, 56

「전한서前漢書」 ⑦26

전해산金海山 ⑯166

전환국典圜局 ⑯120 ⑰240 ⑱207

「전후사미인가前後思美人歌」 ㉓86

「절운切韻」 ㉓112

절일節日 ⑬22

절정귀絕頂鬼 ②38

점심청點心廳 ④150

점제비秥蟬碑, 점제신사비秥蟬神祠
　　碑 ⑥64, 169

점제현秥蟬縣 ㉓122

점한秥罕 ⑨195

접부채 ⑰75

접선摺扇 ⑰77

점해왕沾解王 ⑩155

접선摺扇 ⑰77

정가둔鄭家屯 ⑤197, 354, 358,
　　359

정가신鄭可臣 ㉑75

정각산正覺山 ①19

정감鄭鑑 ⑧50, 51 ⑩271 ⑬31

「정감록鄭鑑錄」 ⑯103 ⑰207 ㉒
　　132~136

정강鄭剛 ⑯183

정개청鄭介淸 ⑮109

정견모주正見母主 ⑦77 ⑧45 ㉑20

정겸재鄭謙齋 ⑪100

정경국鄭榮國 ⑯183

정경선鄭敬善 ⑯185

정경세鄭經世 ⑮106

정경흠鄭慶欽 ⑯183

정계비定界碑(백두산) ②79, 210,
　　218, 219, 222~225, 227, 230~
　　233, 238 ⑳186

정계비定界碑(진흥왕비) ⑥182

정고륜正古倫 ⑤346

정공수丁公壽 ⑱87

「정과정鄭瓜亭」 ㉓74, 75

정광필鄭光弼 ⑬38

정국검鄭國儉, ㉑74

정군산定軍山 ⑤366

정난종鄭蘭宗 ⑰166 ㉓135

정년鄭年 ⑳51, 52, 53, 54

정뇌경鄭雷卿 ⑤294

「정대업定大業」 ㉓166

정덕본正德本 ㉑85

정도전鄭道傳 ⑥181 ⑰214 ⑱163
　　㉓29, 84

정동성征東省 ㉑84

정동유鄭東愈 ⑥180

정동행성征東行省 ⑱99

정두원鄭斗源 ⑯98 ⑰203 ⑱187
　　㉓11

정득공鄭得恭 ⑰125 ㉓275

정란종鄭蘭宗 ④71

정렴鄭磏 ⑯66 ⑰154 ㉓282

정령丁零 ⑨140, 209, 260

정령위丁令威 ⑤319

정례頂禮 ④74

정륜탑 ①35

정릉동貞陵洞 ⑮105

정리자整理字 ⑰169

정림사定林寺 ㉑7, 68, 95

정망이鄭望頤 ㉓49

정명국모正明國母 ㉑20

정몽란鄭夢蘭 ⑪49

정몽주鄭夢周 ①60 ②308 ⑤365,
　　439, 447, 451, 454 ⑥151 ⑩
　　221 ⑬29 ⑯50, 51 ⑰108,
　　112 ⑱98, 104, 109 ㉒146,
　　148 ㉓78

정묘호란 ⑤250 ⑰176

정문강丁文江 ⑨52

정문승鄭文升 ㉓289

정미정변丁未政變 ⑱235

정반왕淨飯王 ⑪271

정방政房 ⑮100 ⑱85

정방산성正方山城 ⑪9

정병하鄭秉夏 ⑯122, 131, 136,
　　137 ⑰242

정사암政事嵓 ㉑52

「정산定山」 ㉓75

정상기鄭尙驥 ㉓60

정생鄭生 ㉓256

정서鄭叙 ㉓276

「정석가鄭石歌」 ㉓75

정선鄭歚 ⑱242 ㉓285, 286, 291,
　　302

정성공鄭成功 ⑳275

정세운鄭世雲 16 46 17 109
정수몽鄭守夢 4 110, 111
정수영鄭遂榮 23 288
정순왕후貞純王后 16 102 17 206
「정씨종두방鄭氏種痘方」 23 52
정악正樂 13 28, 33 14 102 23 143,
　　160, 170, 196
정안鄭晏 21 95
정안正安 4 160
정안국定安國 17 61
정안복鄭顔復 23 290
정약용丁若鏞 6 140, 152, 177,
　　222 7 124, 186, 187 11 218
　　14 100, 105, 139 15 282 16 92,
　　99, 101 17 198, 203, 205 18
　　182, 240 22 181 23 39, 42, 49,
　　50, 52, 62, 109, 288
정약전丁若銓 16 101, 187 17 205
　　18 240 22 181
정약종丁若鍾 16 101 17 205
정양正陽 4 74
정양鄭瀁 23 166
정양가正陽街 5 118
정양문 12 129
정양사正陽寺 3 118 4 73~75, 116,
　　191 11 75
정여립鄭汝立 15 108, 109 18 146
　　22 134
정여창丁汝昌 16 66, 119 17 154,
　　239 18 142, 205 22 148
정예남鄭禮男 23 35
정외鄭頠 18 239

정우회正友會 13 164
정운관鄭云瓘 11 50
정운복鄭雲復 16 157
정원淨源 17 72, 73
「정원속계원석교록貞元續開元釋敎
　　目」 15 209
정월대보름 10 280
정유복鄭維復 16 183
정유승鄭維升 16 183
정유재란丁酉再亂　　16 74　17 159,
　　171 23 35
정유점鄭維漸 16 183
정유타丁有陀 23 20
「정을선전鄭乙善傳」 13 64
정음청正音廳 17 135
정읍 23 73, 190
정의단正義團 5 31, 32
정의부正義府 19 94
정이程頤 18 97
정인경鄭仁卿 23 202
정인보鄭寅普 12 95
정인지鄭麟趾 7 10 15 125 16 60
　　17 135, 142 18 121, 131 23 166
정일교正一敎 5 274, 275
정작鄭碏 23 35
정제두鄭齊斗 14 105 22 147
정조正祖 16 89, 91, 93, 94,
　　99~101, 153, 179~183, 185,
　　193 17 167, 195, 198, 204~
　　206, 208 18 181, 183, 185,
　　190, 191, 243
정조靜照 21 101

정족산성鼎足山城 [7]201 [16]112 [17] 234

정종분正宗分 [15]223

정주 [2]25

정주程朱 [15]114 [17]155

정주靜州 [17]61, 200

「정주사산비명精土四山碑銘」 [23]133

정주학程朱學 [17]108 [22]145, 147

정중부鄭仲夫 [15]123, 124 [16]40 [17] 67, 83 [18]84

정지상鄭知常 [7]221 [17]126 [18]80, 82 [23]275

정지용鄭芝龍 [20]275

정지윤鄭芝潤 [16]180 [18]242

정창원正倉院 [12]183 [15]89, 240

정척鄭陟 [23]11

정천익鄭天益 [17]118 [18]106, 107

정철鄭澈 [13]46, 47 [15]108 [16]177 [18]146, 163 [23]79, 80, 86, 88, 169

「정총리대신왕도강연집鄭總理大臣 王道講演集」 [5]186

정태재鄭泰齊 [23]95

정토사淨土寺 [1]64

정토사비淨土寺碑 [17]124

정토종淨土宗 [15]235

정토진종淨土眞宗 [15]235

정파리경淨玻璃鏡 [3]48

정평定平 [2]17 [17]61

정평구鄭平九 [11]170, 173, 218 [14] 101, 138 [16]77 [17]161

정풍鄭風 [13]123

정하상丁夏祥 [16]102 [17]206 [22] 186, 187

정학가丁學嫁 [16]187

정학교丁學敎 [1]17 [16]182, 183 [18] 242 [23]256, 258, 290

정학상丁學祥 [16]187 [18]240

정학연丁學淵 [23]42

정항령鄭恒齡 [16]92 [17]198 [18]192

정현鄭玄 [9]191

정호程顥 [18]97

정홍진丁鴻進 [23]276

정화靖和 [23]273

정황석산正黃石山 [11]62

정효서鄭孝胥 [23]236

정효항鄭孝恒 [17]142

정후겸鄭厚謙 [16]91 [17]195

정흠지鄭欽之 [16]183

제齊 [8]18, 79 [13]140

「제가역상집諸家曆象集」 [16]184 [23] 10

제갈량諸葛亮 [6]96 [11]199

제거濟渠 [20]63

「제경경물략帝京景物略」 [10]283

제국대장공주齊國大長公主 [9]233 [17]94, 98, 106

「제국신문帝國新聞」 [16]159

「제국풍상기諸國風上記」 [13]187

제귀除鬼 [13]117

제납박타提納薄陀 [15]222

제너Edward Jenner [14]78, 270 [16] 99 [18]240

제너럴 셔먼호 [16]113, 114, 117

⑰234 ㉒190

제당연祭堂淵 ⑩222

제동소祭東所 ⑨101

「제동신성모문祭東神聖母文」 ⑦181

제례祭禮 ⑨176 ⑬94

제례악祭禮樂 ⑬111

제루씨騠鞻氏 ⑬112

제르비용 ㉓37

「제망매가祭亡妹歌」 ㉑44

제물포 ⑭270

제물포조약 ⑯120 ⑰240

「제민요술齊民要術」 ㉓61

「제비가」 ㉓89

제사祭祀문학 ⑬83, 95

「제사납전기諸寺納田記」 ㉑23

제사시祭祀詩 ⑬126, 128, 129

제사연향祭祀宴饗 ⑬119

제생원濟生院 ⑯185 ⑰147 ⑱117 ㉓31, 37

제서유취諸書類聚 ⑱125 ㉓107, 108

제석帝釋 ②38 ⑦65 ⑮206

제석帝釋거리 ⑬103

제석산帝釋山 ⑪12

제석천帝釋天 ⑩238

제석천궁帝釋天宮 ④5

제석환인帝釋桓因 ⑦60

「제선주개원사수각題宣州開元寺水閣」 ⑥68

「제성보諸姓譜」 ⑥202

제수이트파 ⑰202, 203

「제승법수諸乘法數」 ㉑9, 102

제암리 학살 ⑲40

제언사堤堰司 ⑰188 ⑱177

제왕신권Divine Right of King ⑨152 ⑮119

제왕감생설화帝王感生說話 ②219

「제왕세기帝王世紀」 ⑪167

「제왕연대력帝王年代曆」 ㉑18, 25, 30

「제왕운기帝王韻記」 ⑦275, 303, 305 ⑰122, 123 ㉑75, 80

제왕학帝王學 ⑬43

「제요록提要錄」 ⑩315

제우스 ⑧65 ⑨105 ⑩238 ⑬137

제위도감濟危都監 ⑰70

제위보濟危寶 ⑰70 ⑱65, 66 ㉓25, 29,

「제위보濟危寶」 ㉓75

제유부製乳夫 ⑪70

제일봉第一峰 ②206

제임스Henry James ⑭67

제임스James Watt ⑭91

제임스 모르스James R Morse ⑱231

제주성濟州城 ⑥105, 112

「제중신편濟衆新編」 ⑯185 ⑱239 ㉓39

제중원濟衆院 ⑯129 ⑱210 ㉓43, 46

「제중입효방濟衆立效方」 ㉓27

제천단祭天壇 ⑫205 ⑳67

제천대회 ⑨104, 108 ⑰41

제태弟台 ③179

제파提婆 ⑮188

젠신善信 ⑮233

젠교慧藏 ⑮233

조간趙簡 ㉑66

조강祖江 ⑳242

조개무지 ⑥31, 113, 114 ⑮24, 25, 26, 27

조개선朝開線 ⑤11, 20

「조경자사도照鏡自寫圖」 ㉓278

조경지曺敬智 ⑯186

조계종曹溪宗 ⑤273

조광일趙光一 ㉓38

조광조趙光祖 ⑯64~66 ⑰152, 154 ⑱139, 142 ㉒69, 148

조광진趙匡振 ⑯181 ⑱242

조국曹國 ⑰46

조기석趙沂錫 ①16

조남洮南 ⑤197

조대수祖大壽 ⑤367

「조도祖圖」 ㉑9, 102

조도빈趙道彬 ⑯89 ⑰194

「조동오위曹洞五位」 ㉑9

조동종曹洞宗 ⑮146

조라치照剌赤 ⑨235 ⑰95

조러변계통상조약 ⑱217

조러수호통상조약 ⑯129

조룡대釣龍臺 ⑥78~80 ⑫49, 207

조루리淨瑠璃 ⑬175

조리지희照里之戱 ⑩313

조만영趙萬永 ⑯96 ⑰201

조맹부趙孟頫 ⑯180 ⑰98, 125 ⑱

164 ㉓236, 249~252, 257, 277, 301

조모자鳥帽子 ⑬185

조미수교통상조약 ⑰238

조미수호통상조약 ⑯118

조민曺敏 ⑳118

조민수曹敏修 ⑯49 ⑰111 ⑱108

조민희趙民熙 ⑯128

조박糟粕 ⑭252 ⑮114

조병세趙秉世 ⑯152 ⑱227 ⑲12

조병식趙秉式 ⑯142

조봉암曺奉岩 ⑮94

조비연趙飛燕 ⑳248

조석문曺錫文 ⑱128

조석진趙錫晋 ⑯182 ㉓289, 290

조선朝鮮 ②215, 295 ⑤308, 309, 354 ⑥84, 179 ⑧98 ⑨177 ⑭ 131, 133, 136, 160, 191, 195, 210 ⑱10, 14, 15, 18, 20, 30, 109, 119, 120, 130, 135, 137, 145, 154, 155, 156, 161, 162, 172, 255, 258

조선국교朝鮮國敎 ⑮39

조선국민문학민족문학 ⑬13

「조선고사고朝鮮古史考」 ⑦18

「조선고적도보朝鮮古蹟圖譜」 ⑥ 143, 158 ⑮31

조선공산당 ⑲60, 95

「조선관계서양문헌지Occidental Literature on Korea」 ㉓115

조선광문회朝鮮光文會 ⑭256 ㉑ 37, 77, 81, 88, 113, 116, 117

최
남
선

한
국
학

총
서

조선교육회 ②6
「조선금석총람」 ⑥185 ㉑125 ㉓
　122
「조선기사朝鮮紀事」 ㉓207
조선노농총동맹 ⑲60, 95
「조선도서해제」 ㉓115
「조선독립운동약연표」 ⑲141
「조선독립운동사」 ㉓298
「조선독립운동소사」 ⑲139~141,
　143, 144, 145
「조선동화집」 ⑩159
조선만두 ⑨253
조선문예회 ⑫383, 384
「조선문예회발표가곡집」 ⑫283,
　284
조선문학 ⑬26
「조선문화의 본질」 ⑭261
조선물산공진회 ⑲86
「조선민국임시정부조직포고문」
　⑲39
「조선민속자료」 ⑩131
「조선민시론朝鮮民是論」 ⑭284
조선민족대동단 ⑲39
조선민족대선연맹 ⑲71, 104
조선반도 ⑳94, 249, 250, 258,
　274
조선보물고적명승천연기념물보
　존령 ⑥158
「조선부朝鮮賦」 ㉓207
「조선불교통사」 ⑦222 ㉑125
「조선사」 ⑬174 ⑭232
「조선사략朝鮮史略」 ⑰163 ㉑83

「조선사력교재朝鮮史歷敎材」 ⑦41,
　43
조선사상범보호관찰령 ⑲102
조선사찰령 ㉒172, 176
조선사편수위원 ⑭232, 237
조선사편수회 ⑥208 ⑭257 ⑮
　297
조선사회당 ⑲87
「조선상식」 ㉒1 ㉓297, 298
「조선상식문답」 ㉓297, 298, 302
「조선상식문답속편」 ㉓297, 298,
　302
「조선상식-제도편」 ㉓298
「조선상식-지리편」 ㉓298
「조선상식-풍속편」 ㉓298
「조선서지朝鮮書誌, Bibliographie
　Coreenne」 ㉓115
「조선수로지朝鮮水路誌」 ⑳163,
　178, 182, 327
조선신궁朝鮮神宮 ⑭235
조선심朝鮮心 ②39 ④15, 16 ⑥10
　⑦36, 38 ⑬4, 26 ⑭203, 204,
　216, 284 ⑮157
조선아朝鮮我 ②303, 304 ⑬13 ⑭
　213, 225
조선어 ⑨235, 236 ⑮58
「조선역사」⑯5, 221, 224
「조선역사강화」 ⑮297 ⑱253,
　256, 257
「조선역사지도」 ⑳321
「조선역사지리」 ⑥196
「조선역사통속강화개제朝鮮歷史通

俗講話開題」 ⑦106 ⑮298 ⑯
220
「조선열전」 ⑦72 ⑨35, 205 ⑤
468
「조선예술지연구」 ⑮31
「조선예술지연구속편」 ⑮31
조선우선회사朝鮮郵船會社 ④267
조선은행 ⑯167
「조선의 건국 전설」 ⑦28
「조선의 고적」 ㉓298
「조선의 고전고朝鮮の古傳考」
⑦19
「조선의 문화 문제」 ⑦33
「조선의 산수」 ⑳191, 329 ㉓298
조선의용대 ⑲71
「조선이언朝鮮俚諺」 ⑪34
조선인국경방호대 ⑤31
조선인민회 ⑤14, 31, 92
「조선지지자료朝鮮地誌資料」 ⑫35
조선청년독립단 ⑲28, 88
조선청년총동맹 ⑲60, 95
조선총독부 ⑤100, 101, 183,
377 ⑲82, 83, 101
조선8경朝鮮八景 ⑥72
조선학 ⑭284 ⑮30, 58
조선해협 ⑳96
조선현朝鮮縣 ⑥55, 57
조성하趙成夏 ④85, 264
조세가趙世家 ⑨182, 205
조세걸曺世杰 ㉓285
조셉 구니스Joseph de Guignes
⑨40

조소曺素 ⑰118
「조소鳥蘇」 ㉓189
조소앙趙素昻 ⑲78
조속趙涑 ⑯182 ⑱242 ㉓284,
285, 290
조수삼趙秀三 ⑯179
조수종趙守宗 ㉓275
조승훈祖承訓 ⑱149
조식曺植 ⑦232 ⑯66 ⑰154 ⑱
142
조신竈神 ⑬58
조신낙산몽調信洛山夢 ㉓93
조아만曹阿瞞 ⑥31
조안洮安 ⑤197
「조양보朝陽報」 ⑯159
조양천朝陽川 ⑤20
조양태趙陽台 ⑬71
조어대釣魚臺 ⑤62
조엄趙曮 ⑰220 ㉓61
조염초藻鹽草 ⑧16, 17
조영석趙榮祏 ㉓286
조영승趙永升 ㉓289
조영하趙寧夏 ⑯123, 124 ⑰243
⑱208
조왕신竈王神 ⑤82
조용은趙鏞殷 ⑲90
조우관鳥羽冠 ⑦113
조욱趙昱 ㉓284
조운흘趙云仡 ⑰123, ⑰143
조위曺偉 ⑯66 ⑰154
조윤형曺允亨 ㉓287
조이개曹伊介 ㉓170

조인영趙寅永 ⑥183 ⑯96 ⑰201
　　㉓120, 121
조인환趙仁煥 ⑯166
조일동맹조약 ⑲7
조일수호조규 ⑳153
조일재趙逸齋 ㉓55
조장국鳥萇國, Udyana ⑮221
조적糶糴 ⑰69
조정규趙廷奎 ㉓288
「조정사원祖庭事苑」 ㉑9, 10, 11,
　　102
조종순趙鍾淳 ①59
조종업趙鍾業 ㉑123
조주다趙州茶 ⑮150
조주승趙周昇 ㉓290
조준趙浚 ㉓31
조준영趙準永 ⑱204
조중묵趙重默 ㉓288
조중응趙重應 ⑯155 ⑯170
조지 그레이엄George Graham ⑪
　　48
조지 녹스 ㉒191
조지운趙之耘 ㉓285
조직趙溭 ㉓285
조직각수설組織各殊說 ⑭105
조창강趙滄江 ⑪100
조창식趙昌植 ⑯173 ⑱243
조천문朝天門 ③128
조천석朝天石 ⑥51, 79 ⑫199
조첩선摺疊扇 ⑰77
조충趙冲 ⑰171, 180 ⑱86
「조침문弔針文」 ⑬73

조탑Chothap ⑧84
조태채趙泰采 ⑯86 ⑰188
조한영曹漢英 ⑤250
조헌趙憲 ⑪314 ㉒149
조현명趙顯命 ⑯89 ⑰194
조휘趙暉 ㉒113
조희룡趙熙龍 ⑯182 ㉓288
조희연趙羲淵 ⑯135, 137
족두리Chokturi ⑨247 ⑮85
존 로스John Ross ㉒191
존 마셜John Marshall ⑨74
존 번연John Bunyan ⑬61
존 잭슨John Wilfrid Jackson ⑨72
존 퀸스 애덤스John Quincy
　　Adams ⑪48, 49
존경각尊經閣 ③18
존스,C. H. ㉒193
졸본卒本 ⑩63 ⑬145 ⑱13, 21
종계소種繼所 ㉓53
종교개혁 ⑭58 ⑭153
종교학 ⑭256
종남관終南館 ②41
「종두귀감種痘龜鑑」 ㉓53
「종두기법種痘奇法」 ㉓52
「종두방種痘方」 ㉓49
종두법 ⑭78
「종두변증설種痘辨證說」 ㉓50
「종두심법요지種痘心法要旨」 ㉓49
「종삼보種蔘譜」 ㉓62
종상법種桑法 ⑱125
종성種姓 ⑤30 ⑮61, 63
종요鍾繇 ⑱164 ㉓235, 250

종우양성장種牛養成場 ③37

종의지宗義智 ⑳121

종자기鍾子期 ⑪200

「종저보種藷譜」 ⑰221 ㉓62

「종축회통種畜會通」 ⑭106 ⑯187
⑱240

종칠鬃漆 ⑥21

종풍終風 ⑬122

좌보귀左寶貴 ⑤228 ⑥141

「좌씨전左氏傳」 ⑬115 ⑰165

좌임실左任實 ①43

「좌전左傳」 ③198

죄인봉罪人峰 ③58, 66 ④38, 45

죠다츠淨達 ⑮233

죠죠慈定 ⑮233

주周 ⑥21, 26 ⑨173 ⑬111 ⑱14

주과설화朱果說話 ②219

주교走橋 ⑰224

주구사中宮寺 ⑮225

주구점周口店 ⑨52~55, 61, 64

주남周南 ⑬122, 123, 138

주노Juno ⑩250

주더朱德 ⑲73, 103

주덕走德 ⑬117

「주례周禮」 ③197 ⑬100, 112 ㉑
21 ㉓54

주류성周留城 ⑳246

주리株離 ⑬109, 110, 111, 112

주림사珠林寺 ⑤229

「주림전珠琳傳」 ㉑22

주목왕周穆王 ④252

주몽朱蒙 ⑤157 ⑦23, 262, 304,
305 ⑧54, 55 ⑨123, 149,
155 ⑩19, 20, 21, 23, 28, 68
⑬27, 146~148 ⑮48, 51, 53,
91

주몽설화 ⑧54, 55 ⑮53

주몽성제朱蒙聖帝 ⑤157

주문공朱文公 ④76

주문모周文謨 ⑯101 ⑰205 ⑱190
㉒182

주문시呪文詩 ⑬82

주문위周文煒 ⑬39

주백병走百病 ⑰224

「주본기周本紀」 ⑨138

「주서周書」 ⑤414, 416 ⑥32 ⑨
100, 140, 207, 252 ㉓19

주세걸朱世傑 ⑰164

주세붕周世鵬 ⑯66 ⑰154 ⑱143
㉒150

주술사 ⑧103 ⑨102

주술종교 ⑨80 ⑬106

주승周昇 ①16

주시경周時經 ⑪255 ⑫90 ⑯158,
161

주아이천황仲哀天皇 ⑬92

주야적심朱耶赤心 ⑨152

주원장朱元璋 ⑯47 ⑰110, 113 ⑱
107, 108

주월走月 ⑩283

주일朱日 ⑧54

주자朱子 ④136 ⑯51, 67 ㉒150

「주자가례朱子家禮」 ③160, 161

「주자대전朱子大全」 ㉓108

주자소鑄字所 ⑪212 ⑫204 ⑬44 ⑭133 ⑯58 ⑰165, 166 ⑱118
「주자어류朱子語類」 ㉑62
주전鑄錢 ⑰189
주전도감鑄錢都監 ⑱177
주지[獅子] ⑪96, 97
주지注知 ㉓156
주척周尺 ⑭136
주칠朱漆 ⑥21
주칭란朱慶瀾 ⑤126
주포촌主浦村 ㉑52
주필산駐蹕山 ⑤328
주하珠河 ⑤98, 99, 104, 107
주현酒賢 ⑨244, 245
주호州胡 ⑱16
주화엄경판注華嚴經板 ⑮214
「주후방肘後方」 ㉓20, 25
주희朱熹 ⑮23 ⑱97
죽도竹島 ⑳111, 124, 125, 127~131, 133, 134, 136, 141, 144~149, 153, 161, 162, 167~169, 173~179, 327
「죽도기사竹島記事」 ⑳123, 148
죽령 ⑱51
「죽서기년竹書紀年」 ⑥32
죽서도竹嶼島 ⑳161, 326
죽서루竹西樓 ⑪243
죽엽군竹葉軍 ㉑53
「죽엽정잡록竹葉亭雜錄」 ⑤348
죽죽竹竹 ⑱41
「죽지사竹枝詞」 ⑫82 ㉓88

죽허竹虛 ㉑104
준론峻論 ⑰194
준세이順誓 ⑮212
준정俊貞 ⑩261
준천사濬川司 ⑰132 ⑱181
줄다리기 ⑩313
중강대中江臺 ⑪13
중경현덕부中京顯德府 ⑤51
중강후시中江後市 ⑰192
중구重九 ⑰226
「중관론中觀論」 ⑮188
중내원中內院 ④166, 172
중대中臺 ④127 ⑪105
중동仲冬 ⑬22
중동팔관회의仲冬八關會儀 ⑬23
「중등국사」 ㉓298
중령진中嶺鎭 ⑥176
중명전重明殿 ⑲11
중모仲牟 ⑩63
중봉장령重峰長嶺 ④122
「중산전신록中山傳信錄」 ⑩124
중삼重三 ⑰226
「중앙신보中央新報」 ⑯159
중앙아시아 ⑧58, 116 ⑨178 ⑭267
「중용中庸」 ⑪26, 184 ⑬40 ⑮270
중종中宗 ⑬31 ⑯64, 65, 66, 98, 180~183, 186 ⑱139, 140~145, 161, 165
중천왕中川王 ⑬142
중추부中樞府 ⑰137

중추원中樞院 [14]237, 232 [18]64

중추월仲秋月, 중추절 [10]277,
　　279, 282, 283, 286, 287, 316

「중편염송사원重編拈頌事苑」[21]10

「중편조동오위重編曹洞五位」[21]
　　102

중한호조사中韓互助社 [19]58

중향衆香 [4]113

중향성衆香城 [3]39 [4]69, 93, 109,
　　114, 127, 128, 131, 141, 143,
　　231

중화기독회中華基督會 [5]182

중화민국 [5]279 [19]83

중화전中和殿 [18]234

「중화전국풍속지中華全國風俗志」
　　[9]229 [10]283

「중흥서목中興書目」[21]58

쥐가 사위 찾는 이야기 [10]181

쥐바위 [4]259

쥬존宗存 [15]216

쥬피터Jupiter [10]250

「증답가贈答歌」[13]146, 147

「증도가證道歌」[23]251

증명탑證明塔 [4]55, 57

증병蒸餠 [9]186 [10]305

「증보문헌비고增補文獻備考」[6]
　　177, 184, 200 [21]67, 83 [23]
　　108, 299

「증속자치통감增續資治通鑑」[21]74

「증아물어曾我物語」[13]180

증역악신인甑域嶽神人 [7]97

지경천地境川 [2]32

지공指空 [4]65,67, 159, 160

지공초指空草 [4]111

지관地官 [13]100

「지구전요地毬典要」[18]192

「지구전후도地球前後圖」[18]193

지나사변 [19]103

「지나사회사연구」[7]33

「지나만유기支那漫遊記」[9]168

「지나백과사전」[9]16

「지나서지Bibliotheca Sinica」[23]
　　115

「지나제국전지支那帝國全誌」[9]10

지눌知訥 [15]158 [21]95 [22]170

지단산抵担山 [20]206

지덕地德 [14]209

지례동 [6]17

지로地爐 [2]190

지론종地論宗 [15]189

지롱드gironde [15]103

「지리고地理考」[6]177

지리산 [2]345 [2]154, 323 [7]77,
　　78, 97 [8]21, 22 [11]27 [20]210,
　　213, 217, 254, 329 [23]73, 190

지리성모智異聖母 [4]98 [8]45

지리정책학 [14]275

지명법사知命法師 [7]197

지봉智鳳 [15]232

지봉대指峰臺 [4]75

「지봉유설芝峯類說」[5]384, 407,
　　436 [6]136 [7]177 [8]91 [10]186
　　[20]120, 129, 130, 137, 264 [23]
　　125

「지북우담池北偶談」 [23]292

지브롤터 [12]149

지사학地史學 [9]49

지서芝栖 [13]113

지석리支石里 [6]106

지석영池錫永 [23]44, 53

지석원支石院 [6]103

지성之聲 [13]113, 114

「지소록識小錄」 [5]387

지승智昇 [15]208

지안선사志安禪師 [1]26

지안현輯安縣 [6]141

지안현치輯安縣治 [6]133

지신祇神 [9]98, 108

지암止庵 [23]277

지엄智儼 [15]192, 193

지영智永 [23]235

지용수池用洙 [2]226

지운면 [6]105

지웅존자智雄尊者 [16]53

지음자地陰子 [2]172

지장地藏 [3]77, 78, 93, 100, 204, 225 [4]124 [14]99 [15]206

「지장도指掌圖」 [21]22

지장봉地藏峰 [3]47, 49, 65, 66, 77~79, 116 [4]35, 36, 38, 42~48, 124, 125

지장암地藏庵 [4]35, 46, 124

지장원비地藏院碑 [17]124

지정智訂 [7]120

지족암知足庵 [11]44

지종智宗 [20]60

지주智周 [15]10, 232

지증대사智證大師 [15]235

지증마립간智證麻立干 [6]219

지증왕智證王 [6]88, 219 [18]32

지창한池昌翰 [2]226

지토천황持統天皇 [13]186 [15]233

지통智通 [21]28

지평일구地平日晷 [23]15

지황地皇 [8]76

지황智晃 [22]167

「직금도織錦圖」 [13]69, 71

직녀織女 [10]89, 90

직동直洞 [2]28

직방씨職方氏 [9]5

「직지방直指方」 [23]37

직지왕直支王 [13]114

직포국織布局 [20]20

진震 [5]50 [17]39 [18] 42

진가秦家 [5]145

진가역秦家역 [5]138, 139

진감국사眞鑑國師 [21]9

진강鎭江 [5]260

진개秦開 [5]309

진고眞誥 [3]109

진광秦廣 [3]72

진구황후神功皇后 [13]191 [19]116

진단인震旦人 [9]55

진단인유적Sinanthropus [9]55

진대도교眞大道敎 [5]275

「진대방전陳大方傳」 [13]64

진덕왕眞德王 [2]335 [18]40~42

진덕지陳德之 [23]275

진도珍島 17 93

진동천鎭東川 2 52

진린陳璘 16 77

진매陳枚 23 295

「진맥도지診脈圖誌」 23 29

진무천황神武天皇 10 48, 51, 72, 74, 206, 207

진묵대사震默大師 1 18, 21 4 166

진미산鎭迷山 5 430

진백탑眞百塔 3 128

진번眞番 5 310 6 55 14 172, 176 17 13 18 19

진보당進步黨 15 93

「진본기秦本紀」 10 85

진북루鎭北樓 2 51

진사辰砂 17 89

진산鎭山 2 214

「진서晋書」 7 232 9 128, 206 10 232 14 96 21 73

「진서천자문眞書千字文」 23 235

진선대眞仙臺 4 263

「진설珍說 파波의 꿈」 13 169

진성여왕眞聖女王 18 42, 50, 55

진수陳壽 6 114 21 63

진시황秦始皇 5 305, 306, 443 6 126 8 37 9 172 10 243 11 54 12 255 14 97 18 18

「진양부주晉陽府奏」 21 24

「진양부첩晉陽府貼」 21 68

「진양외곡晉陽外曲」 13 68

진언상陳彦祥 17 149 20 274

진위대鎭衛隊 19 15

진이유陳爾猷 23 26

진인震人 17 9, 42, 45, 46

「진작가사嗔雀歌辭」 23 86

진잠鎭岑 6 103

진재해秦再奚 23 286

진저우金州 6 115

진적설塵積說 14 105, 139

진전사陳田寺 21 94

진정대선사眞靜大禪師 21 104

진제도감賑濟都監 17 70

진제장賑濟場 17 148

진존숙陳尊宿 21 101

진종眞宗 15 212

진주珍珠폭포 4 88, 215

진주담眞珠潭 1 17 4 100, 107, 179, 210 11 76

진주묘眞珠墓 7 230

진지왕眞智王 7 88

진차進次 13 116

「진찬의궤進宴儀軌」 23 172

진체晉體 17 125 23 249, 250, 252, 254

진평군晉平郡 20 97

진평왕眞平王 17 34 18 40, 41

진포대첩鎭浦大捷 20 100

진표眞表 1 29, 32, 35 4 180 14 99 15 147, 158 22 169

진풍陳風 13 123

진학신秦學新 16 157 19 44

진한辰韓 6 69, 74, 87 13 22, 31 14 176, 193 17 50 18 16, 20

진해장군鎭海將軍 20 52

최
남
선

한
국
학

총
서

진홍眞紅 [23]289

진화론進化論 [14]10, 70, 105

진황도秦皇島 [20]255

「진휘속고震彙屬考」 [7]218

진휼청賑恤廳 [17]148

진흥북수고경眞興北狩古竟 [6]176

진흥왕眞興王 [6]95, 170, 177,
　　183, 184, 201, 203, 215, 218,
　　220 [10]261 [13]127 [16]19 [18]32,
　　57

진흥왕 3비 [6]184, 196, 200

진흥왕북순비眞興王北巡碑 [6]182

진흥왕비(진흥왕순수비) [6]154,
　　172~178, 182, 184, 204, 213,
　　217, 219, 221 [12]194 [23]128,
　　130, 237, 240, 245, 300, 301

「진흥왕 무자戊子 순경비巡境碑와
　　신라의 동북경東北境」 [6]198

「진흥왕정복지리고」 [6]196

질리부일라喹哩嚇日囉 [15]222

질서疾徐 [13]118

「집고록集古錄」 [6]23

집선봉集仙峰 [4]187, 198

집안현輯安縣 [5]51, 239 [6]133 [9]
　　122

「집자삼장성교서集字三藏聖敎序」
　　[23]250

집현전集賢殿 [16]59 [17]134 [18]121
　　[21]75

차가산車駕山 [5]340

차도선車道善 [16]166

차득공車得公 [21]53

차련관車輦館 [11]12

차사嗟辭 [13]118, 121, 129, 130

차사가 [13]129

차오양朝陽 [17]18

차원부車原頫 [17]126 [23]277

차일봉遮日峯 [4]48, 61, 144, 151

차자借字 [13]120

차차웅次次雄 [4]103 [7]58, 98,
　　107, 258 [8]50, 106 [13]126 [17]
　　40

차천로車天路 [6]170 [16]179 [23]86,
　　88

차크라Cakra [8]27

차탄嗟歎 [13]121

차포기르Chapogirs인 [8]110

차호적벽遮湖赤壁 [6]201

착공鑿空 [9]188

「찬고도纂古圖」 [21]22

「찬기파랑가讚耆婆郞歌」 [13]129 [21]
　　43 [23]22

찬덕讚德 [17]34

「찬도맥纂圖脉」 [23]37, 38

「찬조영화纂組英華」 [5]242

찰도察度 [17]113 [18]110

찰스 다윈Charles Darwin [11]43

찰주刹柱 [13]190

참당懺堂 [7]90

참동계參同契 13 56

참마항斬馬巷 11 41

참발기斬髮期 9 202

참성단塹星壇 6 155 7 93, 200, 201, 204, 285, 309

참치站赤 9 235

창경원박물관 6 98

창광산蒼光山 17 20

창기娼妓 13 39

창녕비 6 170, 184~186, 196

창덕궁 18 165, 208, 235

창도昌道 3 32, 33 4 25, 26

창도昌圖 5 198

창룡蒼龍 4 176

창림사昌林寺 6 96

창변脹膰 13 99

창부놀이Changpu-nori 13 86

「창선감의록倡善感義錄」 13 64 23 96

창세설화 2 286

창암사槍岩寺 17 124

창왕昌王 18 110

창조리倉助利 15 123

「창진집瘡疹集」 23 38

창하산蒼霞山 4 268

창해滄海 4 256 20 252

창해군滄海郡 13 110

창해역사滄海力士 2 308

채도彩陶 9 64, 70

채련蔡璉 4 249

채무일蔡無逸 23 282

채문토기Painted pottery 9 63~67

채붕綵棚 13 22

채약採藥 3 37

채양蔡襄 23 236

채옹蔡邕 23 234

채이항蔡以恒 5 250

채인발蔡仁撥 17 113

채제공蔡濟恭 16 100, 101 17 204, 205 18 190

채진암 20 226

채충순蔡忠順 23 246

채팽윤蔡膨胤 4 262

채하계 20 246

채하봉 4 198, 223

채협총彩篋塚 23 264

「채희귀한도蔡姬歸漢圖」 23 281

책력冊曆 13 72

책매責罵 13 95

책문후시柵門後市 17 192

책문柵門 5 438

「책부원귀冊府元龜」 21 22, 75

처녀분 6 31, 37

「처사가處士歌」 23 88

처영處英 18 169

처용處容 10 315 21 33, 42, 51

「처용處容」 23 74, 75

「처용가處容歌」 10 136, 315 13 33 21 43

처용무處容舞 13 117 23 193, 194, 213, 301

처용악處容樂 13 149

처용희處容戲 23 203

척기방篠器房 5 214

척량산맥脊梁山脈 3 13, 17, 29 15

130 ⑳241, 267

척륜선隻輪船 ⑪91

척발씨拓跋氏 ⑰23

척사척양斥邪斥洋 ⑰235

척수루 ⑫106

척주동해비陟州東海碑 ⑳251

척준경拓俊京 ⑱80

척화비斥和碑 ⑯114

천강天降설화 ⑧53 ⑨151, 162
⑩34, 55, 56, 57 ⑭209

천개天開 ⑧165 ⑰83

천고天鼓 ④176

천관사天官寺 ⑥96

「천관서天官書」 ⑨144

천군天君 ②100, 319 ⑦58 ⑧55,
87 ⑩214, 215 ⑰6

천군암天君岩 ③128

「천군연의天君演義」 ㉓95

천궁天宮 ④120

「천금방千金方」 ㉓21

천남생泉男生 ⑤416

천녀天女설화 ②163 ④98, 221,
239, 243, 248 ⑦97 ⑩159

천담泉潭 숭배 ④39

천대泉臺 ③201

천도교 ⑱230 ⑲131 ㉒140, 141

천동석天童石 ③128

천두슈陳獨秀 ⑲92

청량산淸凉山 ⑪9

천령선아天伶仙娥 ②94

천로泉路 ③201

「천로역정天路歷程」 ⑬61 ⑯160

천룡사天龍寺 ㉑52

천리교天理敎 ⑤111

천마산天磨山 ①22 ⑪44

천문天門 ③192 ④237 ⑦95 ⑧
169 ⑨194 ⑭136

천문대 ⑥93

천문도天文圖 ⑥131

「천문략天文略」 ㉓11

「천변록天變錄」 ㉓18

천보산 ③6

천보산天寶山사건 ⑲91

천봉天鳳 ②23

천부天部 ③162 ⑬121

천부삼인天符三印(천부인天符印) ③
139 ④240, 283 ⑦13, 64,
113, 114, 243, 257, 270, 277,
305, 308 ⑧70 ⑩28

천불千佛 ④228

천불동千佛洞 ③172 ④228

「천불동기千佛洞記」 ④228

천불산千佛山 ②18 ④267, 268

천사도天師道 ⑤274

천산天山 ②125 ③163, 168 ⑤
329~331 ⑧29, 59~61 ⑨38,
176

「천산대렵도天山大獵圖」 ⑰126 ㉓
278

천산산맥 ⑤328, 430 ⑧98 ⑩235

천상수天上水 ②332 ④220

천상연天上淵 ⑪62

천상제일문天上第一門 ④237

천색天色 ②142

천서암天書巖 ④265

천석泉石 ④90

천선天仙 ⑦97

천선대天仙臺 ④238, 239

천성天聲 ⑬25

천손天孫 ⑧31 ⑩59, ⑬198

천손天孫강림 ⑧10, 11 ⑨152 ⑩ 70, 71, 72, 74, 75

천손씨天孫氏 ⑰114

천손족天孫族 ⑧46

「천수대비가千手大悲歌」 ㉑43

「천수사남문도天壽寺南門圖」 ⑱83 ㉓275

천수왕天樹王 ⑦108

천신天神 ③106 ⑦102, 308 ⑧24, 66, 73, 163 ⑨97, 98, 104, 108 ⑩70, 81, 219, 220 ⑬ 100

「천신이비가天神夷毗訶」 ⑦97

천신환웅天神桓雄 ⑦303

천악사 ⑫181

천안天眼 ②331

천암千巖 ③110

천양泉壤 ③201

천연신화天然神話 ⑩98

천연기념물 ⑥159

「천옥집川玉集」 ㉓25

천왕단군天王壇君 ②100, 129, 318

천왕天王 ②98, 99, 101, 125, 156 ⑦58, 105 ⑧41, 68 ⑩12, 55, 246 ⑳210

천왕당天王堂 ②99, 103, 342 ⑫ 193

천왕랑天王郎 ②284 ⑦59, 96 ⑨ 133 ⑩16, 17, 29

천왕봉天王峰 ①65 ②99, 345

천왕사天王祠 ②99 ⑥73

천왕성모天王聖母 ⑦77, 97

천왕암 ④258

천왕지신총天王地神塚 ⑥128

천왕지위天王之位 ②97, 104

천일대天一臺 ④77

천일모天日矛 ⑬182, 198 ⑰17

천자天子 ②319 ⑦58 ⑧68, 71, 73 ⑨137, 158 ⑩52, 216

천자계天子系 ⑩10, 11, 12, 15, 36, 39, 41

천자문 ⑱29 ㉓251

천장각天章閣 ㉑65, 75

천정대 ⑥81

천제天帝 ①65, 67 ②36, 184, 248, 284, 295, 319 ③155, 162, 168, 179, 204 ④18, 240 ⑦58, 95 ⑧8, 54 ⑩16, 18, 20~22, 28, 29, 34, 92, 93

천제국모天帝國母 ②200

천제산天帝山 ③169

천제석天帝釋 ⑦56

천제자天帝子 ⑦59, 106 ⑩15, 18, 19, 24, 29, 239, 268

천제지자天帝之子 ⑦59

천조天曹 ⑬58

천주天柱 ③179 ⑦90, 95

천주天主 ④135 ⑧64 ⑩25, 76, 238, 267, 273

천주교 ⑮282 ⑰232 ⑱187~190, 200, 203

천주봉天主峯 ④63 ⑩204

천주산天柱山 ⑤211, 212

천주상天主像 ⑰203

「천주실의天主實義」 ⑱161

천주학 ⑯99, 101, 102, 121 ⑰ 203, 204, 207, 241 ⑱194, 195 ㉒138

천지天池 ②125, 154, 183, 212, 247~253, 256, 258, 259, 261~263, 269, 271, 272, 280~284, 291, 293, 297, 298, 302, 303, 306~310, 317, 329~334, 339 ③206 ④216 ⑳197, 198, 230, 277, 330

천지개벽설화 ②289

천지개벽론 ②279, 291

천지대신天池大神 ②269, 270

천지불 ⑤267

천지양화天地陽和 ⑬18

천진봉天眞峰 ③49, 50, 202 ④38

천진일계天津日繼 ②319

「천추금경록千秋金鏡錄」 ㉑75

천추총千秋塚 ⑤240

천축국天竺國 ⑭99

천축대天築臺 ④111

천출대군天出大君 ⑨161

「천치언물어天稚彦物語」 ⑬180

「천태사교의天台四敎儀」 ⑮220 ⑰ 72

천태산天台山 ③95

천태종 ⑮220, 235 ⑰71, 72

천평天坪 ②119, 125~133, 135~ 139, 141, 144, 146, 157, 177~180, 187, 200~203

천평국天坪國 ②134

천평환국론天坪桓國論 ②134

「천하도로군국지天下道路郡國誌」 ⑪287

천화대天華臺 ④208, 210

천화봉天花峯 ④213

「천황기天皇記」 ⑮230

천회天會 ⑤66

철갑선 ⑥131 ⑰160 ⑳48

철령鐵嶺(조선) ③17 ④18, 27 ⑥ 199 ⑳201, 329

철령鐵嶺(만주) ⑤101, 198, 360

철령농촌 ⑤199, 201

철령산맥 ⑭193

철령위鐵嶺衛 ⑰11

철륜鐵輪 ③9

철륵鐵筋 ⑨44

철산령 ⑤198

철산취鐵山嘴 ⑤474

철원 ④24, 25 ⑱55, 56

철이령鐵彝嶺 ③40

철이현伊峴 ④27

철인왕후哲仁王后 ⑰231

철장동鐵杖洞 ②84

철종 ⑬166 ⑯97, 102~105, 109, 111, 122, 126, 180, 184 ⑰

200, 201

첨망대瞻望臺 ④173

첨성대 ⑥93, 158 ⑫215 ⑭135
⑱41 ⑳49 ㉓8, 16

청淸 ⑬60 ⑯81~83, 111, 117,
120, 123, 124, 126, 128,
130~134, 138, 172~174, 180
⑱172~175, 200, 204, 207,
209, 212, 216~ 219, 223,
243, 244

청간정淸澗亭 ⑪243

청경사請經使 ⑮215

청계천 ⑳241

청공靑空 ⑬18

청구靑丘 ③203

「청구영언靑丘永言」 ㉓81, 88

청남淸南 ⑮106

청냉뢰淸冷瀨 ④85

청년학우회靑年學友會 ⑭239~241,
243, 246 ⑲24

청덕루 ⑫114

청두成都 ⑭131

청량리 ②14

청량봉淸凉峯 ⑪44

청령궁淸寧宮 ⑤252

청뢰晴雷 ④176

청룡靑龍 ④126

청룡담靑龍潭 ④90 ⑪76 ⑳208

청룡사靑龍寺 ⑩261

청룡산靑龍山 ④158

청림靑林 ②343

청림동靑林洞 ②70

청미천淸微天 ③132

청반구靑半鉤 ⑮134

청분淸玢 ㉑102

「청산별곡靑山別曲」 ㉓75

청서淸西 ⑮106

청석靑石 ⑮21

청석관 ⑫202

청석령靑石嶺 ⑤392 ⑪131

청심담淸心潭 ⑪44

청암들 ①55

청암리淸岩里 ⑰19

청연각淸讌閣 ㉑61, 75

청예靑裔 ⑧54

청옥간靑玉簡 ③107

청요직淸要職 ⑰209

청우거사靑牛居士 ⑩112

「청이록淸異錄」 ⑰81 ㉑65

청일전쟁 ⑬167 ⑭246, 257 ⑮
292 ⑲6, 7, 13, 36, 120 ⑳
23, 75

「청일통지淸一統志」 ⑤304

청자지靑磁紙 ⑰76

청장淸長 ㉓155

「청조국호고淸朝國號考」 ⑨12

「청조실록」 ⑤255

청진淸津 ⑤5, 147

청진교淸眞教 ⑤277

청진사淸眞寺 ⑤277

청천강 ⑥121, 132 ⑪11 ⑯19 ⑰
28, 57 ⑳237, 238, 330

청천신자靑天神字 ⑤48

「청천양화록菁川養花綠」 ⑭106

청초호靑草湖 ④252 ⑪240

「청춘」 ⑪17, 87, 55, 118, 125,
147, 176 ⑫90, 323, 326,
353, 354, 382 ⑭7, 10, 15,
18, 29, 46, 75, 84, 113, 129,
141, 281, 282 ⑲26

「청태조실록」 ⑤9

「청태조실록도淸太祖實錄圖」 ⑤
346

「청파극담靑坡劇談」 ⑮23

청하선녀淸河仙女 ④252

청학대靑鶴臺 ④78, 81, 124

청학동靑鶴洞 ③108

청학봉靑鶴峰 ④69

「청학집靑鶴集」 ③108

청해淸海 ⑳51, 53, 323

청해진淸海鎭 ⑩304 ⑮234 ⑱49
⑳50~53, 260, 323, 324

청해진대사 ⑳322

청허淸虛 ⑳217

「청허당집淸虛堂集」 ⑦43

청호연靑壺淵 ④81

체관諦觀 ⑮220 ⑰72, 79

체천砌川 ③9

체펠린 ⑭58

초貂 ⑰65

초각경初刻經 ⑮217

초강初江 ③72

초개사初開寺 ㉑52

초공焦贛 ⑬115

초란이 ⑩261

초문사肖門寺 ⑰24

초방원草芳院 ⑥176

초병정焦秉貞 ㉓295

초본대草本帶 ②196

초봉 ⑳109

「초사楚辭」 ③178

초석硝石 ⑰116

「초장관문初章觀文」 ㉑27

「초조대장경」 ㉑73

초주淮安 ⑳63

초중경焦仲卿 ⑥59 ⑬69

초파일 ⑰225

초하구草河口 ⑪130

「초학기初學記」 ⑨121

초현대招賢臺 ⑪335

촉대봉燭臺峰 ④108, 109, 125,
258

「촉루품囑累品」 ⑮223

촉본蜀本 ⑭131

「촉본대장경」 ⑮208, 209

촉석루 ⑫219 ⑬68

촉체蜀體 ㉓249~252, 254

촉한 ⑬59

「촉향분예불결사문觸香墳禮佛結社
文」 ㉑23

「촌담해이村談解頤」 ㉓95

총석정叢石亭 ④25, 267, 268, 269
⑪242

「총석정叢石亭」 ㉓74, 75

최간이崔簡易 ⑳252

최경崔涇 ⑯182 ⑱164, 165 ㉓
281, 302

최경창崔慶昌 ⑯179

최남선 한국학 총서 색인

최고운崔孤雲 [1]43, 49 [12]216

최공도崔公徒 [17]67

최기남崔基南 [2]339

최담崔霮 [1]12

최당崔讜 [16]52 [17]121 [23]276

최대립崔大立 [5]365, 367

최도통崔都統 [6]155

최린崔麟 [19]131

최립崔岦 [5]319, 395 [16]179

최명길崔鳴吉 [5]367 [16]79, 82 [17]
175, 177 [18]170, 173

최무선崔茂宣 [17]117 [18]104~106,
157 [20]99, 100 [22]99

최북崔北 [16]182 [23]286, 287

최비崔毖 [17]21

최선崔詵 [17]78, 124 [23]248, 276

최세崔詵 [21]74

최세진崔世珍 [23]112

최수아崔壽峨 [23]282

최순성崔舜星 [11]186

최승우崔承祐 [21]30

최시형崔時亨 [22]139

최식崔寔 [23]234

최신崔慎 [22]147

최신세最新世 [6]109

「최씨숙렬기崔氏淑烈記」 [13]64

최열녀崔列女 [13]38

최영崔瑩 [2]308 [3]24 [5]316 [10]
221, 222 [14]193 [15]116 [16]47,
48, 49 [17]110~112 [18]99, 102,
103, 107~109 [22]96 [23]78, 280

최영경崔永慶 [15]109

최옹崔雍 [21]75

최우崔瑀 [16]41 [17]85 [18]89, 93

최우량崔宇量 [23]38

최유지崔攸之 [23]14

최유청崔惟清 [16]52 [17]121 [21]74
[23]276

최유태崔有泰 [23]38

최윤崔潤 [23]246

최윤崔閏 [23]32

최윤덕崔閏德 [18]120

최윤의崔允儀 [16]52 [17]121 [21]74

최이崔怡 [17]86 [20]113 [23]201, 280

최익현崔益鉉 [16]153 [18]228 [22]147

최인곤崔仁滾 [23]243

최인연崔仁滾 [23]133

최자崔滋 [7]202, 204, 219, 221
[16]52 [17]121 [21]74

최재홍崔再弘 [20]151

최전崔澱 [23]283

최제우崔濟愚 [13]29 [16]104, 105 [17]
207, 208 [18]194 [22]138

최종준崔宗峻 [23]27

최충헌崔忠獻 [17]83

최척경崔陟卿 [21]75

최천구崔天衢 [16]183

최천종崔天宗 [13]170~174

최충崔冲 [11]306 [16]38, 51, 52 [17]
67, 107, 121 [23]78

최충헌崔忠獻 [15]124 [16]40, 41 [17]
84, 85 [18]84 [23]200, 201

최치운崔致雲 [13]38

최치원崔致遠 [1]45 [3]101, 108,

127　④208　⑦89, 169, 173, 177, 183, 221, 225　⑧48　⑩8, 36, 38, 45, 201, 314　⑬31, 117　⑭73　⑯27　⑰52　⑱58　⑳210　㉑18, 25, 30, 35, 41, 106　㉒125, 148, 178　㉓132, 195, 197, 198, 217, 243, 300

최탄崔坦 ㉒113

최토마스 ㉒184

최한기崔漢綺 ⑥155 ⑭100, 105 ⑯122, 223 ⑰241 ⑱192 ㉓109, 299

최항崔恒 ⑬43 ⑯60, 63 ⑰135 ⑱121 ㉓108

최해崔瀣 ⑯52 ⑰121, 123, 143

최해산崔海山 ⑱120

최호崔浩 ㉑57

최후崔侯 ㉑25

쵸소카베 모토치카長曾我部元親 ⑰163

추가령楸哥嶺 ③14

「추가집秋茄集」 ⑤66

추계椎髻 ⑨206

「추관지秋官志」 ⑰214

추구이오고도 ⑩230

「추동기錐洞記」 ㉑28

추령楸嶺 ①51

추모왕鄒牟王 ⑦144, 230

추반지Chuvanzis ⑧109

추발椎髮 ⑨205

「추배도설椎背圖說」 ㉒133

「추보속해推步續解」 ⑯184 ⑱241

㉓16

「추보첩례推步捷例」 ⑯184 ⑱241 ㉓16

추사체秋史體 ⑯181

추석秋夕 ⑩265, 277, 280, 289, 308, 311 ㉒84

추쇄도감推刷都監 ⑰213

추지령楸地嶺 ③37, 40 ⑳329

추진도秋津島 ⑬189

「추측록推測錄」 ⑭105 ⑱192

추크치족Chukchi · Tchaukthus ⑧108, 116 ⑩158

「추풍감별곡秋風感別曲」 ⑯178 ㉓87

「추풍사秋風辭」 ③14

축금祝禁 ㉓21

축윤명祝允明 ㉓236

춘관春官 ⑬100

「춘면곡春眠曲」 ㉓86, 88

「춘명일사春明逸史」 ⑰224

춘양春陽 ⑤41

춘우春牛 ⑩84

춘원春園 ⑫88

「춘저기문春渚記聞」 ⑩108

춘천 ③31 ④27

「춘추春秋」 ⑪6

「춘향가」 ⑬29 ⑭70 ㉓91

「춘향전」 ⑬66 ⑯160

출세出世설화 ⑩31

출애급기 ⑩109

충담忠談 ㉓22

충담사忠談師 ⑬129 ㉑43 ㉓22

충렬사 ⑳29
충렬왕忠烈王 ⑯44, 45 ⑱95, 96, 98, 109
「충렬의협전忠烈義俠傳」 ⑬65
충령탑忠靈塔 ⑤159
충무공忠武公 ⑥155 ⑩310
충선왕 ⑯180
충숙왕 ⑯5
충우담忠牛談 ⑩115
충장단 ⑫118
「취고당검소醉古堂劍掃」 ⑪190, 226
취도驟徒 ⑰37
취봉鷲峰 ⑦90
취지翠紙 ⑰76
취진판聚珍板 ⑰168, 169
취타, 취타악 ㉓173~175
「취풍형醉豊亨」 ㉓166
츠기노이키나調伊企儺 ⑲118
츠단스키Otto Zdansky ⑨52, 55
츠쿠요미노미코토月夜見神 ⑬196
측우기 ⑥131 ⑫204 ⑭101, 136 ⑯59, 184, 192 ⑱121 ㉓10, 14, 16
측우소 ⑭136
측천무후 ⑬71
치구루置溝婁 ⑱17
치도프 ⑤149
「치력연기治曆緣起」 ㉓11
치류智隆 ⑮233
치마띤 ②28

치수治水설화 ⑮49
치술령鵄述嶺 ⑪66 ⑲118
치악산 ⑯160
치우蚩尤 ⑬59
치조비稚朝飛 ⑬140
치종청治腫廳 ⑰148
치치하얼齊齊哈爾 ⑤118, 139, 197 ⑨14
「치화평致和平」 ㉓166
치희雉姬 ⑬133, 146, 147
「칙건호국법륜사비기勅建護國法輪寺碑記」 ⑤266
칠각지七覺支 ⑮154
칠금산 ②141
칠기漆器 ⑥20~24, 34, 43, 44, 124
칠당가람七堂伽藍 ⑮227
「칠대한7大恨」 ⑤366
칠릉석상七稜石上 ⑮91
칠반七返 ③192
칠보누대七寶樓臺 ⑬52
칠보대七寶臺 ③144 ④151, 152
칠보산七寶山 ①51 ⑤4 ⑳193, 198~200, 256, 329
칠보암七寶庵 ④150
칠보지七寶池 ⑬52
칠봉七峰 ①50
칠불도 ⑫232
칠불사七佛岩 ⑳238
칠불암七佛庵 ⑦88
칠산 ⑳273
칠성七星 ④257

칠성대七星臺 ④63 ⑳227
칠성문七星門 ⑥51
칠성봉七星峯 ④109, 130, 257, 262
칠성지七聖池 ②112
칠악사漆岳寺 ⑥73
칠월칠석七月七夕 ⑩89
칠점산七點山 ③143 ⑦97
「칠정산내외편七政算內外篇」 ⑯184 ㉓10
칠중난순七重欄楯 ⑬52
칠중라망七重羅網 ⑬52
칠중향해七重香海 ②143
칠칠사변7・7事變 ⑲76
칠향해七香海 ②142
칠화漆畵 ⑥44
칡덩히[葛田] ④227, 230
「침경針經」 ㉓21
침금沈金 ⑥21
침류왕枕流王 ⑬114
침성암沈成岩 ①69
침정沈靜 ④107
침주沈朱 ⑥21
칭기즈 칸 ⑧173 ⑨15, 25, 232, 244 ⑩246 ⑪177~181 ⑯41 ⑰84, 178 ⑱85, 89
칭다오靑島 ⑤191

ㅋ

카네기Andrew Carnegie ⑭36~38,

65
카라코룸 ⑪179
카르멘Carmen ⑬83
카르타고 ⑪158, 162 ⑳70
카를레티Francesco Carletti ⑰171
카를위트 ⑮228
카메하메하 1세 ⑫179
카불kabul강 ⑨190
카빈Carbin ⑮290
카스트렌Castren ⑩227
카스피해 ⑧58, 59, 62, 98
카이로 ⑯216 ⑱249 ⑲79, 130
카이사르 ⑫143
카이제르 ⑭58
카이오Caio ⑰170
카타 사릿 사가라Katha Sarit Sagara ⑩184
카프리 ⑫142
카필어족Kafir or Bantu family ⑮59
카하시 도오루高橋亨 ⑦43
간다神田 ㉑83, 85, 116
간다본神田本 ㉑79, 86
칸트Immanuel Kant ⑭59, 60, 62 ⑮283
칼 귀츨라프 ㉒190
칼 비만Carl Wiman ⑨54
칼라우Kalau ⑧177, 178
칼라일Carlyle ⑱2
칼레발라Kalevala ②276
칼로로 ⑪178
칼스텐스 ⑭61
캄챠달Kamchadale ⑧108

캄파넬라 ㉒135

캠브리지 ⑭70

케건 사라Cagan sara ⑨107

케른Cairn ⑥110 ⑨68

케사르 ⑪178

케이사르 ⑭192

케이프코드 ⑭65

케입레인 ⑪226

케플러Johannes Kepler ⑭62

코드어Henri Cordier ㉓115

코란 ⑤280

코랴크, 코리야크Koryak ⑨84,
85, 148⑩43, 48

코레스 ⑳87

코로만델Coromandel ⑰151

코르베스 ⑩139

코르사코프Rimski Korsakov ⑳154

코르시카 ⑫147

코리악Koriak ⑧109, 116, 138,
146, 161, 174

코린트해협 ⑮79

코스모폴리탄cosmopolitan ⑭247

코스터Laurens J. Coster ⑪211

코스테르Laurens Coster ⑭100,
132, 133

코카시아Caucasia종 ⑨15

코코프체프Kokovsev, V. N. ⑯167
⑱237 ⑲16

코페르니쿠스 ⑭104

코흐Robert Koch ⑭62

콕스Marian Roalfe Cox ⑩144

콘다코프M. Kondakov ⑩227

콘스탄티노플 ⑫140

콜럼버스 ⑪37, 38, 39, 40, 46,
47 ⑭79, 91, 144 ⑰219 ⑳
39, 41, 71, 78, 88, 265

콜로니 ⑫136

콜로라도 ⑰234

콜롬보 ⑫144

콜링우드Cuthbert Collingwood ⑪
71

「콩쥐팥쥐」 ⑩95, 143, 149

콩트Auguste Comte ⑭105

쾌윤快允 ⑯183

쾨글러Ignaz Kögler ㉓13

쿠랑Maurice Couran ㉓115

쿠렁물 ⑰95

쿠로파트킨Aleksiei Nikolaevich
Kuropatkin ⑨2

쿠릴타이 ⑭274

쿠빌라이 ⑨232, 253 ⑯43, 45
⑰92, 93 ⑱95 ㉑84

쿠사카 히로시日下寬 ㉑116

쿨리苦力 ⑳22

퀼테킨闕特勤 ⑨21

퀼테킨 비 ⑨23

크라프로트 ⑭62

크레멘스 ⑨94

크레테섬 ⑨75

크로마뇽인 ⑨56, 60

크롬웰 ⑫163 ⑭144 ⑮120

크루이로프 ⑯160

크루프Fried Krupp ⑭102

크룹스Krups ⑭58

크리미아전쟁 ⑤195

크리슈나 ③101

큰굿열두거리大神事十二段 ⑬86

큰까마귀신화Myth of the big raven
⑧175

클라크 위슬러Clark Wissler ⑨46,
73

클라프로트Klaproth ⑨41

클레멘트Klement ⑨90

클레오파트라 ⑭269

클레이스테네스Cleisthenes ⑮102

키케로Marcus Tullius Cicero ⑪202

킵차크한국欽察汗國 ⑰178

E

타계관他界觀 ③194, 195

타계설화他界說話 ②28

타고르 ⑫323

타나톱시스Thanatopsis ⑭66

타르타르인 ⑨26, 94,

타바코タバコ ⑰173

타비랄打肥剌 ⑱130

타사암墮死岩 ㉑52

타이타닉호The Titanic ⑪226

타제chipped ⑨59, 67 ⑮22, 23

타타르Tatar ⑨23, 25, 26

타타카Tataka ⑮92

탁기卓旗 ⑭208

탁남濁南 ⑮106

탁라度羅 ⑬116

탁리橐離 ⑧55

탁목성柝木城 ⑥115

탁무鐸舞 ⑬22

탁발씨拓跋氏 ⑨43, 216 ㉑58, 60

탁선託宣 ⑬95

탁지부度支部 ⑥158

탁청卓靑 ㉒113

탁태託胎 ⑬51

탄금대彈琴臺 ⑫209

탄연坦然 ⑯53 ⑰124 ⑱83 ㉓
248, 249

탈건칠脫乾漆 ⑥21

탈해脫解 ⑦23, 113, 114, 280 ⑨
126 ⑩37, 39, 42~46, 51, 58,
64, 65, 210 ⑰16 ㉑45

탐라국耽羅國 ⑱78, 79

탐라군耽羅郡 ⑰63

탐라도耽羅島 ⑰93

탐제探題 ⑮214

탑거리塔巨里 ③40 ④29

탑림塔林 ④55

탑사합하塔思哈河 ⑤304

탑탑아塔塔兒 ⑨23

탕가라tangara ⑨121

탕강자湯岡子 ⑤331

탕구트Tangut ⑰24

탕그리Tangri ⑧28, 72~74 ⑨161,
121

탕선생湯先生 ⑤236

탕수장蕩水長 ②332

탕위린湯玉麟 ⑤232, 234, 236

탕지湯池 ⑤435

탕평蕩平 16 88, 89, 100 17 193, 194, 204

태계泰階 3 179

태공太空 15 48

태극太極 15 10, 11, 13, 17, 18, 134, 135

태능선사太能禪師 1 27

태단台端 3 179

태묘太廟 16 57 18 115

태백太白 2 294 7 8, 21 8 9 10 203, 231

태백선인太白仙人 7 27

태백산太白山 2 125, 295, 322, 323 3 179, 205 4 239, 240 6 157 7 8, 11, 21, 29, 61, 242, 243, 270, 280, 282, 306, 308 8 4, 11, 22, 24, 53 10 12, 18, 24, 33, 55, 204, 205, 233~235, 240~245, 269 14 53, 207, 208, 212, 221 15 288, 294 16 11, 12 17 19 18 10 20 209, 216, 227, 329 23 5

태백산맥 4 18 20 201, 202, 207

태백성인太白聖人 2 37, 105

태백신太白神 2 37

태백어太白語 2 135

태백제太白祭 2 37

태백천국太白天國 2 296

태백혈太白血 2 135

태봉泰封 3 7, 8, 10, 18, 25 51 12 210 15 290 17 52, 57, 59 18 56, 63 20 90

태봉궁泰封宮 3 23

태봉전우泰封殿宇 3 18

태산泰山 2 319 3 72, 143, 161~163, 168, 169, 179, 180, 192, 217, 228 4 44 8 30~34, 38, 42, 73, 97 9 176 13 33

태산부군泰山府君 3 71, 161, 163, 178, 180

태산신泰山神 8 36

「태산요록胎産要錄」 16 185

「태산집요胎産集要」 23 38

태상노군太上老君 13 58

태상동太上洞 2 90 3 137 4 69, 79, 81~85, 87, 121, 125, 194

태상신위영문웅무太上神威英文雄武 13 60

「태서수법泰西水法」 23 61

태성台星 3 178, 179

태안부泰安府 8 35

태안사泰安寺 11 43

태양거석복합문화Heliolithic Culture-complex 7 211

태양도太陽島 5 132

태양숭배 7 211 8 24, 66 9 104, 105, 109, 135, 238, 249, 285 10 28 13 87 14 266

태양신 7 116 8 24, 66 9 104, 112, 144 10 28, 92 13 87

「태양통궤太陽通軌」 16 184

태을암太乙庵 4 172

태음숭배 10 281, 296

태음력 10 282

최
남
선

한
국
학

총
서

「태음통궤太陰通軌」 16184

태의감太醫監 2329

태이교態耳橋 250

태인 148

태일太一 17218

태일교太一教 5275

태자궁太子宮 673

태자성太子城 350 439, 62

「태자전력太子傳曆」 23268

태자전설 351 441

태자하太子河 5303~307, 358, 359

태재부太宰府 2054, 55

태정관 2055

태조太祖(고려) 1322 1628, 33, 38 1863, 78, 79

태조太祖(조선) 1331 14136 1657, 58, 62, 170, 171, 178, 185 18 115, 118, 135, 136, 162, 165, 167, 239

「태조본기太祖本紀」(「金史」) 9145

「태조실록」 6135 23205, 206

태종 1343 14133 1657, 58 18 115~118, 131, 136, 156, 162, 166, 213

태종대太宗臺 1144

「태종동정기太宗東征記」 5446

태종무열왕太宗武烈王 1851, 54, 57, 42

태종무열대왕비 23241, 242

태종문황제지릉太宗文皇帝之陵 5 221

「태종본기太宗本紀」(「金史」) 9217

태청太清 3134

태청관太清觀 5270, 272, 274~ 276 1356

태청궁太清宮 3132 5271

태청루太清樓 2165

「태청총림太清叢林」 5271

「태평광기太平廣記」 3102

「태평기太平記」 13180

「태평성혜방太平聖惠方」 2327

태평송太平頌 1841 2048 2128, 29

태평양 1465, 243

태평양군도 6115

태평양전쟁 14234, 236, 257

「태평양잡지」 1924

「태평어람太平御覽」 1778 9121 2158

태평정太平頂 835

「태평통재太平通載」 18164 2394

태학太學 1718

태함台銜 3179

태호太嘷 874

태화전 12129

「택리지擇里志」 4255 11245 16 92 17197

탤간Talgan 8130

탱려撑犂 872

탱려고도撑犂孤屠 855

탱리撑梨 9121, 161 15289

탱리고도撑梨孤屠 2319 10216

탱리고도선우撑梨孤塗單于 758

탱석撑石 6103

탱여撐黎 ⑨121

터부Taboo ⑦252, 268, 293, 294

터주 ③200

터키어 ⑮59

터키족Turks ⑧109 ⑨39, 142

텅그리tegri ⑨121

테니슨 ⑪156

테레사 ⑫139

테무진鐵木眞 ⑨193 ⑪178,
179, 181 ⑯41 ⑰84 ⑱85

테세우스Theseus ⑮79, 91

텐진조약 ⑱209, 217

템스Thames ⑭270

템페라 ⑥130

텡게리tengeri ⑧141

텡그리tengri ⑧28, 38~40, 53~56,
58 61 ⑨121

텡그리Tengri산 ⑧29, 41

텬룽산天龍山 ⑮241

톈진天津 ⑤206

톈진天津조약 ⑤343 ⑯125, 126

토감자土甘藷 ⑰221

토곡혼吐谷渾 ⑨206, 207, 209~
214

토기 ⑥43

「토끼타령」 ⑩181 ㉓91

토두土頭 ⑳111

「토론삼한집討論三韓集」 ㉑25

토리당 ⑮120

토마스 모어Thomas More, St. ㉒
135

토마스R. J. Thomas ⑯114

토마토 ⑰173

토문土門 ②209, 211, 224

토문강土門江 ②119, 209, 212,
223, 225, 226 ⑤399 ⑳186

토번吐蕃 ⑨169, 170, 171, 213,
214 ⑰44, 98

토생원 ⑩170, 178, 180

「토속학상에서 본 몽고土俗學上よ
り見たる蒙古」 ⑨239, 248 ⑩
230

토오리 노리나가本居宣長 ⑬88

「토정비결土亭秘訣」 ⑭217

토졸吐捽 ⑬105

토테미즘Totemism ⑦251, 255,
263 ⑧174 ⑨148

토템Totem ⑦268, 289~293, 295~
297, 302

토포土布 ⑰151

토함산吐含山 ②323 ⑥89 ⑧29
⑩44 ⑮205, 207

토해吐解 ⑬105

토현土峴 ⑪45

토화라吐火羅국 ⑰46 ⑮245

톨스토이J. Tolstoi ⑤121 ⑩227
⑫134, 366, 376 ⑭207 ⑯160

통가강修佳江 ⑤203

「통감通鑑」 ⑮98, 99 ⑲82

「통감강목通鑑綱目」 ⑬67

「통감절요通鑑節要」 ⑪220

「통감집람通鑑輯覽」 ㉓111

통강구通江口 ⑤354

통구通溝 ④26 ⑤51, 239

통군정統軍亭 ⑪13, 92, 332 ⑫
　197
통남동通南洞 ②70, 71
통도사通度寺 ①31 ⑫116, 217 ⑯
　25 ⑰48 ㉒174
통리군국사무아문統理軍國事務衙門
　⑯119 ⑰239 ⑱206
통리기무아문統理機務衙門 ⑯116
　⑰237 ⑱204, 210
통문統門 ②226
「통문관지通文舘志」 ④26 ⑤341,
　386
「통보通報」 ⑥143
통불교 ⑮154, 200
통비通匪 ⑤108
통신사 ⑬179
통신원通信院 ⑪111, 112
통오通奧 ㉑104
통요通遼(百音太來) ⑤197
통의부統義府 ⑲59, 94
「통전通典」 ⑤361 ㉑22
통주通州 ⑲121
「통지通志」 ⑤325, 331
통천通川 ④229, 270, 268
통화성通化省 ⑥132, 133
「투견도」 ㉓295
투노Tuno ⑧136
투란문화 ⑩227
투르케스탄 ⑨215, 221
투삭透索놀이 ⑩313
투화인投化人 ⑰64, 65 ⑱77
툰드라 주거지대Tundra zone ⑩

227
퉁거우通溝 ⑥133, 134, 143, 145
　⑭129, 213 ⑰15
퉁구Tunggu령 ⑥207
퉁구스Tunguses ⑨24, 39, 44,
　180, 214 ⑮61, 131 ⑧110
퉁거우 삼실총 ⑭129
퉁구Tunggu령 ⑥207
퉁구스 ⑮61, 131
퉁구스족Tunguses ⑧110
퉁그스계 ⑨39, 44, 180, 214
퉁화현通化縣 ⑥141
트라시메노Trasimeno ⑪162
트라우베 ⑭62
트라이튜케 ⑭62
트라팔가해전 ⑪151, 230
트레비아Trebbia포구 ⑪162
트로슈찬스키Troshchanski ⑧132,
　133 ⑨94
트로츠키 ⑭232
트린기트Trinkit ⑦289
티베르강 ⑪32 ⑭51
티베트 ⑩235
티베트불교 ⑤267
티에라델푸에고 ⑭228
티엔T'ien ⑧72
티일레Tiele ⑮268
티치노강 ⑪162

ㅍ

파나마운하 [20]18

파라오 [15]179

파레Ambroise Fare [14]79

파로사국婆魯斯國 [17]46

파륜봉 [4]109

파르자냐Parjanya [8]64

파르카에Parcae [8]65

파르티스탄 [10]186, 187

파리강화회의 [19]131, 133

파리곤巴里坤 [8]59

파리질다라수波利質多羅樹(Paricittra) [7]
   108

파미르 [8]60

파미르고원 [9]187

파발把撥 [2]32

파블로프Aleksandr I. Pavlow [16]144
   [18]224

파사왕婆娑王 [6]90

파소婆蘇 [10]47, 51

파소성모婆蘇聖母 [10]51 [7]77

파순波旬 [15]155

파약波若 [22]167

파우스트 [14]70

파저강波豬江 [2]119 [17]111

「파한집破閑集」 [21]74, 76

파협 [12]82

판관봉判官峰 [3]58, 66, 74, 77,
   162 [4]38, 45

판도라Pandola [8]65

판방板房 [21]52

판소리 [23]90, 91

판수 [12]330

판옥선板屋船 [20]100, 101

판장기현사判長髻縣事 [20]117

판차탄트라panchatantra [10]180,
   183

판테온 [12]153

「팔경도八景圖」 [23]280

팔고八苦 [13]7

팔공덕八功德 [2]143, 145

팔공덕수八功德水 [2]141 [13]52

팔관八關 [8]51 [10]210, 212 [17]8

팔관의八關儀(Prākǎn) [8]89

팔관재八關齋 [10]273

팔관회八關會 [2]199 [7]120, 225
   [8]51 [10]209, 211, 272~275,
   291, 292, 303, 306, 308 [13]22
   [15]291, 293 [16]43 [17]90 [18]77~
   79 [22]123, 124 [23]154, 160,
   191, 192, 198, 199

팔괘정八卦井 [5]61

팔구八區 [5]118

팔구분八區分 [4]100

팔기八岐 [13]188

팔난八難 [15]176

팔담八潭 [4]92, 97, 104, 107,
   195, 218, 220~222

「팔도가八道歌」 [13]67

팔도도통사八道都統使 [17]111

「팔도분도八道分圖」 [18]192

「팔도지리지八道地理志」 [17]142 [18]
   131

「팔도책판목록八道冊板目錄」 ㉑77

팔도하자八道河子 ⑤13

팔라다Pallada ⑳154

팔라스 아테나Pallas-Athena ⑧65

팔라틴 ⑫143

팔렘방 ⑰150

팔로군八路軍 ⑲71

팔리시Bernard Palissy ⑭101

팔리하八里河 ⑤340

「팔만대장경八萬大藏經」 ⑫237 ⑬ 49 ⑮299 ㉓300

팔보유리정八寶琉璃井 ⑤61

「팔상록八相錄」 ⑬50, 51, 52 ⑮ 172

팔선八仙 ⑦27, 193~195

「팔선대수八線對數」 ㉓13

팔선인八仙人 ⑦27

「팔선표八線表」 ㉓13

팔성八聖 ⑦27, 97, 114

팔성도八聖道 ⑮154

팔역 ⑫355

팔음八音 ⑬100

팔전삼릉八殿三陵 ⑥9

팔정도八正道 ⑬51

팔폭八瀑 ④88

팔한지옥八寒지옥 ③67

팔향수해八香水海 ②143

「패관잡기稗官雜記」 ⑬43 ㉓220

패란포字蘭舖 ⑤458, 459

패러데이Michael Faraday ⑪93, 95

「패문재서화보佩文齋書畫譜」 ㉓ 276

패성敗城 ⑤110

패수浿水 ⑥51 ⑩244

패엽사貝葉寺 ⑳223 ㉒174

패이가이貝爾加爾 ⑧58

패찬삼계唄讚三契 ③139

패풍邶風 ⑬122, 123

패합리字哈里 ⑰113

팽대아彭大雅 ⑨17

팽조적彭祖逖 ㉑75

펑더화이彭德懷 ⑲103

평후도澎湖島 ⑥102

페 베쓰니에 ⑪166, 170

페가수스 ⑮244

페놀로사E. F. Fenollosa ㉓269

페니키아인 ⑳37, 70

페드리니 ㉓178

페레올Jean ㉒184

페레이라 ㉓178

페르가나Fergana ⑧58, 59

페르시아 ⑭129 ⑮50, 89, 207, 243, 244 ⑰27, 46, 222 ⑳70

페르시아만 ⑧58

페리클레스 ⑮102

페이디아스Pheidias ⑭207

페테르부르크 ⑳74

페트라르카Francesco Petrarca ⑭55

페트로 ⑫134

펠로폰네소스전쟁 ⑳70

「편년통록編年通錄」 ⑦192

「편년통재속편編年通載續篇」 ㉑ 18, 30, 74

편발編髮 ⑨206, 219

편양당비鞭羊堂碑 ④67

「평가물어平家物語」 ⑮240

평강平康 ③18, 30, 33, 40

평강리平康里 ⑤131

평강역平康驛 ③12, 16

「평강제영平康題詠 」③13

평곽平郭 ⑤433

평로치청절도관찰사平盧淄青節度
觀察使 ⑰44

평서대원수平西大元帥 ⑰200

평성平城 ⑰23

평안농장 ⑤378

평안도 ⑥121 ⑬32

평양 ⑤228 ⑥13~17, 50, 54, 55,
60~68, 71, 83, 122, 132,
133, 138, 158, 163, 168 ⑦
80, 183, 185 ⑭210, 212 ⑰6,
83

평양선인 ⑦27, 44, 221

평양성 ⑰19, 20 ⑱32, 33, 38,
63, 81

평원왕 ⑰20

평의진平義眞 ⑳145

평전平田 ②32

평정보平頂堡 ⑤198

평정봉平頂峰 ②113

평정산平頂山 ⑤340

평제平帝 ⑨197

평제비平齊碑 ㉓131

평제선平齊線 ⑤355

평제탑平濟塔 ⑥76 ⑫50

평조平調 ⑬116

평주자사 ⑰21

폐얼嬖孽 ⑬43

포고리산布庫哩山 ⑤88, 346

포고리옹순布庫里雍順 ⑤9

포대가砲臺街 ⑤145

포도태랑浦島太郎 ⑬180

포르투갈 ⑭56 ⑰170~173, 202

포륵호리布勒瑚里 ⑤346

포리褒離 ⑨120

포박자抱朴子 ③209

포서浦溆 ②22

포석정鮑石亭 ⑥91, 92, 93

포선만노蒲鮮滿奴 ⑤18 ⑰85 ⑱
85, 86

포세트 ⑤32

포쌘 ⑦98

포어사이드Charles Codrington Forsigth
⑳163

포에니전쟁 ⑳70

「포은집圃隱集」 ⑤473

포츠담 ⑫138 ⑲79, 108, 130

포츠담 선언 ⑯217 ⑱249 ⑲79

포츠머스 ⑲9

포츠머스조약 ⑤431

포치리浦淄里 ②51

포태胞胎 ②113 ③200 ⑬8

포태리胞胎里 ②83, 118, 342

포태산胞胎山 ②75, 119, 200

포프Alexander Pope ⑭10

포해布海 ⑤157

포희炮犧신화 ⑧74

폴리야나 ⑫134

폼페이 12141

표백체表白體 13130

표암瓢巖바위 688

표조선表朝鮮 20211, 329

표트르대제 2074

표훈表訓 469

표훈사表訓寺 469~73, 78 1175

푸닥거리 13104

푸란뎬普蘭店 6115

푸루샤Purusha 864

푸류해蒲類海 858

푸시킨 12374

푸젠福建 17172

푸터하布特哈 581

푸티아틴EuFemi 20154

풀이Puri 894, 96 9113

풀턴Robert Fulton 1466

품석品釋 1841

풍가승馮家昇 912

풍계楓溪 23292

풍담당비楓潭堂碑 467

풍등豊登 1382

풍류風流 446 849, 50 10202,
203, 210, 212, 271 178

풍류교風流敎 22125

풍류도風流徒 375 4250 899
1767

풍류산風流山 317, 143

풍류선랑風流仙郎 1825

풍리이馮里伊 17202

풍발馮跋 1722

풍백風伯 2283 4240 78, 99,
243, 270, 286, 288, 306 871
1012

풍산豊山 227, 30, 34

풍소시風騷詩 13128

「풍속고風俗考」 1692 17198

「풍속통風俗通」 1088

풍승균馮承鈞 9193

풍아風雅 13123, 127

「풍악기楓嶽記」 4196

풍악로豊樂路 5159

「풍악록楓岳錄」 4144, 154 1177

풍악산 399, 104 4255

「풍악일기楓岳日記」 4181, 182

풍암豐巖 1130

풍요風謠 2143

「풍요시선風謠詩選」 2174

「풍운기風雲記」 11215, 216 14
136, 137 17140, 141 2299 23
16, 17

풍원규馮元規 2053

풍월도風月道 7177 22125

풍월주風月主 385 7178 1625
1747 1825

풍윤현豊潤縣 9224

「풍입송風入松」 2374, 75

풍천원楓川原 310

「풍토기風土記」 13199

프란시스코 사비에르Francisco
Xavier 1494

프랭클린Benjamin Franklin 11155,
281 1465

프러시아 1460 1561

프러시아연합 [14]58

프레드릭 [12]138

프레스톤W. B. Preston [16]113

프레이저James George Frazer [10]83

프로메테우스Prometheus [8]65

프로테스탄트 [15]283

프록코트frock coat [14]13

프리그Frigga [8]63

프리츠 [14]66

플라톤 [12]141

플로렌스 [6]56 [14]55

피라미드 [9]74 [14]214

피르크 [14]63

피발被髮 [9]203, 214, 221

피보디Peabody [14]36

피어슨皮爾孫, Alexander Pearson [23] 49

피타고라스 [12]317 [20]39

피테칸트로푸스 에렉투스Pithecan thropus erectus [9]51

피향정披香亭 [1]44, 47

피히테 [14]59, 60

핀Pean [15]290

핀족Finns [8]109

필도치必闍赤 [9]235 [17]105

필리그리[線金細工] [6]25, 127 [15] 180 [17]25

필리핀 군도 [12]278

「필법결筆法訣」 [23]229

필승畢昇 [11]212 [14]133 [17]87, 168

필운대 [20]202

「필원잡기筆苑雜記」 [5]442

필탄弼呑 [18]41

필트다운인Piltdown man [9]60

핑리이憑里伊 [16]98

ㅎ

하夏 [13]99 [17]41 [9]173

하계下界 [8]161, 165, 170 [9]83

하교霞橋 [4]226

하구대下九臺 [5]168

하나다카산鼻高山 [8]17

하나부사 요시모토花房義質 [16] 116, 120 [17]237, 240 [18]203, 206, 207

하날Hanăr [8]8

하날님Hanăr-nim [8]8

하남河南 [9]69 [20]46

하누님 [2]266, 269

하느님 [2]261 [3]226 [10]15, 26, 27, 266, 267, 268

하늘 [3]204 [4]216 [8]24, 69

하늘기둥 [3]179, 228

하늘님 [3]209, 216 [4]212, 214 [10]25, 26

하늘문 [3]193

하늘물 [3]205 [3]206

하동河東 [5]101, 139 [17]44

하동농촌 [5]100, 102, 104

하동절도사 [17]44

하라 다카시原敬 [19]51

하라다 요시히토原田淑人 [6]36

하라이祓 ⑧93, 94 ⑨113

하란산賀蘭山 ⑨23

하레에구시ハラへグシ ⑧94

하리발마訶梨跋摩 ⑮188, 231

하마다 고사쿠浜田耕作 ⑨64

하멜Hendrik Hamel ⑯98 ⑱188

하문廈門 ⑪136

하미트 세미틱어족 ⑮59

하바로프 ⑰179, 180 ⑱174

하바로프스크협정 ⑤206

하백河伯 ⑤367 ⑦13, 144, 303,
    304, 309 ⑨108, 123 ⑩16,
    17, 20, 64 ⑬147 ⑳67

하북河北 ⑤371, 379

하비William Harvey ⑭79

하서각河西角 ⑩207

하서국河西國 ⑰106

하서군河西郡 ⑬129

하서랑河西良 ㉑71

하서량河西良 ⑩74

「하서집河書集」 ㉑74

하선나자夏詵羅慈 ⑰74

하세가와 요시미치長谷川好道
    ⑯151, 153 ⑱227 ⑲53, 86

하소기何紹基 ㉓236

하슬라주 ⑰63 ⑳110 ⑳325

「하씨선행록河氏善行錄」 ⑬65

하야시 곤스케林權助 ⑯152

하야시 다다스林董 ⑱234

하얼빈哈爾濱 ⑤95, 102 110~
    118, 120~123, 126~132, 139,
    145, 147, 148, 155~157, 196,

451 ⑫131 ⑲16, 46

하우씨夏禹氏 ⑩6

하원군경략대사河源軍經略大使 ⑰
    44

하웰즈William Howells ⑭67

하위세계Lower World ⑨165

하이델베르크인 ⑨60

하이라얼海拉爾 ⑤81, 139, 150

하주설진비下州設鎭碑 ㉓99

하지감자夏至甘藷 ⑰221

하천賀天 ②23

하천령 ㉒24

하치만신사八幡神社 ⑩290

하카타博多 ⑮234 ⑰93, 151

하코네箱根 ⑧19, 20

하코네산箱根山 ⑧38

하토はと호 ⑤195, 293

하트Robert Hart ⑯119

하프Harp ⑭269 ⑮88, 134

하흠賀欽 ⑤384

학무鶴舞 ⑬117

학병學兵 ⑭233

학보學寶 ⑰68

학사대學士臺 ⑥201 ⑳256

학산鶴山 ②21

학산본鶴山本 ㉑123

학서대鶴棲臺 ④80

학선鶴仙 ㉓277

학소대鶴巢臺 ③151

학소령鶴巢嶺 ③152

학포 ⑤11

한漢 ⑥20, 26, 32 ⑦52 ⑬19,

29, 69, 110, 138 ⑭171, 213, 276 ⑯14 ⑱14, 15, 17, 19

한가韓家 ②159

한가거자韓家居子 ⑤359

한강漢江 ③205 ⑥69 ⑩69 ⑭270 ⑳242~245, 331

한걸도韓傑都 ⑰184

한경漢鏡 ⑥44

한계산 ⑳207

한계희韓繼禧 ⑯61 ㉓34

한국광복군 ⑲72

한국광복단체연합회 ⑲71

한국광복운동단체연합회 ⑲104

「한국독립운동문류韓國獨立運動文類」 ⑲106

한국은행법 ⑯167

「한국의 역사와 문화」 ⑮298

한국주차군韓國駐箚軍 ⑲22

한국전쟁 ⑮70

한국친우회韓國親友會 ⑲48, 89

「한국해양사」 ⑳324

한규설韓圭高 ⑯152 ⑱227 ⑲12

한규직韓圭稷 ⑯123, 124 ⑰243

한기韓基 ⑰184

한나진韓那秦 ⑰184

한눌유韓訥儒 ㉓242

한니韓尼 ⑰184

한니발 ⑪158, 162

한단침상邯鄲枕上 ㉑54

한당漢黨 ⑮106

「한당유사漢唐遺事」 ㉓97

한등격리汗騰格里 ⑧59 ⑩235

한라漢拏 ⑩245

한라산 ⑤69 ⑦97, 223 ⑳254, 329

한란韓瀾 ⑰184

「한림별곡翰林別曲」 ㉓74, 75

한만韓滿 ⑳14

한명연韓明璉 ⑰184

한명회韓明澮 ⑪242

한무구韓无咎 ㉑62

한백겸韓百謙 ⑤436 ⑥140, 170, 172, 222

한벽당寒碧堂 ①11, 12, 14

한변외韓邊外 ②159~161

한병회韓秉華 ②160, 161, 168, 169, 171, 173

한북척강비漢北拓疆碑 ㉓99

「한빛」 ⑯220

한사군漢四郡 ⑥23 ⑭173 ⑯14 ⑰13

「한산기漢山記」 ⑱57 ㉑30 ㉓186

한산漢山 ⑱22

한산대첩閑山大捷 ⑯72

한산도전투 ⑳28

「한서漢書」 ⑤361, 437 ⑥60, 216 ⑦24, 72, 123 ⑨35, 96, 166, 188, 203, 208, 219, 237 ⑩216, 244 ⑬62 ㉑21, 73

한석봉韓石峯 ⑭5

한성漢城 ⑦73, 135, 145, 18, 189 ⑰15, 20 ㉓295

한성韓性 ㉓229

한성근韓聖根 ⑰233 ⑱201

최남선 한국학 총서

한성부민회漢城府民會 ⑯158, 168
⑱238
「한성순보漢城旬報」 ⑬164 ⑯121
⑰241 ⑱211
「한성신보漢城新報」 ⑯159
「한성월보漢城月報」 ⑯159
한성전기회사 ⑱232
한성조약 ⑯125
「한성주보漢城周報」 ⑬164 ⑯121,
159 ⑰241 ⑱211
한성현漢城峴 ②166
「한송정寒松亭」 ⑬32 ㉓75
한수韓脩 ⑯53 ⑰124 ㉓249
한시각韓時覺 ㉓285
한식寒食 ㉒79
한아버지 ②286, 287, 294, 312~
315
한양漢陽 ⑤283 ⑱115, 150, 165
「한양가漢陽歌」 ⑬67 ⑯178 ⑱
241 ㉓87
한언경韓彦卿 ㉑65
한예扞濊 ⑭50
한왕묘漢王墓 ⑥62
한운韓雲 ⑰184
한울 ③191 ④39 ⑦56 ⑮52
한유韓愈 ⑩316
한윤韓潤 ⑰184
한윤韓允 ㉓246
「한인한문수관시韓人韓文手管始」
⑬175
한일병합韓日倂合 ⑭256 ⑲10,
141

한일병합조약 ⑲82
한일신협약 ⑲14
「한일의정서」 ⑲9
한일합방 ⑲120
한일협상조약을사조약 ⑲10
한족공산당韓族共產黨 ⑲92
한종유韓宗愈 ⑰68
한준겸韓浚謙 ⑮106
한진서韓鎭書 ⑥140, 222 ⑦122
한창국韓昌國 ⑳165
한치연韓致淵 ⑱182
한치윤韓致奫 ⑯92 ⑰197
한태교韓台敎 ②226
한하계寒霞溪 ③172 ④224, 226,
227
한혁장韓奕章 ⑨166
한호韓濩 ⑯180 ㉓252, 255
한홍엽韓紅葉 ⑮31
한확韓漫 ⑱164
할러Albrecht Haller ⑭105
함경선 ②16, 19, 22 ⑤5, 11
함관령 ②22, 66
함만Hamman ⑨80
함무라비법전Code of Hammurabi ⑩
253
함벽루涵碧樓 ①45
함부르크 ⑫138
함세휘咸世輝 ㉓285
「함순유사咸淳遺事」 ㉑2
함영교涵影橋 ④69
함정포含井浦 ②52
함허涵虛 ④166 ⑮177

함흥咸興 ②17, 20, 66 ⑤51 ⑥ 133, 177

함흥부咸興府 ②17

합국존사闔國尊師 ㉑98

합납합哈拉哈 ⑤157

합달哈達 ⑤196, 358

합독合獨 ⑬118

합란哈蘭 ②17 ⑤4

합이파령哈爾巴嶺 ⑤85

합초자蛤草子 ⑬180

합포 ⑰93

항炕 ⑤83 ⑨226 ⑰31

항가산 ①18

항달恒達 ⑨30

항미정 ⑫103

항사동恒沙洞 ㉑52

항어港漁 ⑤29

항우 ②308

항저우抗州 ⑤260

「해가海歌」 ㉑43, 48

「해경세초해海鏡細草解」 ⑯184 ⑱ 241

「해국도지海國圖志」 ⑯122 ⑰242

해금강海金剛 ③177 ④19, 25, 224, 256~260, 262, 266 ⑫ 211

해남 ⑥105

해남각 ⑳256

「해도일지海島逸志」 ⑳266

「해동가요海東歌謠」 ㉓81

「해동고기海東古記」 ⑬151 ㉑30

「해동고승전海東高僧傳」 ⑰124 ㉑

37~39, 67, 74

「해동금석원海東金石苑」 ⑥185 ㉑ 83 ㉓121, 122

「해동금석원보유海東金石苑補遺」 ⑥185

「해동기로도海東耆老圖」 ㉓276

「해동농서海東農書」 ⑱240 ㉓61, 62

「해동문헌총록海東文獻總錄」 ㉓113

「해동비록海東秘錄」 ㉑74

「해동삼국통력海東三國通歷」 ㉑64

해동성국海東盛國 ⑤43, 52 ⑭53

「해동승전海東僧傳」 ㉑25, 36~38

「해동안홍기海東安弘記」 ㉑23

「해동역사海東繹史」 ⑤406 ⑥177 ⑯92 ⑰197

「해동역사속海東繹史續」 ⑤435 ⑦122

「해동읍지海東邑志」 ⑯93 ⑰ 198 ⑱183

「해동이적海東異蹟」 ⑦218

「해동제국기海東諸國記」 ⑰114

해동종海東宗 ⑥95, 96 ⑮193, 195 ⑱40

해론奚論 ⑰34, 35

해륙문화海陸文化 ⑳30~35, 322

해륙왕海陸王 ⑤52 ⑨217

해림海林 ⑤96, 99

해림보통학교 ⑤96

해명解明 ⑬147

해모수解慕漱 ②284, 289, 291, 292, 308, 319 ③143 ④252

⑦14, 68, 113, 218, 262, 277~ 280, 304 ⑨132, 151 ⑩16, 24, 29, 34, 56, 64, 68 ⑬ 143~145, 147, 148 ⑮51 ⑱13

해부루解夫婁 ⑤157 ⑦22, 68 ⑧ 43 ⑨149 ⑩15, 67, 68, 37 ⑱ 13

해산도海山刀 ④116

해산정海山亭 ④255 ⑫211

해삼위海蔘威 ⑫131 ⑳75

「해상군선도海上羣仙圖」 ㉓287

「해상대한사海上大韓史」 ⑳321

해상왕 ⑳50, 322

해색海塞 ⑰179, 180

해선海宣 ⑰133 ⑱115

해선정海山亭 ⑪241

해성海城 ⑤332, 334, 335, 338, 340, 431

「해성고기海城古記」 ⑩8

해성법諧聲法 ⑬113

해성현海城縣 ⑤358, 430

해속海粟 ⑪165

해신海神 ⑩47, 48 ⑳166

해신계海神系 ⑩11, 12, 51, 52

해안海眼 ②331

해안압신라발해양번사海運押新羅 渤海兩蕃使 ⑰44

해어화解語花 ①26

해오비라 ⑮50, 52

해왕육귀海往陸歸 ④25

해왕해귀海往海歸 ④25

「해외동경海外東經」 ⑨135

「해외사정광기海外使程廣記」 ㉑64

해운대海雲臺 ⑳256

해운루海雲樓 ⑪265

해운면海雲面 ⑥17

해인사海印寺 ⑥202 ⑭131 ⑮151, 158, 159, 162, 210 ⑯25, 42 ⑰48 ⑲91 ㉒174 ㉓110

해주위海州衛 ⑤335, 337

해표도海豹島 ⑳169

해학문학 ⑭67

행균行均 ⑰72

행기行期 ⑮232 ㉓243

행랑조성도감行廊造成都監 ⑰132

행적行寂 ㉓133

「행포지杏蒲志」 ㉓61

향가鄕歌 ⑩315 ⑬29, 150 ⑯177 ⑱57 ㉓70, 71, 77, 106, 191, 193

「향거요람鄕居要覽」 ㉓60

향교鄕校 ⑫299 ⑭70 ㉒156~ 158

향기鄕記 ㉑22

향달向達 ⑨193

향도香徒 ④250 ⑧89, 93 ⑰ 67~69

향도계香徒稧 ⑧92

향도군香徒軍 ⑧91

향도도가香徒都家 ⑧91

향로봉香爐峰 ③28 ④61, 79, 81, 89, 94, 108, 258

향림사香林寺 ⑥178

향목香木 ⑦60

향목동香木洞 ⑬66

최
남
선

한
국
학

총
서

색
인

「향산가香山歌」 ⑬68

향선向仙 ③40

향선교向仙橋 ④29

향성香城 ⑤111

향수옹香壽翁 ①17

향수해香水海 ②142, 143

향악鄕樂 ⑬186 ㉓195

「향악잡영鄕樂雜咏」 ⑩314 ⑬32, 117

향약鄕藥 ⑰144 ㉓27

「향약고방鄕藥古方」 ㉓29

「향약구급방鄕藥救急方」 ㉓27, 29

「향약제생방鄕藥濟生方」 ⑱163

「향약제생집성방鄕藥濟生集成方」 ⑯185 ⑰145 ㉓31, 54

「향약집성방鄕藥集成方」 ⑭106 ㉓32

「향약혜민경험방鄕藥惠民經驗方」 ㉓29, 30

향일선香一線 ②145

향적香積 ①28

향전鄕傳 ㉑22

향중고전鄕中古傳 ㉑22

향천香天 ②145

향편수香遍樹 ⑦108

향학鄕學 ⑯38

「향학사목鄕學事目」 ㉒157

「향학지규鄕學之規」 ㉒157

「향학지제鄕學之制」 ㉒157

향해香海 ②145

향화인向化人 ⑰64 ⑱76

허방산許舫山 ③182

허생원許生員 ⑳84, 85

허균許筠 ⑤387 ⑥18 ⑬56, 57 ⑭270 ⑱163, 239, 241 ㉒39 ㉓95

허난설헌許蘭雪軒 ③127, 128 ⑬38 ⑯180 ⑰218 ㉓283

「허매전許邁傳」 ⑦232

허목許穆 ⑯84 ⑰186 ⑱178 ⑳251 ㉓256, 285

허백당비虛白堂碑 ④67

「허백당시집虛白堂詩集」 ㉓126

허버트 조지 웰스 ㉒135

허생許生 ⑤10 ⑪134~141 ⑭32~36, 45 ⑳263 ㉒136

「허생전」 ⑤404 ⑳83, 263, 324

허서許舒 ㉓285

허신許愼 ㉓112

허엽許曄 ⑬38

허오許鰲 ⑯182

허원許遠 ㉓13

허위許蔿 ⑯166

허유許維 ⑯183 ㉓288

허의許懿 ㉓285

허임許任 ㉓38

허저許邸 ㉓34

허전許㙉 ㉓86

허종許琮 ⑱128

허준許浚 ⑯185, 193 ⑱163 ㉓35, 36

허창許菖 ⑯186

허천강虛川江 ②32, 51, 79

허천hûchûn ⑥207

허투아라赫圖阿拉 ⑰174

허필許佖 ㉓286

허항령虛項嶺 ②89, 91, 93, 95, 103, 112, 118, 122, 157, 342 ⑫193

허화령虛火嶺 ②32

허황옥 ⑩51

헌가악軒架樂 ⑰79

헌강왕 ⑬149 ⑯27

헌정연구회憲政研究會 ⑯155

헌종憲宗 ④167 ⑯96, 102, 104, 122, 180~183 ⑰200, 201

「헌화가獻花歌」 ㉑43

헐버트Homer Bezaleel Hulbert ⑯ 163 ⑱210

헐성歇惺 ④195

헐성루歇惺樓 ③118, 136 ④73, 75, 76, 82, 117, 118, 122, 231

험프리 데비Sir Humphry Davy ⑪ 93, 94

헤겔 ⑭61

헤라 ⑬137

헤라클레스Heracles ⑧65 ⑩87, 88

헤르더Herder ⑳66

헤르메스Hermes ⑧65

헤르바르트Herbart ⑭61

헤브루 ⑩256

헤시오도스hesiodos ⑨133

헤이그 ⑲14, 25

헤이룽강 ⑰180~182, 201 ⑳230, 232

헤이안平安 ⑬181, 184~187 ⑮240

헤이안왕조 ⑬116, 184

헤카테Hecate ⑧65

헨리 케레링 ⑳160

헬라스 ⑳40

헬리오스Helios ⑧65

혁거세赫居世 ②289, 291, 292 ③204 ⑥88 ⑦59, 100, 113, 262, 280 ⑧54, 106 ⑨125, 126 ⑩33, 298, 299, 301 ⑮48, 51 ⑱23 ㉑19, 45

「혁거세전赫居世傳」 ⑧71

현가玄可 ㉓246

현각玄覺 ⑪289

현각玄恪 ⑰45 ㉒170

현관玄關 ③155

현교玄敎 ③155

「현금포곡玄琴抱曲」 ㉑43

현단玄壇 ③155

「현대공론」 ⑲139

현덕玄德 ③155 ⑪199

현덕수玄德秀 ⑪20

현명賢明 ⑬43

현문玄門 ③155

현본玄本 ㉑23

현빈玄牝 ③155

현상윤玄相允 ⑪299

현성玄聖 ③155

현소玄蘇 ⑱145

「현수봉의상서賢首奉義湘書」 ㉑25

현유玄遊 ⑪289 ⑰45, 46

「현유가해화엄賢瑜珂海華嚴」 ㉑51

현의玄懿 ③40, 43, 62, 115

현장玄奘 ⑪286 ⑮189~191

현재덕玄在德 ㉓254, 256

현종顯宗(고려) ⑯37, 42 ⑱68, 69,
   71, 73, 74, 77, 78, 90, 91

현종顯宗(조선) ⑯83, 84, 87, 88,
   92 ⑱177, 178, 182, 198, 240

현종암懸鍾岩 ④257, 263

현주천평정남앙부일구懸珠天平定
   南仰釜日晷 ㉓10

현철玄哲 ③155

현충사 ⑰158

현태玄泰 ⑰45 ㉒170

현토玄菟 ⑤310, 314, 434 ⑥55
   ⑰13 ⑱18

현포玄圃 ③155 ④185

현학玄學 ③155

현해탄 ⑫185, 253

현화玄化 ③155

「혈血의 누淚」 ⑯160

혈망봉六望峰 ④109, 111, 138

협률사協律社 ㉓224

협사俠士 ⑳52, 54

「협서통지陜西通志」 ⑩110

협천호국충의대제協天護國忠義大帝
   ⑬60

협피구夾皮溝 ②172

협화의학교協和醫學校 ⑨52

형만邢蠻 ㉑58

형산강 ⑥82, 87

형제담兄弟潭 ④211, 219

형제도兄弟島 ④268

형제암兄弟岩 ⑤5

「형초세시기荊楚歲時記」 ⑩279

형태兄台 ③179

혜강稽康 ③95

혜강慧江 ㉓243

혜공왕 ⑯26 ⑰48 ⑱42

혜관慧灌 ⑭73, 99 ⑮231 ⑰43
   ㉒167

혜근惠勤 ㉓277

혜니 ⑫7

혜덕왕사慧德王師 ①26, 35

혜륜慧輪 ⑪289 ⑰45 ㉒170

혜림慧琳 ⑮220

혜민국惠民局 ⑰70, 147 ⑱66 ㉓
   29, 31

혜민서惠民署 ⑰147 ㉓37, 43

혜사慧思 ⑰73

혜산진惠山鎭 ⑪61 ②22, 41,
   51~55, 79, 81, 343, 344

「혜성가彗星歌」 ㉑44

혜소惠沼 ⑮191

혜업慧業 ⑪288 ⑰45 ㉒170

혜원慧遠 ⑮199

혜월慧月 ⑰73

혜의제惠懿帝 ⑰22

혜인慧忍 ⑰72 ㉓241

혜일惠日 ㉓20

혜자惠慈 ⑭99 ⑮229, 230 ⑰43
   ㉒167

혜정교惠政橋 [17]132
혜제惠帝 [6]27
혜초慧超 [1]69 [18]49 [20]103
혜총惠聰 [15]229, 230 [22]167
호胡 [9]180, 182
호가히ホガヒ [13]94
호감자 [17]221
호경루護慶樓 [1]12
호계삼소虎溪三笑 [15]171
호공瓠公 [17]16
호국대룡護國大龍 [21]53
호국백두악태백선인護國白頭嶽太
　白仙人 [2]324
호국신룡護國神龍 [6]78
호국신사護國神祠 [10]222
호기呼旗(Purki) [8]51, 95
호기모토호시本岐毌登本斯 [13]94
호기쿠로호시本岐毌登本斯 [13]94
호남제일관湖南第一關 [1]9
호네트Hornet [20]163
호넨法然 [15]235
호넨인法然院 [15]212
호돈hoton [6]207
호동胡同 [5]160
호라동 [20]70
호라즘제국 [11]180
호란呼蘭 [15]67
호란역 [5]137
호러스 알렌Horace Newton Allen
　[22]192
호로대護路隊 [5]13
호류사法隆寺 [11]208 [15]225, 227~

229, 232, 240, 241, 243~245,
247 [17]43 [22]167 [23]8, 269~
271, 301
호류학문사法隆學問寺 [15]229
호른바일呼倫貝爾 고고학단 [5]150
호리모토 레이조堀本禮造 [16]
117, 118 [17]237 [18]204
호리우치 분키치堀內文吉 [9]82
호린령呼麟嶺 [2]50
호마이성呼瑪爾城 [17]181
호맥胡貊 [9]240
호맥胡貉 [14]50
호머Homer [12]141, 317 [14]206
호메로스Homeros [3]111 [9]133
호메이護明 [15]233
호밀국胡蜜國 [17]46
호병胡餠 [9]186, 242
호복胡服 [9]218
「호본집觚本集」 [21]30
호부護符 [13]82
호섬이호시어미 [2]35
호소카와 모리다쓰細川護立 [6]36
호손Nathaniel Hawthorne [14]66
호송치hosongchi [9]202
호승예불혈胡僧禮佛穴 [1]14
호아합하虎兒哈河 [5]51
호암교虎岩橋 [2]32
호암산虎岩山 [3]30
호에이寶永 [15]212
호영虎英 [4]165
호온사法恩寺 [17]126
호워스Howorth [9]41

호원사虎願寺 [21]52

호유아虎乳兒 [1]37

호이초虎耳草 [2]198

호적胡笛 [14]268

호제법護蹄法 [9]183

호족胡族 [9]182 [14]53, 177

「호종동순일록扈從東巡日錄」 [9] 227

호천壺天 [4]185

호초자狐草子 [13]180

호카이도北海道 [8]130

호코ホコ [8]11, 43 [15]231

호키伯耆 [8]16, 17 [15]225

호키보伯耆坊 [8]40

호키신伯耆神 [8]16

호토ホト [13]195, 198

혹선鵠仙 [23]277

「혼개통헌집전渾蓋通憲集箋」 [23]15

혼구混丘 [21]9, 85

혼동강 [2]119

혼묘사本妙寺 [17]164

혼수混修 [16]53 [17]125 [23]249

혼암昏闇 [3]196

혼의혼상渾儀渾象 [23]10

혼천의渾天儀 [23]14, 15

혼춘琿春 [5]26, 27, 30, 32, 33, 36

혼춘강 [5]32

혼춘보통학교 [5]31

혼하渾河 [5]218, 358, 359

홀날알忽剌歹 [17]98

홀치忽赤 [9]235 [17]95

홀태소매 [14]277

홀한성忽汗城 [5]52, 315

홉슨Benjamin Hobson [18]240 [23]42

홍烘 [9]226

홍경래洪景來 [2]199, 308 [16]95 [17] 200 [18]186 [22]136

홍경모洪景謨 [23]133

홍경사비弘慶寺碑 [17]124

홍계弘繼 [23]273

홍계훈洪啓薰 [16]130

홍계희洪啓禧 [23]112

홍관洪灌 [16]53 [17]124 [18]83 [21]18, 30, 74 [23]248

홍국영洪國榮 [16]91 [17]195, 196 [18] 181

홍군洪軍 [11]12

홍군상洪君祥 [17]97

홍균洪鈞 [9]19, 20, 144

「홍길동전」 [13]56, 57, 65 [18]164, 241 [23]95

홍길주洪吉周 [13]38

홍단수洪丹水 [2]227 [12]193

홍대순洪大純 [17]97

홍대용洪大容 [14]105 [16]94 [17]199 [18]183

홍도弘道 [11]101

홍두적紅頭賊 [17]109

홍려사鴻臚寺 [20]62

「홍루몽紅樓夢」 [13]65, [13]66

「홍루몽보紅樓夢補」 [13]66

홍만식洪萬植 [16]153 [18]227

홍만종洪萬宗 [11]55, 148

홍명희洪命憙 12 87

홍반구紅半鉤 15 134

홍범洪範 14개조 16 134 18 219

홍범도洪範道 5 37 16 166 19 59

홍복영洪福榮 22 134

홍복원洪福源 5 315 17 97 22 113

「홍산파진도鴻山破陣圖」 18 103

홍석주洪奭周 13 38 16 179

홍섬洪暹 11 313

홍세섭洪世燮 23 289

홍세태洪世泰 17 214

홍수설화 2 289

홍수주洪受疇 16 183

홍순유 12 94

홍승주洪承疇 5 367

홍애선洪崖仙 4 200

홍약洪瀹 21 66

홍양호洪良浩 5 304, 320, 403,
422, 425 6 172, 173 17 219

홍영식洪英植 2 224 16 122~125
17 237, 242, 243 18 206, 207

홍우길洪祐吉 23 289

홍운동紅雲洞 11 27

홍원弘願 17 118 18 106, 107

홍원洪原 2 17, 21, 22, 66

홍윤성洪允成 18 127

홍의장군紅衣將軍 1 55

홍이포紅夷砲 5 367 17 172 18 188

홍익인간弘益人間 2 124, 138,
285, 286, 294 3 110 4 240
7 256, 305 10 55

홍익한洪翼漢 5 250

홍인종 12 175

홍인한洪麟漢 16 90 17 195

「홍재전서弘齋全書」 16 93 17 198
18 184 23 108

홍적기洪積期 9 50

홍종우洪鍾宇 16 131

홍준弘濬 16 61

홍준기洪俊奇 17 97

홍중하洪重夏 20 128, 129, 137

홍직필洪直弼 13 62~64 17 217

홍초당洪草堂 11 221

홍춘경洪春卿 23 256

홍치중洪致仲 16 89 17 194

홍타이지洪多時 5 220, 250 16 80,
81 17 176 18 171~173

홍현주洪顯周 13 38

홍호洪皓 9 242, 14, 196

「화감畵鑒」 15 245 23 275

화계華界 5 130

화계華溪 11 98

화과산花果山 4 125

화구벽火口壁 2 247

화내인化內人 17 64

화니적火尼赤 17 99

화담花潭 4 252 11 240

화랍자花磖子 2 172

화랑花郞 3 75, 81, 227, 228, 234
7 217, 225 8 26, 90 10 260,
261 13 109, 127 14 270 15 290
16 25 17 47, 67 18 25, 37

화랑단花郞團 17 34

화랑도 3 85 15 280 22 125

「화랑세기花郎世紀」 ⒀150 ⒅57
⒇18, 30, 31, 36 ㉓186

화랑선도花郎仙徒 ⑩260

화룡火龍폭포 ④88

화룡담火龍潭 ④104 ⑪76, 77

화륜선火輪船 ⑪91

화방火防 ⒄133

화백和白 ⒄41 ⒅23

화사畵師 ⒂244, 245

화산華山 ⒀70

「화산별곡華山別曲」 ㉓84

화산서원華山書院 ①8

화상火牀 ⑨221 ⒄31

화상석畵像石 ⑤329 ⑥27

화생설化生說 ⑨117

화소옹花咲翁 ⒀181

「화씨충효록花氏忠孝錄」 ⒀64

화양동 ⒇208, 225

화양서원華陽書院 ⑫108 ⒃109

「화엄경」 ③81, 170 ④70 ⑧27
⒀49 ⒂192 ⒄72 ㉓241

「화엄경소華嚴經疏」 ⒂197, 201
⒇27

화엄대회 ①36

화엄대각華嚴大閣 ⒄72

화엄사華嚴寺 ⑥154 ⒃25 ⒄48
㉒173

화엄종 ①36 ③222 ⒂192~195,
232 ⒄72

화엄화상 ③222

화엄폭포 ④216

「화왕계花王戒」 ㉓94

화요회 ⒆60, 95

화용성火茸城 ⑤65

화우리花雨里 ④225

화원승畵員僧 ㉓291

화이난淮南 ⒅108

화이수이강淮水 ⒄10, 11

화장계華藏界 ④207

화장사華藏寺 ⒂222 ⒄126

화쟁국사비和諍國師碑 ⑥96

화적禾尺 ⒄213

화전火田 ②30, 31 ③39

화전樺田 ②62, 64

화접선畵摺扇 ⒄77

「화제국방和劑局方」 ㉓27

「화제방和劑方」 ③39 ㉓38

화차火車 ⒃78 ⒄161, 162

화찬和讚 ⒀29

화척재인禾尺才人 ⒄214

화천化川 ③10, 37

화천貨泉 ⑥20, 114 ⑪186

화택火宅 ⒂195

화통도감火筒都監 ⒅105

화평재和平齋 ⒂123

화포火砲 ⒄116 ⒇72

화표주華表柱 ⑤296, 319~321,
368, 384, 414, 442

화피樺皮 ②25

화피창樺皮廠 ⑤168

화향공주和蕃公主 ⒀138

화희禾姬 ⒀133, 146

환곡還穀 ⒄209

환국桓國 ②125, 127, 133, 143,

262, 283, 293, 301 ③179,
204 ⑦55~57, 61, 112, 118,
249 ⑨158, 162 ⑩25, 27,
271 ⑮52 ㉑50

환내 ③204, 205, 207

환담桓譚 ⑬115

환도丸都 ⑤239, 240 ⑭213

환도성丸都城 ⑥139, 144 ⑦10 ⑭
214 ⑰18

환문총環紋塚 ⑤240

환미제還米制 ⑰69

환상석리環狀石籬(Stone-Circle) ⑥
117

환상회향還相廻向 ③126 ⑮196

환샘 ③207

환암幻庵 ⑯53

「환우기實宇記」 ⑩283

환울 ③204

환웅桓雄 ②99, 125, 219, 283,
288, 289, 291, 308 ④240 ⑦
8, 42, 55, 118, 120, 229,
243, 251~256, 262, 270, 277
⑧70 ⑩12, 24, 27, 28, 55,
163 ⑮51, 288, 289 ⑱9, 257
㉓5, 18

환웅신화 ⑦272, 282~288, 291,
296, 298, 310 ⑨161 ⑬144

환웅천왕桓雄天王 ②98, 202, 283
④240 ⑦55, 59, 99, 243,
257, 270, 287, 288, 306 ⑧71
⑨157 ⑩274, 275

환인桓因 ⑦8, 13, 42, 56, 243,

270, 273, 277, 297, 298, 308
⑧70

환인선인桓雄仙人 ⑦117

환인제석桓因帝釋 ⑦55, 111

환촉봉樵觸峰 ⑬188

환향하還鄕河 ⑨224

환희봉 ⑳227

환희불 ⑤267, 269

활옷 ⑦106

「활인신방活人新方」 ㉓35

활활첩목아闊闊帖木兒 ⑰97

황감제黃柑製 ㉒40

「황계사黃鷄詞」 ⑬33 ㉓88

「황곡가黃鵠歌」 ⑬138

「황금가지」 ⑩83

황남리 ⑥87

황당선荒唐船 ⑳77, 270~272, 276

「황령효경皇靈孝經」 ⑰79

황로술黃老術 ③75

황룡담 ⑳208

황룡사 ⑥95 ⑪208 ⑫215 ⑭130
⑯25 ⑰48 ⑱47, 57 ⑳48 ㉑
52 ㉓272

황룡사구층탑 ⑱41

황류黃流 ③202, 203, 207

황류담黃流潭 ③48, 202 ④39

황립학술협회 ⑪94, 112

황마름 ②66

황사굴黃沙窟 ③50 ④40

황사영黃嗣永 ⑯101 ⑰205

황산곡黃山谷 ㉓230

황산대첩荒山大捷 ⑮159, 160

황산치黃山峙 ①43

황성皇城 ⑥135, 137, 140, 144,
　154 ⑪44 ⑰19, 20

「황성신문皇城新聞」 ⑯158, 159

황성교皇城橋 ⑥137

황성평皇城坪 ⑤239 ⑥138, 154

황소黃巢의 난 ⑯27 ⑱57 ⑳261,
　262

황수명黃守命 ㉑98

황수원黃水院 ②32

황수원강黃水院江 ②32, 51

황야黃冶 ③202, 203

「황여전람도皇輿全覽圖」 ⑨10

황영기黃永奇 ㉓206

황옥黃玉 ⑩38

황윤길黃允吉 ⑮117 ⑱146

황윤덕黃允德 ⑯58 ⑰130

황익黃瀷 ⑳263

황장폭 ⑳208

황정견黃庭堅 ⑰77

황정경黃庭經 ㉓235

황정수黃庭堅 ㉓236

황제黃帝 ⑦84

황제마누라 ⑦92

「황제소문黃帝素問」 ㉓18

황제총皇帝塚 ⑥144, 145, 154

「황제침경黃帝鍼經」 ⑰79 ㉓26

「황제팔십일난경黃帝八十一難經」 ㉓
　25

「황조가黃鳥歌」 ⑬133, 134, 136,
　137, 139, 141~148, 152 ㉓72

황주黃州 ⑥17

황주성黃州城 ⑪9

황중黃中 ③203

황지潢池 ③205, 206

황지연黃芝淵 ⑯185, 186 ⑱239
　㉓40

황진이 ⑬38 ⑰218

황천黃泉 ③198, 201~203, 207

황천강黃泉江 ③48, 49, 77, 91,
　193, 201~203, 231 ④38, 39

황초령 ⑥171, 176, 197~199,
　204, 206, 213 ⑫194

황초령비 ⑥170~172, 176, 178,
　182, 185, 192, 193, 196, 197,
　200, 205, 213, 214, 220, 222

황포군관학교 ⑲95

황필수黃泌秀 ⑯186 ⑱239 ㉓40

황하 ③156 ⑨66, 67, 165 ⑬32
　⑰78

황해반도 ⑳30, 38

황학대黃鶴臺 ①11

황해 ⑳260, 268, 269, 273, 331

황해강黃海江 ⑪90

황허 ⑳260

황현黃玹 ④260 ⑯180 ⑱242 ⑲
　19

황형黃衡 ⑱141

황화黃花 ②180

황화론黃禍論 ⑪177

황희黃喜 ⑪74, 78 ⑳116

횃불쌈 ⑮36

회골回鶻 ⑨44

「회남자淮南子」 ③155

「회남자주淮南子注」 ②①22

회덕懷德 ⑤196

회령會寧 ⑤7, 9~11, 16, 348 ⑰
62

회령령會寧嶺 ⑤388, 391, 392

회상대會像臺 ⑳199

회소懷素 ㉓236

「회소곡會蘇曲」 ⑩293 ㉓191

「회심곡回心曲」 ⑬29

회양淮陽 ③34, 37 ④226

회양군淮陽郡 ③15

회역사廻易使 ⑳56

회연晦然 ㉑7

회이淮夷 ⑰11, 12

회인懷仁현 ⑥141

회정선사懷正禪師 ④63, 98

「회창해이록會昌解頤錄」 ⑩106

회풍檜風 ⑬123

회향廻向 ⑮273

회향계명回向誡命 ③222

회화懷化 ⑰66

회회回回 ⑰106

회회교回回教 ⑤146, 277~279,
281 ⑰104

회회대조회송축回回大朝會頌祝 ⑰
105

회회아비 ⑰105

회회포回回砲 ⑰116

회흘문回紇文 ⑮222

횡거학橫渠學 ㉒147

횡계역橫溪驛 ⑪103

「효경」 ⑬62, 64 ㉑73

「효경위구결孝經緯鉤決」 ⑬109

「효경자웅도孝經雌雄圖」 ⑰79

효문묘孝文廟 ⑥34

효문제孝文帝 ⑰23

효봉哮峰 ⑩57

「효사행장曉師行狀」 ②①25

「효순사실孝順事實」 ⑰165

효양령孝養嶺 ④177

효우담孝牛談 ⑩115

효운동曉雲洞 ④88, 155, 156,
168, 179, 189, 194, 216, 221

효운면曉雲面 ③151

「효의정충초행록孝義貞忠初行錄」
⑬65

효정왕후孝定王后 ⑰231

효종孝宗 ⑮110, 119 ⑯83, 84,
87, 92, 98, 99, 182, 183 ⑰
178, 197 ⑱174, 175

효천曉天 ⑰35

홋대Hyot-tai ⑧87

후고 ⑭63

후고구려 ⑰57

후당後唐 ⑰77

후라칸Hurakan ⑧63

후란呼蘭 ⑤81

후루フル ⑧11

후백제 ⑥93 ⑰52, 53, 74

「후비명감後妃明鑑」 ⑬43

후비학后妃學 ⑬43

후스胡適 ⑭232

후시다 도시나오敷田年治 ⑬88

후연後燕 ⑰22, 23 ⑱22

후옹미後擁美 ④215
「후위서後魏書」 ⑤415 ⑨111
　㉑58, 59, 61, 122
후조선後朝鮮 ⑦11
후주後周 ⑱81
「후주서後周書」 ⑦141, 231
후지산富士山 ⑧40
후지다 료사쿠藤田亮策 ⑥209
후지와라 세이가藤原惺窩 ⑰164
후지와라 쓰네쓰구藤原常嗣 ⑮
　234 ⑳63, 323
후지와라노 요리타다藤原賴忠
　⑱71
후진後秦 ⑮187
후차방候車房 ⑤135
후치령 ②30, 42, 44, 143 ⑥206
후쿠지 오치福地櫻痴 ⑬164, 166,
　167, 168
후통강厚通江 ⑤93 ⑳232
후한後漢 ⑥56 ⑬55 ⑮184
「후한서後漢書」 ⑤361 ⑦92 ⑧76
　⑨96, 120, 151, 173, 215 ⑩
　68, 84, 308 ⑬19, 21 ⑭96
　㉑21, 62 ㉓144
「후홍루몽後紅樓夢」 ⑬66
훈Hums ⑨40
훈국군訓局軍 ⑰238
훈넨Hunnen ⑨41
훈련도감 ⑯98, 118, 119 ⑱204
「훈몽자회訓蒙字會」 ㉓183, 215
「훈민가訓民歌」 ⑬46, 47
훈민정음訓民正音 ⑬37 ⑭102,

134, 135 ⑯60, 103, 192 ⑰
135, 207 ⑱123 ㉓84, 167,
221
「훈민정음도해訓民正音圖解」 ⑪
169 ⑯92 ⑰197
훈서勳西 ⑮106
훈융訓戎 ⑤30, 32
훈융역訓戎驛 ⑤29
훈춘사건 ⑲56, 58
훈허渾河 ⑳48
훔볼트 ⑭62
훔치교吽哆教 ①24, 51
훤화萱花 ⑩16
휘묵徽墨 ⑰31
휘발강輝發江 ⑤51
휘트니Eli Whitney ⑭66
휘트먼Walt Whitman ⑭67
휴정休靜 ⑱168 ⑳217, 330 ㉒
171
휴정대사비休靜大師碑 ④67
휼센벤 ⑭221
흉노 ⑨40, 41,44 77, 181, 183,
186~190, 204 ⑬105 ⑭176,
276, 273
흉노어 ⑨237
「흉노열전匈奴列傳」 ⑨96
「흉노전匈奴傳」 ⑨96, 182, 203
흑달단黑韃靼 ⑨23, 31
「흑달사략黑韃事略」 ⑨17
흑도黑陶 ⑨66
흑룡강黑龍江 ⑤81, 93, 115, 118,
155, 173, 204, 311 ⑪62 ⑭

50

흑룡강성 ⑤53

「흑룡강술략黑龍江述略」 ⑨229

「흑룡강외기黑龍江外記」 ⑨228, 242

흑룡담黑龍潭 ④92, 107

흑사굴黑沙窟 ③50 ④40

흑산黑山 ⑨177

흑수黑水 ⑱43

흑수말갈黑水靺鞨 ⑳24

흑자黑子 ⑨189

흑정자黑頂子 ⑤32

흑치黑齒 ⑨7

흑치상지黑齒常之 ⑰44 ⑱44

흑파黑派샤먼 ⑧128, 132, 133, 134, 136, 137, 172

흑해 ⑧62, 98

흠경각欽敬閣 ⑥131, 155 ⑭136 ⑰138, 139

흠량휘欽良暉 ⑳60

「흠명기欽明紀」 ⑨143

「흠정남순성전도欽定南巡盛典圖」 ⑤236

「흠정사고전서欽定四庫全書」 ⑤263

흠찰한국欽察汗國 ⑨26

흠천감欽天監 ⑰203 ⑱187

흠치교旿哆敎 ⑧52

「흠흠신서欽欽新書」 ㉓56

흡곡군 ④271

흡주歙州 ⑰31

흥경興京 ⑤10, 54

흥경현興京縣 ⑥141

흥덕왕 ⑫117 ⑯26 ⑰48 ⑱49 ⑳50, 51, 323

흥국영응왕興國靈應王 ⑤170 ⑩230

흥륭사興隆寺 ⑤66, 70

「흥부가」 ⑬29

흥부놀부 ⑩168, 179, 189

「흥부전」 ⑩128 ⑬182

흥사단興士團 ⑭241, 248 ⑯157, 168 ⑱238 ⑲24, 58, 85

흥선군, 흥선대원군 ⑯109, 183 ⑰231 ⑱199 ㉒151

흥선호국론興禪護國論 ⑩196

흥성궁興聖宮 ⑰101

흥안령 ⑤358 ⑨32 ⑫132

흥안산맥 ⑧98

흥안령선Higan Line ⑨32

흥왕사興王寺 ⑮162, 217

흥요국興遼國 ⑰61

「흥타령」 ⑬30 ㉓89

희강왕 ⑳51

희령산신戱靈山神 ③18

희마戱馬 ⑰86

희평석경熹平石經 ㉓234

희호熙皥 ②308

히구치樋口 ⑳144

히노야기하야오노카미ヒノヤギハヤオノカミ ⑬195

히라산比良山 ⑧40

히라타 아츠타네平田篤胤 ⑬102

히로시마廣島 ⑲130

최남선 한국학 총서 1

총 목차 색인

초판 인쇄 : 2015년 03월 10일
초판 발행 : 2015년 03월 20일

펴낸이 : 한정희
펴낸곳 : 경인문화사
주 소 : 서울특별시 마포구 마포동 324-3
전 화 : 02-718-4831~2
팩 스 : 02-703-9711
이메일 : kyunginp@chol.com
홈페이지 : http://kyungin.mkstudy.com

값 18,000원
ISBN 978-89-499-0991-2 93810
ⓒ 2015, Kyung-in Publishing Co, Printed in Korea
이 책의 저작권은 최학주에게 있습니다.